D1719610

GANIJEWA • VERLETZTE GEFÜHLE

ALISSA GANIJEWA

# *Verletzte Gefühle*

*Roman*

Aus dem Russischen
von Johannes Eigner

**Wieser** *Verlag*

Gefördert von der Autonomen NPO
»Institut für Übersetzung«, Russland.

ИНСТИТУТ ПЕРЕВОДА

AD VERBUM

**Wieser** *Verlag* GmbH

A-9020 Klagenfurt/Celovec, 8.-Mai-Straße 12
Tel. + 43(0)463 370 36, Fax. + 43(0)463 376 35
office@wieser-verlag.com
www.wieser-verlag.com

*Zweifelsohne gibt es heute schon nicht mehr jene feierliche, bange Haltung gegenüber der Denunziation wie früher.*

Aleksandr Sinowjew, »Homo sovieticus«

*So Glotzäugige.*

Fjodor Sologub, »Der kleine Dämon«

# Personen

*Andrej Iwanowitsch Ljamzin:* Regionalminister für wirtschaftliche Entwicklung

*Ella Sergejewna Ljamzina:* Schuldirektorin, Ehefrau Ljamzins

*Marina Anatoljewna Semjonowa:* Unternehmerin, Geliebte Ljamzins

*Pjotr Iljuschenko:* Pope

*Lena (Lenotschka):* Sekretärin Ljamzins

*Viktor:* Kriminalpolizist

*Natalja Petrowna:* Stellvertreterin Ljamzins

*Nikolaj (Kolja):* Angestellter in Semjonowas Firma

*Tolja:* Angestellter in Ljamzins Ministerium

*Tanja:* Haushälterin der Ljamzins

*Kapustin:* Oberstaatsanwalt

*Katuschkin:* Journalist

*Sopachin:* Geschichtelehrer in Ljamzinas Schule

*Ernest Pogodin:* Salonmaler

*Tschaschtschin:* Theaterdirektor

# 1

Ein Mann lief torkelnd im Nieselregen. »Der ist wohl betrunken«, dachte Nikolaj, »den schmeißt es ordentlich hin und her.« Die Straße verschwamm schon im Dämmerlicht, im Schein der unregelmäßig flackernden Lampen auf ihren Aluminiummasten. In der städtischen Beleuchtung ging allem Anschein nach das Quecksilber zu Ende. Ivan der Schreckliche litt an Quecksilbervergiftung, kam es Nikolaj plötzlich in den Sinn. Er behandelte seine Syphilis und rieb die Beine mit Quecksilbertinktur ein. Oder man rieb sie ihm ein? Am Bächlein, am Bächlein, an jenem Uferstückchen, wusch sich Marusenka die weißen Füßchen, mit wem warst du, Marusenka, die ganze Nacht unterwegs, mit wem, Ma…

Eine große Hand klatschte mit voller Wucht ans nasse Seitenfenster. Nikolaj ließ die Scheibe herunter: Es war eben jener Torkelnde. Teure Jacke, goldener Ring am Finger, ein durchaus solider, aber aus irgendeinem Grund aufgeregter Gesichtsausdruck. Betrunken ja, aber nicht einer aus der Gosse.

»Nimm mich mit, mein Freund!«, flehte der Mann mit unerwarteter Bass-Stimme, wobei er sich nervös über das vom Regen nasse Gesicht wischte.

»Schau ich etwa aus wie ein Taxifahrer?«, knurrte Nikolaj verdrossen.

»Es ist dringend, Bruder, sehr dringend! Ich zahl' auch dafür!«

»War ich nicht deutlich genug? Ich bin nicht dein Kutscher!«

Die Ampel leuchtete grün auf, und hinten begann man ungeduldig zu hupen. Doch der sonderbare Mann legte sich mit seinem gesamten Elefantengewicht auf das Auto, ein Losfahren war nicht möglich.

»Hör zu, verschwinde von hier!«, schnauzte ihn Nikolaj an. Da zog der Unbekannte vor dessen Nase die Geldtasche hervor – feinstes Kalbsleder – und begann plötzlich Fünfhunderterscheine in das Wageninnere zu werfen. Das Geld fiel auf Nikolajs Schultern, auf sein rundliches Bäuchlein und flatterte irgendwo hin unter den Sitz. Hinter ihm auf der Straße ging das erboste Gehupe weiter.

»Geht's noch?«, brummte Nikolaj in immer größer werdender Verzweiflung, und er entriegelte nach kurzem Zögern die hintere Tür. Der Mann ließ sich schwer atmend auf die Sitzbank plumpsen. Die Tür fiel ins Schloss, der Wagen fuhr stotternd los.

Nikolaj richtete den Rückspiegel ein, der dort hängende Rosenkranz kam in heftiges Baumeln. »In der Hand der Rosenkranz, im Kopf die Weiber ganz ...«, huschte es Nikolaj unangebrachterweise durch den Kopf. In der regennassen Fensterscheibe spiegelte sich das angstvolle Gesicht des Passagiers.

»Wohin musst du überhaupt?«, erkundigte sich Nikolaj streng.

»Und du selbst?«, schreckte der Mann hoch.

»Ich muss ins Zentrum.«

»Ich auch. Aber mach bitte einen Umweg, machen wir eine Extra-Runde.«

»Bist wohl vor jemandem auf der Flucht, oder?«

Der Mann verstummte und stieß weiter kurze, heftige Atemzüge aus. Er roch, was verwunderlich war, überhaupt nicht nach Alkohol. Nikolaj starrte gedankenverloren auf die nasse Straße. Irgendwo hatte er gelesen, dass sich jede Minute sieben Prozent der Menschheit in betrunkenem Zustand befinden. Wie viele sind das insgesamt? Nikolaj legte die Stirn in Falten und schätzte. Fünfzig Millionen? ... Wenn dieser schnaufende Alte tatsächlich einen sitzen hat, müsste man das ziemlich riechen. Vielleicht überdeckt das Kräutersäckchen, das seine Frau an der Windschutzscheibe angebracht hat, den Geruch. Ätherische Öle. Selbstgenähtes Aroma-Sachet. Unregelmäßige Stickerei.

Die Frau hat gesagt, das ist ein Gebrauchtwagen, das heißt, er ist von der Energie der früheren Besitzer verseucht. Da bedarf es eines Reinigungsrituals. Du hältst über der Motorhaube eine mit einem Geldschein entzündete Kerze, wenn auch nur mit einem Hundertrubelschein, Hauptsache, er verbrennt ganz, und du rufst laut: »Auf den Erfolg gezahlt!« Du gehst zwölf Mal im Uhrzeigersinn um das Auto herum, bläst die Kerze aus, wirfst den Stummel weit von dir, und die Sache ist erledigt.

Nikolaj sog den Lavendelduft ein.

»Haben Sie das gehört?«, er wandte sich an den Passagier, den er auf einmal mit »Sie« ansprach. »Vor kurzem hat mir ein Kollege erzählt, dass die Ameisen, also wissen Sie, die Ameisen sich über den Geruch verständigen.«

»Hm, was?«, rührte sich der Mann auf dem Hintersitz.

»Die Ameisen, habe ich gesagt. Die haben Pheromone. Und wenn nun eine Ameise stirbt, so bleiben diese Pheromone noch eine Weile erhalten, und, stellen Sie sich vor, die übrigen Artgenossen plaudern mit ihr noch eine Woche. Sie glauben, sie lebt noch. Und wenn man umgekehrt auf eine lebende Ameise Fäulnisgeruch sprüht, so als ob sie schon in Verwesung begriffen wäre, dann ist es aus mit ihr. Sie wird zu Grabe getragen.« Nikolaj schmunzelte.

»Die Arme wehrt sich dagegen, will zurücklaufen in den Ameisenhügel, aber zack, sie wird erneut gepackt und zur Beerdigung geschleppt. Unglaublich, was? Dass so was möglich ist!«

Der Passagier begriff anscheinend, worum es ging, und nickte zustimmend. Er schnaufte noch immer und griff sich in Brusthöhe an seine modische Jacke.

»Ich wusste nicht, dass es bei Ameisen Beerdigungen gibt.«

»Die haben wahrscheinlich auch ihren Leichenwagen, das würd' mich nicht wundern«, grinste Nikolaj. Es erheiterte ihn auf einmal, dass er ohne jeden Hintergedanken, einfach so unversehens den Passagier am Haken hatte. »Und warum haben Sie nicht ›Uber‹ genommen?«

»Uber ... Uber ... damit die nachverfolgen können, wohin und woher? Nein, mir reicht es.«

»Wer ist denn hinter Ihnen her?«

Der Mitfahrer jedoch zog sich wieder in sich zurück und schwieg.

»Ein jeder hat seine Ängste«, sinnierte Nikolaj laut vor sich hin. »Manche haben Angst, das Telefon zu Hause zu vergessen. Meine Tochter ist so eine. Das hat sogar eine eigene Bezeichnung. Ich hab's vergessen. Irgend so eine Phobie. Es gibt Angst vor Mikroben. Vorm Altern. Vor Maulwürfen, Flugzeugen, Gold, Blindheit. Angst davor, an Krebs zu erkranken, in Scheiße zu treten. Zu heiraten. Sich zu verlieben. Leute anzufurzen. Vor einer Menge im Rampenlicht zu stehen. Vor Ärzten, der Schwiegermutter, dem eigenen Spiegelbild. Vor Läusesucht, Strahlung, AIDS, Terroristen. Einzuschlafen und nicht wieder aufzuwachen, ein Haar im Abendessen zu finden. Vor Clowns, Computern, Zugluft. Mundgeruch. Leeren Räumen. Tunnels, Höhe, Wasser, Geld, Medikamenten. Bösen Geistern …«

»Was arbeiten Sie?«, unterbrach ihn der Passagier unvermittelt.

»Ich? In einer Baufirma. Und Sie?«

»In einer Baufirma?« Der Mann wurde lebhafter. »In welcher?«

»Sie etwa auch?« Nikolaj richtete von Neuem den Rückspiegel ein, um irgendwie das Gesicht des Gesprächspartners zu sehen zu bekommen.

Doch anstatt zu antworten starrte der Mann nur ins feuchte Dunkel.

»Wo sind wir da?«

»So wie Sie gebeten haben. Wir fahren jetzt außen herum, und dann ins Zentrum.«

Der Mann beruhigte sich anscheinend. Er wandte sich vom Fenster ab und sagte im Vertrauen: »Das mit den Ängsten … in letzter Zeit habe ich auch Angst vorm Telefon. Augen, überall Augen, verstehen Sie?«

Nikolaj schien verstanden zu haben. Getrübtes Urteilsvermögen. Verfolgungswahn. Wie heißt das noch mal, paranoide Schizophrenie. Schrittweise hat sie sich in die Stadt geschlichen und offenbar jeden Einzelnen in ihren Würgegriff genommen. Bekannte von Nikolaj setzten sich während Gesprächen immer öfter auf ihre Telefone, ließen sie unter ihren warmen Hinterbacken verschwinden, verklebten das Video-Auge der Notebooks mit Isolierband, bewegten sich auf Zehenspitzen im Netz, nur anonymisiert …

In Nikolajs Kopf tauchten kuriose alte Plakate auf. »Schwätze nicht am Telefon, den Schwätzer findet der Spion«. »Der Feind ist bös und schlau – mit beiden Augen schau« … Die Schwiegermutter kam ganz aufgeregt aus dem

Krankenhaus. Es stellte sich heraus, dass die Urin- und Stuhlproben der Patienten in ein kommerzielles Labor geschickt wurden. Und von dort angeblich direkt an ausländische Agenten für irgendeine ungeheuerliche Sabotage. Welche genau, konnte niemand vernünftig erklären, doch das Labor wurde schon von Leuten aus den Diensten durchsucht. Die ganze Aufregung wegen einer einzigen zufälligen Mitteilung »an die Stellen«. Ein achtsamer Bürger. »Achtsamkeit ist des Feindes Leid« ...

Nikolaj rief sich noch einmal das Bild der wie ein aufgeregtes Huhn gestikulierenden Schwiegermutter in den Kopf ... Gut, er hat noch weit bis zur Pension. Eine fatale Sache. Grütze und Schwarzbrot. Er erinnerte sich an einen Witz, den er gestern von Stefan, einem Arbeitskollegen beim Generalunternehmer, gehört hat:

»Auskunft – was wollen Sie?« – »Hallo, Enkelchen, gib mir das Nümmerchen vom Telefon, wo sie, na, die Pension auszahlen.« – »Entschuldigen Sie, wir vermitteln keine Auslandsgespräche ...«

Nikolaj wieherte vor Lachen, Beljaewa, die mürrische Schachtel, schielte missbilligend auf sie: Worauf, möchte ich wissen, spielt ihr da an.

Übrigens, mit der Arbeit hatte Nikolaj Glück, über einen Freund ist er hineingekommen. Beschaffungsabteilung, Großaufträge von der Stadt und der Regionalregierung. Unlängst wurde die Eishalle für das Sportfest übergeben. Blitzlichter, rote Bänder, Festtagsreden. Dann wurden die Wände feucht, die Fugen waren schlecht abgedichtet. Alles wurde auf den Sub-Unternehmer geschoben ... »Man hätte es so wie die Chinesen machen sollen«, scherzte Stepan. »Als sie ihre Mauer bauten, haben sie gekochten Reis zum Zement getan.«

Reis mochte Nikolaj nicht, und ein Teil der für die Halle bestimmten Metalldachfliesen soll auf dem neuen Dach der Landvilla der Chefin entdeckt worden sein. Marina Semjonowa ist die Generaldirektorin. Junges Blut, gepflegteste Hände. Nikolaj hat sie erst einmal von Angesicht zu Angesicht gesehen, beim Silvesterbesäufnis. Dafür hing ihr Ölportrait im Empfangszimmer. Eine Arbeit des jungen Künstlers Ernest Pogodin. Zobelpelz, herausfordernder Blinzelblick. Leichtes Sfumato, lasuriert. Schwerer Goldrahmen. Stammkunden erhalten Rabatt.

Das Auto holperte voran, die dunkle Straße war mit Schlaglöchern übersät, die Räder durchfurchten schmatzend die Pfützen. Nikolaj fluchte. Der Asphalt war erst im Vorjahr erneuert worden – während Schneefalls und kunterbunt mit Dreck vermischt, nur damit es zum Stichtag fertig wurde. Und jetzt, bitte, nichts als Schlick und Gräben.

»Haben wir's?«, keuchte der Passagier auf.

»Sie haben mich ja hierher gejagt, was grummeln Sie jetzt daher. Gleich steigen wir aus«, schnappte Nikolaj über die Schulter zurück.

Der Regen wurde heftiger, es prasselte hernieder und klatschte unverfroren auf das Wagenäußere, wie eine Männerhand auf einen Frauenschenkel. Die Scheibenwischer flogen tachykardisch rasend hin und her. An den Straßenseiten waren schon keine hölzernen Wohnbaracken mehr zu sehen, bloß noch eine Betonabzäunung. PO-2-Zaunelemente mit hervorspringenden Rhomben. Die Aufschriften waren in der hereinbrechenden Dunkelheit nicht zu erkennen, aber die paar größten hielten sich jahrelang, Nikolaj hatte sie sich gemerkt. Eine weit ausladender Anschlag »Tamada[1] und Akkordeonist« samt

Telefonnummer, ein schiefes, halb verblichenes »Russland für die Traurigen!«

»Jetzt noch um die Ecke und wir drehen um. Wie geht es Ihnen?«, rief Nikolaj dem auf dem Rücksitz hin und her sackenden Passagier zu, doch der war anscheinend eingenickt und keuchte nur etwas Unverständliches.

»Das hat noch gefehlt, dass ihm womöglich schlecht wird«, dachte Nikolaj. Die Fahrbahn bot nun keinerlei Halt mehr, das Auto heulte auf, die Räder verwirbelten die Pfütze zu schmutzigem Schaum.

»Wir kommen nicht vom Fleck!«, schrie Nikolaj und stieg bis zum Anschlag auf das Gaspedal. Wieder und wieder. Der Reifen kratzte am abgebrochenen Rand des Asphalts, das schwere Vordergestell hob sich, der Wagen erzitterte mit Geheul, um schließlich kraftlos wieder zurück ins Schlammwasser zu rutschen. Es fehlte bloß ein Quäntchen mehr Antrieb. Wenn doch der Passagier für einen Augenblick ausstiege …

Nikolaj drehte sich um. Der Mann lag halb da, an die Seitentür gedrückt, und war, so schien es, gänzlich weggetreten.

»He, Alter«, rief Nikolaj, »wir sind steckengeblieben! Aussteigen!«

Schweigen. Keine Reaktion.

»Schei…benkleister«, stieß Nikolaj verärgert hervor, schlug den Mantelkragen hoch und stieg vorsichtig hinaus in das rauschende, nasse Etwas.

Er stand sofort bis zum Knie im kalten Wasser und fluchte noch lauter. Vorsichtig begann er, das abgesunkene

---

[1] Tischmeister bei georgischen Tafelrunden. (Anmerkungen im Buch wurden vom Übersetzer eingefügt.)

Heck anzuheben, wobei er jeden erdenklichen Halt zu finden versuchte. »Dieser Ganter dort hinten ist ja schon ganz gaga, der schiebt mich nicht hinaus. Nun gut, allein schaffe ich es nicht, jemand wird schon anhalten und helfen«, dachte Nikolaj, den es am ganzen Leib fröstelte. Die Straße war allerdings schon vollkommen menschenleer, nur ein Ungetüm von LKW dröhnte vorbei, noch von der Ferne umgab es ihn mit grauen Schwaden.

Nachdem sich Nikolaj zur Hintertür durchgearbeitet hatte, klopfte er einige Male an die Scheibe, doch sein Mitfahrer rührte sich kein bisschen. Seine Nase war an die Scheibe gedrückt, eine weiß schimmernde, unförmige Knolle.

»Na komm«, knurrte Nikolaj, riss an der Türschnalle und öffnete die Tür auf Anschlag.

Da kippte der Mann aus dem Wageninneren und fiel Nikolaj wie niedergemäht vor die Füße. Mit der Stirn schlug er an den schiefen, aus der Pfütze ragenden Randstein, seine Arme waren unter dem Gewicht des Rumpfes unnatürlich verdreht. Die kurzen Beine in feinsten Lackstiefeletten verschwanden im schwarzen Wasser. Der Mann bewegte sich nicht.

»Hören Sie!«, schrie Nikolaj, nervös schluckend, mit einer ihm fremden kreischenden Stimme. »Machen Sie da irgendwelche Spielchen?«

Er hockte sich nieder und schüttelte den Mann an den Schultern. Sein Körper war völlig reglos, und von der Stirn floss Blut in einem dünnen Rinnsal, das alsbald vom Regen weggewaschen wurde. Ein Auge starrte leblos auf den Tanz der Regentropfen auf der Straße, das andere war zum Boden gedrückt. Unter leisem Zähneklappern legte Nikolaj seine Fingerkuppen auf den Kehlkopf des Mannes und tastete seitwärts bis zur weichen Vertiefung am Hals. Er hielt inne, wartete. Kein Puls zu spüren. Da durchfuhr es ihn: am Handy muss eine Taschenlampe sein; das Wichtigste jetzt ist, keinerlei Aufmerksamkeit zu erregen. Im Übrigen waren ohnehin keine Autos auf der Straße. Kein Arbeitstag, kaum bewohntes Gebiet. Keine Beleuchtung, keine Menschenseele.

Er schaltete die Taschenlampe ein und richtete den Lichtstrahl auf das eine Auge. Die Pupille reagierte nicht. Über Nikolajs Brust rannen Schweißtropfen, obwohl ihm die Kälte durch und durch ging. Es musste etwas getan werden. Die Polizei anrufen? Da wird man ihm sofort einen Mord anhängen. Nein, kommt nicht in Frage. Die Jacke des Mannes durchstöbern, nach Ausweis, Telefon? In der Geldtasche des Toten müssen ja Kreditkarten sein … nein, geht nicht, das hinterlässt Fingerabdrücke.

Die Flucht ergreifen, es blieb nichts anderes übrig! Nikolaj packte den Mann am Kragen seiner Lederjacke und zog ihn auf das, was ein Gehsteig sein sollte, geradewegs zum Zaun. Die nasse Jacke war ganz glitschig, fast wie flüssiger Teer, und rutschte aus den vor Anspannung verkrampften Fingern, das Herz pochte dumpf in seinem knöchernen Käfig. »Schneller, schneller«, hämmerte sich Nikolaj ein. Nachdem er den Leichnam weggeschleppt hatte, klopfte er die Taschen seines Mantels ab – alles da, nichts verloren in der Pfütze. Er lief zur Fahrertür. Sprang hinein, versperrte von innen, legte die Hände aufs Lenkrad, atmete durch und fuhr los.

Es kam ihm in den Sinn, dass die Geldscheine, die der Tote ins Wageninnere geworfen hatte, jetzt unter seinem Sitz, unter dem tropfnassen Mantel, aufgeweicht sein müssen. »Warum nur hab ich diese seltsame Figur einsteigen lassen!«, ging es ihm wie eine Leier durch den Kopf.

Er fuhr auf eine beleuchtete Straße und dann immer weiter durch den strömenden Regen, er wusste selbst nicht, wohin. Der im Regen wankende Unglücksvogel hatte sich in seinem Gedächtnis festgekrallt. Nun liegt sein Leichnam beim Betonzaun, mit dem Gesicht nach unten, die Nasenlöcher im Dreck. Der hat schon beim Petrus angeklopft ... Hätte er zuvor zufällig noch gelebt, so wäre er jetzt sicher erstickt. Das Genick angehoben, der nasse Kragen der Jacke zerknautscht. Nikolaj musste daran denken, dass sich auch Tote noch bewegen können. Elektrochemie. Muskelkontraktionen. Spasmen der Gliedmaßen, Zusammenkrampfen der Finger. Scheinbare Kopfbewegungen infolge inneren Gasdrucks. Ein plötzlicher Stöhnlaut der von Luft umspielten Stimmbänder ... Vielleicht machte auch der jetzt einen Katzenbuckel oder bog sich zu einem Rad.

Im Handschuhfach klingelte das Telefon, langsamer Glockenton. Seine Frau suchte ihn. Nikolaj sollte schon längst zu Hause sein von seinem ehemaligen Institutskollegen. Der hatte ihn eingeladen in sein Häuschen, wie es sie viele gibt in der Stadt. Er wollte auf Freundschaftsbasis zum Großhandelspreis eine Spanndecke fürs Wohnzimmer bestellen.

Motorsäge »Freundschaft« – erinnerte sich Nikolaj auf einmal und erschrak darüber, dass er an so einen haarsträubenden Unsinn dachte, doch dieser Unsinn klebte in seinem Gedächtnis fest. »Freundschaft«. Einzylinder-Verbrennungsmotor. Vier PS. Die Bezeichnung steht zu Ehren des dreihundertsten Jahrestages – 1954 – der Vereinigung der Ukraine mit Russland. Das Hetmanat und das russische Zarenreich. Das Vierundfünfzigerjahr also. Das heißt, sechs Jahrzehnte später ... Zuerst die Herstel-

lung der Freundschaft, dann die Herstellung der historischen Gerechtigkeit, dann ... die Herstellung feuchten
Gipskartons ... »Zum Teufel, was geht mir da im Kopf
herum?«, stöhnte er laut.

Das Telefon läutete wieder und wieder. Nein, Nikolaj
konnte jetzt mit niemandem sprechen ... »Mit welchem
Glockenton beginnt die Melodie?«, fragte er sich plötzlich
besorgt. »Mit dem Ton der kleinen oder der großen
Glocke? Wenn mit dem der Kleinen, dann ist es die Trauer-
stimmung. So ist es wohl – oder nicht?« Nikolaj spitzte
die Ohren, als hinge von der Abfolge der Glockentöne
seine Zukunft ab. Doch die Melodie brach unvermittelt ab.

Er umrundete zum x-ten Mal das desolate Gebäude
des ehemaligen Pionierpalastes und begriff, dass er um ein
und dasselbe Viertel kreiste, über die immer selben Kreuzungen. Was, wenn ihn die Straßenkameras fixiert hatten?
Obwohl, wegen der Regenfluten sind die wahrscheinlich
nicht funktionstüchtig. Nikolaj hielt bei der nächsten
Abzweigung an, stellte den Motor ab und stützte sich
benommen an die verschwommene Windschutzscheibe.
Seine Mutter hatte Regenallergie. Wenn es vom Himmel
schüttete, röteten sich ihre Augen, die Stimme versagte
und sie bekam Pickel. Sie hatte Angst vor Regen, schloss
die Fenster, ging in das hinterste Zimmer. Sie hatte Angst ...
Dieser Mann hatte gesagt, er habe Angst.

Nikolaj führte sich wieder und wieder das Bild vor
Augen, wie der Unbekannte aus seinem Auto kippte. Mit
der Stirn auf den Randstein. Den Randstein. Pressbeton ...
Nikolajs Hand löste sich vom Lenkrad und drückte krampf-
haft auf die Hupe. Einige verschwommene Gestalten, die
am Gehsteig vorbeihuschten, hielten kurz inne, um zu
schauen, woher der Hupton kam, und verschwanden als-

bald mit ihren zusammengeklappten Regenschirmen in ein Haus. Es war ein Café.

Schon ein paar Minuten später saß auch Nikolaj drinnen. Er hörte, wie sich seine eigene Stimme, völlig unabhängig von ihm und ziemlich fest, an die Kellnerin wandte und eine Tasse Kaffee verlangte.

»Und vergessen Sie die Milch nicht.«

»Die Milch ist aus«, antwortete die Kellnerin. »Ich kann einen Americano anbieten.«

Nikolaj nickte. Die Kellnerin war sehr jung, etwa im Alter seiner Tochter. Die Haare zu einem Zopf geflochten. Bordeauxfarbene Schürze. Leicht plattfüßig. Sie verschwand hinter den Tischen, an denen junge Leute die Köpfe zusammensteckten und fröhlich durcheinander plapperten. Das Café war gut besucht. In einer Ecke eine ausgelassene Männerrunde. Sie fletschten die Zähne vor Lachen, sodass die Goldkronen funkelnd zum Vorschein kamen. Aus irgendeinem Grund kam Nikolaj eine Freundin seiner Frau in den Sinn, die sich in der städtischen Zahnambulanz mit Hepatitis angesteckt hat. *Colgate* Zahnpasta. Angeblich heißt das aus dem Spanischen übersetzt »geh und häng dich auf«. Geh und … Nikolaj fasste sich an den Kopf, der ihm dröhnte und voll war von dummem Zeug, welches er einfach nicht losbekommen konnte. Bloß an irgendetwas denken, um sich nicht an den leeren, trüben Blick desjenigen zu erinnern, der jetzt in der Dunkelheit mit dem Gesicht nach unten im Regen lag. Nikolaj befühlte seine Hose – durch und durch nass, gleich wird es ihn frösteln und er sich verkühlen. Und wieder fuhr ihm so eine unnütze Frage durch den Kopf: Warum friert heißes Wasser schneller zu Eis als kaltes? … Was wird aus seinem verstorbenen Mitfahrer, wenn es in der Nacht friert und die Pfütze zu Eis erstarrt? Er wird wohl schon ganz unter Wasser sein.

Die Kellnerin stand vor Nikolaj und klimperte mit der Kaffeetasse. Schwarzer Inhalt, weißer Rand. Sie drehte sich um und ging zur lachenden Runde, von wo man sie gerufen hatte. Der Lauteste von denen, der mit den Goldkronen, erzählt etwas Lustiges, sie wird verlegen und schwenkt ihren Zopf hin und her. Über ihnen laufen auf dem an der Wand befestigten Flachbildschirm tonlos die Nachrichten. Bild um Bild. Inspizierung der beschädigten Stromleitungen, ein Alte im Frotteemantel mit fleckigen Händen klagt, dass es kein Licht gibt, die streng frisierte Ansagerin bewegt unkoordiniert ihren Mund. Nikolaj nippte am Kaffee und zuckte, da er heiß war. Wieder blickte er auf den Bildschirm. Man zeigte irgendeinen Funktionär vor städtischem Hintergrund. Ein bekanntes, aber doch nicht zuordenbares Gesicht, ovale Figur, lässig aufgeknöpfte modische Jacke ...

Nicht doch! Plötzlich durchfuhr Nikolaj eine heftige, aufwühlende Ahnung. Er starrte auf das Gesicht des Sprechenden. Dass er ihn nicht gleich erkannt hat! Aus dem Bildschirm blickte und sprach zu ihm sein Mitfahrer von vorhin. Stimmt es wirklich? Nikolaj kniff die Augen zusammen und öffnete sie wieder. Ja, das war der nämliche Mann. Eben der, der auf der Straße dahingetorkelt war. Da gab es keinen Zweifel. Vor Aufregung nahm Nikolaj einen großen Schluck, verbrannte sich, spuckte den Kaffee geschwind zurück auf die Untertasse und sog Luft durch seine zusammengerollten Lippen. Auf dem Bildschirm bewegte Andrej Iwanowitsch Ljamzin weiterhin energisch seinen Unterkiefer, also niemand anderer als der Regionalminister für wirtschaftliche Entwicklung. Der nunmehr – vorerst hatte außer Nikolaj niemand eine Ahnung davon – verstorbene Minister.

Ihm wurde übel und quälend drängte es ihn zur Toilette. Er stand auf und ging raschen, gleichwohl gehemmten Schrittes zum WC.

## 2

»Also, es wurde tatsächlich nichts gestohlen?«, wunderte sich Anetschka, die Sekretärin.

»Offizielle Kommentare gibt es keine, aber der Journalist von ›Sirene‹, na, wie heißt er gleich, Katuschkin, der schreibt, dass man beim Toten Geldtasche und Telefon gefunden hat. Nur die Scheine sind nassweich geworden«, merkte Stepan an.

»Von dem, was euer Katuschkin zusammendichtet, muss man die Hälfte abziehen. Warten wir, was in den normalen Nachrichten kommt, dann werden wir es erfahren«, stutzte Beljaewa ihn zurecht, und sie begann geräuschvoll den Heftapparat zu füllen.

Nikolaj saß gedrückt in einer Ecke des Büros der Beschaffungsabteilung und spitzte seinen Bleistift. Von morgens an erörterten die Kollegen die alptraumhafte Nachricht und drehten und wendeten ein und dasselbe in alle möglichen Richtungen. Die Vorgesetzten hatten sich irgendwo in den oberen Stockwerken eilends zu Beratungen zusammengefunden. Durch den plötzlichen Tod Ljamzins waren große Bauprojekte der Firma bedroht. Die Agenturen waren in Aufregung, im Internet spitzte man die Ohren.

»Sonderbar, dass er in dieser verlassenen Gegend ganz allein war«, brach es zum wiederholten Mal aus Anetschka hervor.

»Sonderbar, dass man ihn überhaupt gefunden hat«, erwiderte Stepan eifrig. »Der Kanaldienst kommt da sonst nie hin. Nicht einmal auf dem Hauptplatz haben sie es in drei Jahren geschafft, eine Stelle freizupumpen. Und nun sind sie auf einmal die ganze Stadt abgefahren, um die Auswirkungen des Regens zu begutachten. Hörst du, Kolja? Sie haben sich endlich besonnen. Sonst läge der Minister noch immer am Straßenrand und wär schon von den Hunden zerfressen.«

Nikolaj stammelte wirr vor sich hin. Beljaewa betätigte wie wild den Heftapparat. Alle in der Abteilung wussten, dass sie Haarausfall hatte. Büschelweise verlor sie die Haare. Sorgfältig verbarg sie die blanken Stellen mit einem Dutt. »Dutte und Perücken, wir kaufen Haare zu Bestpreisen«, stand auf einem Plakat im Lift des Hauses von Nikolaj. Die Tochter erzählte gestern beim Frühstück, dass man früher bei Hof morgens schwarze Perücken trug, tagsüber braune und abends weiße. Kontrastprinzip. Gestern beim Frühstück. Noch vor der Katastrophe … Die rotgeränderten Holzkringel fielen aus dem Spitzer, matt erglänzte die Bleistiftmine.

»Wie lang ist er denn dort gelegen?«, fragte Anetschka.

»Zum Teufel, es ist nicht zu fassen, wir haben noch zusammen den Bericht gelesen. Höchstens zwölf Stunden. Mehr wird vorerst nicht bekannt gegeben«, warf Stepan ein, während er im Zimmer hin und her ging. »Was meinst du, Kolja, ist er so gestorben oder hat man ihn ums Eck gebracht?«

»Er kann auch so gestorben sein …«, murmelte Nikolaj.

»Kennt ihr den?«, grinste Stepan und fuhr fort, wie immer, ohne die Antwort abzuwarten: »Eine Banane und eine Zigarette streiten sich, wessen Tod schrecklicher sei. Die Banane sagt: ›Mein Tod ist grauenvoll. Man zieht mir die Haut ab und verspeist mich lebendig.‹ Darauf die Zigarette: ›Das ist noch gar nichts. Mir zünden sie den Kopf an, und dann saugen sie am Hintern, damit der Kopf weiterbrennt‹.«

Stepan wieherte mit krächzender Stimme los. Anetschka wurde rot. Beljaewa presste die Lippen zusammen und rüttelte empört an den Tischladen.

»Und habt ihr den schon gehört?«, kam Stepan in Fahrt, ohne sie zu beachten. Er ging weiter hin und her, von Ecke zu Ecke. »In der Wohnung eines Mannes tauchte an der Decke ein schwarzer Fleck auf, am nächsten Tag starb der Mann an einem Herzinfarkt. Dann das Gleiche in einer anderen Wohnung – der Bewohner bemerkte einen schwarzen Fleck an der Decke, und am nächsten Tag starb er an einem Herzinfarkt. Und dann tauchte in der Wohnung von Iwanow ein Fleck auf …«

»Mir reichen diese Witze«, seufzte Anetschka laut auf.

»Also ein Fleck bei Iwanow«, fuhr Stepan lauter werdend fort. Der ruft bei der städtischen Hausverwaltung an. ›Hallo, ich hab da einen schwarzen Fleck an der Decke. Kann man das richten? Gut. Und was kostet das?‹ Man antwortete ihm etwas. ›Wie viel?‹, fragte Iwanow nochmals – und starb an einem Herzinfarkt.«

Stepan grunzte wieder vor Vergnügen.

»Wenn Sie sterben, Stepan, werde ich auch lachen«, sagte Beljaewa in schneidendem Ton, stand auf und ging aus dem Zimmer. Am Gang war lebhaftes Stimmengewirr zu vernehmen, ein lautes Durcheinander von Männerstimmen, durchschnitten von Stöckelschuh-Geklapper. Anetschka sprang zur Tür, trippelte dem Haufen nach, steckte dann den Kopf zur Tür herein, um in düsterem Flüsterton zu verkünden: »Die Semjonowa ist gekommen!« Und verschwand wieder.

»Also, wenn die Generaldirektorin da ist, heißt das, dass es brennt«, schloss Stepan und setzte sich zu Nikolaj. Der war mit dem Bleistiftspitzen fertig und klimperte nun stumpfsinnig mit den Lidern, während er auf den vor ihm liegenden Tischkalender schaute, auf dem unten die Monate standen und oben unter der Überschrift »Russlands treue Söhne« vor dem Hintergrund goldener Kuppeln Recken in den Sonnenuntergang ritten.

Stepan blickte zu Nikolaj, seufzte und fragte ihn ganz leise: »Weißt du wohl, dass sie unsere Semjonowa zum Verhör vorgeladen haben?«

Nikolaj riss es: »Wozu?«

»Was heißt da, wozu? Ljamzin war ja ihr Liebhaber. Hast du das nicht mitbekommen?«

Schon eine ganze Zeit lang hatte Nikolaj von solchen vagen Anspielungen und Gerüchten gehört, und dennoch ist es ihm während der ganzen letzten, schlaflosen Nacht kein einziges Mal in den Kopf gekommen.

»Und weiter?« Er fixierte Stepan.

»Nun, gestern hat sie ihn anscheinend bei sich erwartet. Ljamzin hat seinen Chauffeur heimgeschickt und ist mit dem Taxi zu ihr gefahren. Und ist auch, so scheint es, dort angekommen. Aber zu ihr hinaufgegangen ist er nicht. Semjonowa hat vergeblich auf ihn gewartet. Angeblich. Vielleicht flunkert sie auch. Jetzt wird sie sich wohl beeilen, die Dokumente zu verbrennen.«

»Welche Dokumente?«

»Kolja, stell dich nicht so blöd«, Stepans Geplapper wurde immer schneller und schneller, »warum, glaubst du, haben wir die fettesten Aufträge bekommen? Ljamzin hat alle anderen Angebote mit irgendwelchen Begründungen ausgeschieden. Einmal passten die Fristen nicht, ein andermal die Formalitäten. Und wir blieben als Sieger übrig. Die Eishalle – wir, das neue Spital – wir, die Renovierung des Bahnhofs, bei der wir drei Jahre herumgetan haben – auch unser Auftrag. Und diese Brücke für den Schwerverkehr, du erinnerst dich ...«

»Ja, natürlich. Da hat sich auf einmal herausgestellt, dass der Grund und Boden nicht der Stadt gehört. Der musste schwarz abgekauft werden.«

»Genau, und wem?«, zwinkerte Stepan verschmitzt.

»Woher soll ich das wissen.«

»Der Semjonowa! Auf dem Papier halt dem Ehemann der Schwester. Sie hat also zweimal aus dem Budget scheffeln können. Für das Grundstück und für den Auftrag. Und Ljamzin war dabei behilflich. Er hat aber auch an sich gedacht und sich einen kleinen Kick-Back genehmigt.«

»Und wieso haben sie ihn bis jetzt nicht zerrissen?«, fragte Nikolaj erstaunt, nachdem er erst so richtig begriffen hatte.

»Es sieht ja ganz so aus, dass sie ihn eben zerrissen haben. Ljamzin balancierte zuletzt am Abgrund dahin. Unser Abteilungsleiter hat mir heute gesteckt, dass es so Gerüchte gab, man habe den Toten mit, na wie sagt man, mit anonymen Anschuldigungen verfolgt. So nach der Art – wir wissen alles, wir werden alles an die zuständige Stelle weitergeben. Dem Gouverneur berichten. Oder halt so ähnlich. Und da hat er das Sausen bekommen.«

»Das heißt, der Denunziant hat ihn auch umgebracht?«, stieß Nikolaj hervor.

Stepan schnalzte mit der Zunge und machte eine abwehrende Handbewegung: »Das sind bloß Gerüchte, und du halt besser still.«

Am Gang waren wieder von fern her Stimmen zu hören, Schritte, undeutliches Rufen. Stepan stand auf, öffnete einen Spalt breit die Tür, schaute hinaus, zuckte mit den Schultern und eilte an seinen Arbeitsplatz zurück, wo er mit der Computermaus fahrig nach neuen Nachrichten suchte. Auch Nikolaj hatte seinen Blick auf den Computer gerichtet, auf die Seite des Stadtforums. Man diskutierte den Mord am Minister. Aber er konnte sich nicht konzentrieren, sein Blick war abgelenkt. »Altersfett? – im Handumdrehen weg mit dem ganz gewöhnlichen, günstigen ...«, sprang ihn ein grelles pulsierendes Bild am Rand an. »Um mit 65 wie 43 auszusehen, machen Sie sich zur Angewohnheit, 10 Minuten vor dem Schlaf ...«, endete unvollständig ein anderes Bild. Überall blitzten hängende Hüften, rosa Warzen und dreifach aufgeblasene Frauenbrüste.

»Step, es ist ja Mittagspause. Ich habe der Tochter versprochen, gemeinsam zu essen«, sagte Nikolaj schließlich und riss sich vom Bildschirm los. »In einer Stunde bin ich wieder da.«

Nikolaj zog geschwind seinen Mantel an und ging hinaus auf die Straße. Es war windig, kühl und feucht. Vereinzelt schlugen ihm Tropfen ins Gesicht. Der Himmel war wie in einzelne graue Schwaden zerfetzt. Nikolaj erinnerte sich an Ljamzins verlorenen Blick. Es stimmt also, dass man ihn verfolgt hat. Das war keine Paranoia, ganz im Gegenteil. Oder ist das »ganz im Gegenteil« auch eine Diagnose? Wohl Pronoia. Wenn man an Verschwörer glaubt, die einen nicht vernichten, sondern retten wollen. Es kam ihm sonderbarerweise die Geschichte eines Musiklehrers in Kroatien in den Sinn, der ein Zugsunglück, einen Zwischenfall mit einem Flugzeug und drei Autounfälle überlebt hat. Zweimal hat es bei ihm gebrannt, einmal ist er in eisiges Wasser gefallen. Er stürzte in eine Schlucht und konnte sich an einem Baum festhalten. Eine unglaubliche Rettung.

Ein einbeiniger junger Mann auf alten Holzkrücken und in Uniform verstellte Nikolaj den Weg. Die unförmigen Gummi-Enden der Krücken steckten im Schlamm, auf der Brusttasche der Jacke trug er ein St.-Georgs-Band, seine von Brandwunden vernarbte Stirn war faltig wie ein Harmonika.

»Haben Sie eine Zigarette für einen Donbass-Veteranen?«, bat der Einbeinige höflich.

»Ich rauche nicht«, antwortete Nikolaj, wich achtsam rechts am Veteranen vorbei und ging weiter zu seinem Auto.

»Hör zu, du Sauhund«, der Veteran stampfte mit seinen Krücken, »während du im Hinterland deinen Arsch gewärmt hast, habe ich unsere gemeinsame Heimat verteidigt, verstanden?«

»Verstanden«, antwortete Nikolaj gefügig, während er in der Tasche nach dem Autoschlüssel kramte.

»Ich habe für solche Russen wie dich mein Bein geopfert.«

»Ich habe Sie nicht darum gebeten«, antwortete Nikolaj.

»Gib mir etwas, damit ich mir Prothesen leisten kann, guter Mann. Für Medikamente gib mir was! Die Bürohengste haben uns Veteranen im Stich gelassen! Sie haben uns beschissen und sich dann verpisst. Spende ein paar Tausend, hör doch!« Die Stimme des Bettelnden wurde auf einmal ganz gütig und weich.

Nikolaj stieg schweigend ins Auto, während der Veteran ihm immer lauter hinterherschrie und dabei in wüstes Geschimpfe kippte.

»Du bist ja um nichts besser als diese Faschisten, du Häuslbrunzer. Ich merk' mir deine Nummer, du Dreckschwanz, verstanden? Ich bin nicht allein, wir sind viele!

Die Motorhaube werden wir dir zerkratzen, du Schwuchtel ...«

Die weiteren Drohungen verloren sich im Knattern des gestarteten Motors. Nikolaj reversierte langsam. »Faschist, Faschist!«, war von Neuem das Geschrei des Veteranen zu hören, und der Wagen fuhr vorsichtig aus dem Hof, in dem noch tief das Wasser vom gestrigen Dauerregen stand. Im Rückspiegel zitterte das Bild des Einbeinigen. »In zehn Jahren«, so dachte Nikolaj, »wird man Gliedmaßen künstlich nachwachsen lassen können, für die, die Geld haben.« Man braucht nur das Bein eines Toten. Als Karkasse. Dann werden Muskelzellen des Empfängers injiziert, es kommt in eine Art Brutkasten, Sauerstoff dazu ... Hätte man Ljamzin wiederbeleben können? Künstliche Beatmung. Nikolaj hat es nicht einmal versucht. Vielleicht hat er noch gelebt. Wie soll man das feststellen? Benachrichtigung über einen Todesfall, Paragraph 66 ...

Nach der schlaflosen Nacht arbeitete sein Kopf nur mit halber Kraft. Zu Hause hatte ihn die Frau befragt, warum er so durchnässt war. Er log, dass er das Auto nicht habe starten können und anschieben musste. Einen Impuls geben. Impuls – das ist doch Masse mal Geschwindigkeit? So scheint es. Die Ejakulationsgeschwindigkeit beträgt 50 km/h. Nikolaj blickte auf den zitternden Zeiger des Tachometers, dann hinauf auf die Windschutzscheibe – und bemerkte plötzlich, dass unter dem Scheibenwischer ein gefaltetes Blatt Papier steckte. Er bremste ab, sprang aus dem Wagen und nestelte das Blatt hervor ... Ein ganzes A4-Blatt, schwarze Druckerpatrone. In großen Buchstaben stand im Querformat gedruckt: »Mörder«. Nur dieses eine Wort. Nikolaj erstarrte. Wer? Wer hat dieses Blatt angebracht? Er blickte sich verstohlen um. Bei der Hofausfahrt war niemand. Bloß eine müde Mutter zog einen Buben mit Schultasche hinter sich her, und ein Mann mit einem Paket schlurfte mürrisch irgendwo hin. Der Veteran, am Ende der Veteran?

Nikolaj war perplex, er setzte sich wieder ins Auto und stieg aufs Gas. Seine Hände zitterten am Lenkrad, und für einige Minuten türmte sich in seinem Gehirn eine einzige große Schwärze zusammen. Dann tauchten fetzenweise einige Gedanken auf. Angenommen, den Zettel hat der Einbeinige daruntergesteckt – wer hat ihn dafür angeheuert? Oder tat er es von sich aus? Warum nur hat er ihm kein Geld gegeben? Er hätte ruhig ein wenig großzügig sein können. Aber wenn es nicht der Krüppel war, wer dann? Das heißt, jemand verfolgte ihn.

Der Zettel flatterte auf dem Beifahrersitz. »Mörder!« Nikolaj überlegte, wie man den Verfasser ausfindig machen könnte. Man sagt, früher habe man von der Schrift auf die Schreibmaschine schließen können. Kann man einfach aufgrund der Tinte den Drucker identifizieren? Bei diesen kriminalistischen Überlegungen wurde Nikolaj immer desperater. Wenn es wenigstens Farbdruck wäre. Er hat gehört, dass Farbdrucker auf jedem Blatt einen Code hinterlassen. Kleine, kaum sichtbare gelbe Punkte.

Vor ihm hielt ein Trolleybus. Im kaum durchsichtigen Rückfenster schaukelten die verschwommenen Gesichter der Passagiere. Der Fahrer war ausgestiegen und in seiner Warnweste auf die Außenleiter geklettert, um den Stromabnehmer wieder einzurichten. Trolleybusse ... In Murmansk gibt es die weltweit am nördlichsten eingesetzten, und die längste Linie befindet sich wo? Auf der Krim?

Der Fahrer hat sich erfolgreich mit den Leitungsdrähten herumgeschlagen und ist flott wieder heruntergestiegen. Fahrer – oder Führer, das kommt doch von Anführer, Chef? Oder von woher sonst? Und das aus dem Französischen stammende Chauffeur bedeutet Heizer, hat die Tochter gesagt. Warum Heizer? Eben deswegen, weil die ersten Verkehrsmittel mit Kohle betrieben wurden. Die Eisenbahn wurde vor dem Automobil erfunden … Der Bus kam langsam wieder in Fahrt, und Nikolaj folgte ihm – aus irgendeinem Grund überholte er ihn nicht.

Er wollte den verdammten Zettel wegschmeißen. Aber wie? Aus dem Fenster? Er langte mit der Rechten auf den Beifahrersitz, wendete das Blatt und schielte darauf. »Mörder!« Noch dazu mit Rufzeichen. Möglicherweise einer der Kollegen? Beljaewa war wütend irgendwohin abgehauen. Nikolaj stellte sich vor, wie sie sich bückt und das Blatt unter den Scheibenwischer steckt. Aber woher wusste sie davon? Nein, das ist doch alles Unsinn, das träumt er. Es träumt ihm. Nikolaj nahm das Blatt, knüllte es mit aller Kraft zusammen und warf es aus dem Fenster, unter die nassen Reifen. Da hörte er seinen Magen laut und fordernd knurren. Aber er sah sich nicht im Stande, stehenzubleiben, durchzuatmen und in ein Café zu gehen, um etwas zu essen, seine Finger zitterten noch zu sehr. »Wer, wer, wer«, murmelte Nikolaj, schon automatisch, dumpf, wie eine Fabriksmaschine, wie ein Maschinengewehr. Immer dasselbe. Immer dasselbe.

Inzwischen hatte er bemerkt, dass er eben die besagte Strecke fuhr. Er passierte die Kreuzung, an der Ljamzin zu ihm ins Auto gesprungen war, und gleich daneben befand sich der neue Luxusbau, in dem tatsächlich Semjonowa wohnte, mit der der Tote seine amourösen Aben-

teuer hatte. Und jetzt bewegte er sich Richtung Außen-
umfahrung, entlang der braunen Pfützen von gestern.
Wieder knurrte der Magen. Es verlangte ihn unbändig
nach warmer Krautsuppe. »Schau nur, was dort ist …«,
dachte Nikolaj, und wusste selbst nicht, was er dort an
jenem unseligen Straßenrand sehen wollte. Etwa gar den
Leichnam Ljamzins? Gleichzeitig mit Ljamzin ging ihm
der dampfende Eintopf durch den Kopf. Krautsuppe und
Grütze – zu vielem nütze. Wo Krautsuppe, da auch unsre
Truppe. Die Frau kocht keine schlechte, aber er eine noch
bessere. Das Wichtigste ist, dass Sauerkraut genommen
wird. Und möglichst viel Fleisch. Schweinsrippen. Es
heißt, schon die Neandertaler hätten Suppen zubereitet.
In einem Ledersack, aber nur für Kranke und Zahnlose.
    Nikolaj biss sich auf seine wulstige Lippe. Da, der
nämliche Zaun mit den Rhomben. Plakatfetzen. Eines mit
dem Foto einer Gemeinderätin »Bei den Frauen ist alles
Herz, auch der Kopf«; ein großer Anschlag »Verkaufe
Schweinefleisch«, aber sonderbarerweise mit einem Bild
von Winnie Puuh. Wieder dachte er an die Schweinsrippen. Dem Guten tut man Gutes schlicht, dem Schlech-
ten man die Rippen bricht. Schließlich gelangte er an jene
Stelle, an der er gestern seinen Passagier zurückgelassen
hatte. Dort machten sich einige Leute in zivil und unbestimmten Aussehens konzentriert zu schaffen, einer hatte
wohl ein Maßband oder etwas Ähnliches dabei. Wer
waren die Leute? Kriminalbeamte? Daneben, beim Graben,
waren Autos geparkt – kein Blaulicht, keine Aufschriften.
Nur nicht langsamer werden …
    Plötzlich schien es Nikolaj, als ob einer der Männer
geradewegs zu ihm blickte. Rasch wandte er seinen Blick

ab und schaute starr nach vorne, auf die Straße. Er erinnerte sich daran, dass man zum Stressabbau abwechselnd mit der Brust und dem Bauch atmen sollte. Aber nur der Bauch tat mit. Er blähte sich und sank wieder ein. Nikolaj wog neunundachtzig Kilo, er sollte abnehmen. »Im Gefängnis wirst du schon abnehmen«, grinste eine innere Stimme. Und wieder drehten sich die Rädchen zufälliger Assoziationen. Elvis Presley schlief einige Tage hintereinander, nur um nicht zu essen … Ljamzin war auch füllig. Jetzt schläft er, schläft den ewigen Schlaf. Ein achtjähriger Bub aus einem exotischen Land, der ein Mädchen mit einem Stein erschlagen hatte, erklärte, dass er sie schlafen legte. Die müden Spielsachen schlafen, die Bücher schlafen, wie es in dem Kinderlied heißt …

Nikolaj spürte, wie seine Augen feucht wurden. Würde er gar weinen? Tränen von verheirateten Frauen vermischt mit Rosenwasser ergeben eine Heiltinktur. Balsam auf Wunden … Stepan hat sich einmal mit einem scharfkantigen Blatt Papier das Auge verletzt, er musste zum Schutz der Hornhaut eine Linse tragen. Sollte er Stepan alles erzählen? Nein, der würde es nicht verstehen und es nur ausplaudern.

Er fuhr weiter durch die Gegend, hatte vergessen, dass er hungrig war und dass er eigentlich in die Firma zurück sollte. Wenn Angst tatsächlich zu riechen ist, spüren dann die Leute, dass er Angst hat? Wäre es nicht besser, sich zu stellen? Einfach zu erzählen, wie alles kam? Er hat Ljamzin doch nicht umgebracht, sondern nur im Auto mitgeführt.

Das Telefon vibrierte. Nikolaj hob ab. Seine Frau schnatterte: »Koljuschka, so ein Saustall! Man hat versprochen, dass es in der Früh wieder Strom gibt, und was

ist passiert? Nichts! Und Wasser gibt es auch keines! Stell'
dir das vor, Kolja, Kolja, hörst du mich?«

»Ich höre dich«, gab Nikolaj matt zur Antwort.

»Du kannst doch was unternehmen? Ich habe bei der
Hausverwaltung angerufen, dort kriegst du nur eine freche
Antwort. Die halbe Stadt sei ja ohne Strom, wegen des
Regens. Wer hat sie denn geheißen, groß etwas vorzu-
flunkern und zu versprechen, dass bis Mittag alles wieder in Ordnung sein wird. Die Aufräum- und Reparatur-
arbeiten abgeschlossen. Zu Mittag! Und schau, wie spät
es jetzt ist!«

»So ist es nun einmal, mein Sonnenschein, die halbe
Stadt ist ohne Strom«, versuchte Nikolaj sie zu beruhigen,
aber seine Stimme klang abwesend.

»Wo bist du eigentlich?«, fuhr die Frau hoch.

»Ich fahre zum Mittagessen. Eine Kleinigkeit. Hast du
gehört, dass man einen Minister tot aufgefunden hat?«

»Den Ljamzin? Natürlich! Was sagt man denn bei
euch in der Firma? Weiß eure Chefin, was da wirklich
passiert ist? Eure Fiffi, die Semjonowa?«

»Was hat die damit zu tun?«

»Er hat sie ja angeblich ausgehalten. Du hast es mir
doch selbst gesagt.«

»Ich? Das hatte ich schon vergessen …«, murmelte
Nikolaj schwach.

»Komm, seine Frau hat ihn ums Eck gebracht. Aus
Rache. Sie hatte es wahrscheinlich satt, dauernd betrogen
zu werden. Hat ihn erdrosselt und am Schlafittchen zum
Zaun bugsiert«, vermutete Nikolajs Frau, halb im Spaß
und halb im Ernst. »Vergiss am Abend nicht einzukaufen,
ich habe dir die Liste gegeben.«

»Fleisch am Knochen?«

»Unbedingt! Und dreimal Perlgraupen. Die sind jetzt in Aktion. Zwanzig Prozent billiger. Koljuschka, bitte nicht vergessen!«

Nikolaj nickte, als könnte die Frau ihn sehen. Er verabschiedete sich, nun schon mit fester Stimme. Er verstand plötzlich, dass er sich unweigerlich stellen müsse. Sofort, augenblicklich, auch ohne gegessen zu haben, damit seine Entschlossenheit nicht schwinde. Er beschleunigte auf ein höheres Tempo, wie in Entsprechung zu seiner Stimmung. Die feuchtnassen Straßen mit ihren Passanten flogen vorüber. Er fuhr vorbei an sich gegenseitig missmutig etwas zurufenden Elektromonteuren mit ihren orangen Helmen, an vom Regen abgerissenen Leitungen, und an Schuhputzläden, die von Armeniern oder Assyrern betrieben wurden. Dann weiter vorbei an einer ganzen Reihe von Wohnhäusern aus der Stalinzeit mit ihren verrotteten Balkonen, am mit Plakaten vollgehängten Kino »Morgenröte« mit seinem neuen, aber schon nicht mehr funktionierenden Außenbildschirm, und schließlich an der Sportanlage für Kinder, welche die neunziger Jahre überlebt haben und wo man ihm einmal die Nase gebrochen hat. Rhinokyphose, sagte man. Das wird ein effektvolles Häftlingsbild abgeben. Nasenhöcker, römisches Profil. Fahndungsfoto.

Und wenn auch. Besser, jetzt alles auf den Tisch zu legen, als später dann, wenn die große Aufregung herrschen wird. Und ein Anwalt muss her. Sorge um seine Tochter hat sich eingenistet, wie ein Hamster in seinem Bau. Sie wird außer sich sein, sich für den Vater schämen, was werden die Kolleginnen sagen … Wäre es nicht besser, es zunächst mit der Familie zu besprechen? Nein, die Frau würde einen Heulkrampf bekommen. Sie bat, Perlgraupen zu kaufen …

Nikolaj spürte auf der Zunge deutlich den Geschmack von Rassolnik[2] mit Perlgraupen auf Basis von Rindsbouillon. Und dann noch Sauerrahm dazu ...

Der Wagen erhielt einen starken Schlag, und in seinem eisernen Unterbauch brach unter Ächzen die Vorderachse. Er war mit einem Rad in ein tiefes Loch geraten.

»Ach du heiliger Bimbam!«, zischte Nikolaj, während er weiter unvermittelt aufs Gas stieg. Das Auto steckte jedoch in der Grube, und der Motor heulte und rauchte bloß. Nikolaj sah, wie einer der neugierigen Passanten ihm zu Hilfe eilte, aber in diesem Moment ertönte ein ohrenbetäubendes Gehupe und von links nahte etwas Riesiges und Unabwendbares und krachte donnernd in sein Auto. Die Zeit dehnte sich und verfloss tropfenweise, langsam und unerbittlich. »Ein Kamaz![3]«, wurde es Nikolaj noch klar. »Das darf doch nicht sein!« Doch schon platzte und schnalzte etwas in seinen Ohren, und Nikolaj war zermalmt.

[2] Traditionelle säuerliche Suppe (durch Zugabe von Essiggurken und deren Wasser).
[3] Schwerer LKW.

# 3

Kapustin atmete heftig, schob ihr den Rock hoch und fuhr mit seinen dicken Fingern ungeschickt am spitzenbesetzten Strumpfgürtel herum. Marina Semjonowa dachte schwermütig daran, wie diese widerliche Hand nun hinaufrutschen würde, sie sich entwinden und Kapustin auf die Schultern schlagen muss, und der sich dann noch drängender an sie drücken, wütend werden und alles schließlich mit einem Streit enden würde. Und Streit mit dem Oberstaatsanwalt des Gebiets brauchte sie wahrlich nicht.

»Wie bist du so widerspenstig«, zischte Kapustin in das sich rötende Ohr Semjonowas, fasste sie an ihren dichten Haaren am Hinterkopf und drängte mit seiner fleischigen Zunge zwischen Marinas erschrocken zusammengepresste Lippen.

»Warum auch nicht?«, dachte sich Semjonowa einen Augenblick lang, doch die Zunge des Staatsanwalts war derart unangenehm, kalt und dick, und es tat so weh, wie er an den Haaren am Hinterkopf nach unten zerrte, sodass sie unterdrückt stöhnte und auf einmal den Vergewaltiger mit unerwartet rasender Wut von sich stieß.

»So, also«, murmelte Kapustin beleidigt, nachdem er die Beute losgelassen und wie ein Elefant nach dem Baden geschnauft hatte, »Andrej Iwanowitsch durfte, und ich darf nicht.«

»Ich habe ihn geliebt«, antwortete Marina Semjonowa aus irgendeinem Grund, und begriff sofort, wie dumm das klang.

Kapustin wurde fröhlicher und grinste schlau: »Wie auch nicht, Marina Anatoljewna. Der Verstorbene hat

Ihnen Ihr ganzes Business auf dem goldenen Tablett serviert. Sie lebten wie eine Made im Speck ... wenn der Vergleich erlaubt ist.«

Er setzte sich an den Rand des Schreibtisches, direkt unter dem großen goldenen doppelköpfigen Wappen, und schaute Marina tief in die Augen, dann wanderte sein Blick auf die halbgeöffnete Seidenbluse und ihre rosigen Schlüsselbeine. Sie wusste nicht gleich, was sie antworten sollte, nahm unvermittelt den schweren Füllhalter vom Tisch, mit dem sie die Aussage unterschrieben hatte, rollte ihn in ihren feuchten Händen hin und her, legte ihn zurück und sagte erst dann: »Sehen Sie, ich konnte kein Interesse am Tod von Andrej Iwanowitsch haben. Die Überwachungskameras zeigen es eindeutig ... Er ist nicht zu mir heraufgekommen.«

»Es beschuldigt Sie doch niemand irgendeiner Sache!«, versicherte Kapustin mit breitem Grinsen. »Im Gegenteil, ich fühle mit Ihnen. Wer nimmt Sie jetzt in Schutz, wenn es zu einer Hetzjagd kommt? Wer sichert Ihrer Baufirma sozusagen die Projekte zu?«

»Wir schaffen das schon«, schmollte Marina.

»Freilich«, pflichtete Kapustin bereitwillig bei. »Sie haben ja da noch diese, na, diese Schönheitsklinik ›Basilisk‹. Von den Immobilien rede ich gar nicht, die Sie erfolgreich vermieten, drei als Büros, eines als Restaurant. Sehen Sie, ich verfolge Ihre Erfolge.«

Semjonowa schlug mit der Faust auf den Tisch: »Zählen Sie etwa mein Geld?«

Ihre Nase weitete sich vor Zorn, die nach den Hyaluron-Spritzen zarten und straffen Wangen erzitterten vor unterdrücktem Weinen. Sie begriff, dass sie einen Fehler begangen hatte, dass sie Kapustin hätte freimütig küssen müssen, dass er ihr diese Abweisung nicht verzeihen würde. Da machte er sich erneut an sie heran, so als ob er ihr noch eine Chance geben wollte, und seine Hand mit den Stummelfingern betastete unsicher und lüstern jene Stelle hinten, die Ljamzin so rühmte und Marina dafür Kallipyga nannte.

»Kleine«, flüsterte Kapustin ihr lechzend an den Hals, »du wirst mit mir teilen. Fünfzig Prozent des Gewinns, und die Sache ist erledigt.«

»Erledigt?«, fragte Semjonowa ungläubig.

»Du gehst als eine unbedeutende Nebenzeugin durch. Alles ganz einfach. Unser Andrej Iwanowitsch erlitt einen Aortariss.«

Während Semjonowa ihrer einzigen Vertrauensperson, Pjotr Iljuschenko, von diesem Gespräch erzählte, sprang sie andauernd vom Sofa hoch, ging nervös im luxuriösen Salon hin und her, setzte sich, um bald darauf wieder aufzuspringen. Iljuschenko hingegen war über die Maßen entspannt, lag mehr als er saß in seiner seidenen Kutte im Lederfauteuil und hatte die Beine weit von sich gestreckt. Diese Kutte war für die echten Popen seit je ein Ärgernis, sie hielten Iljuschenko für einen dummen Hochstapler, verachteten sein Geschwätz und munkelten, dass er das Priesterseminar gar nicht abgeschlossen habe und also das Habit nicht tragen dürfe. Iljuschenko selbst zog es vor, sich als Anhänger der Ökumene zu empfehlen, und er liebte es, bei einem Glas puren Whiskeys über das *filioque* zu streiten, diese völlig nichtssagende und unsinnige Formel, die man endlich austilgen müsse, um so die gespaltene Kirche wieder zu versöhnen. Marina band ihn mit Geld an sich und hielt sich ihn anstatt der Freundinnen, die sie schon in der Studentenzeit verloren hatte.

»Aortariss?«, artikulierte Iljuschenko nachdenklich, wobei er ein Nuss-Trüffel-Konfekt zu sich nahm. »Ich habe was von Schläfentrauma gelesen.«

»Und?«

»Du hast doch gesagt, dass ihr am Vorabend Streit hattet.«

»Petja, willst du damit sagen, ich hätte Andrej zu einem gottverlassenen Winkel gebracht und dort seinen Kopf auf den Randstein gedroschen? Hast du sie noch alle?«

Semjonowa erhob sich wieder und rieb sich vor Aufregung die gepflegten Hände. Ihr kam plötzlich Ljamzins Rücken in den Sinn, unbehaart und mit einem kaffeebraunen Muttermal am Rumpf. Seine suchenden Pupillen und das in den Minuten der Nähe verzerrte Gesicht. Die großzügigen Geschenke, immer von einem kleinen Billett begleitet. Er ließ sie von seiner Assistentin Lena überbringen, ein langhaariges, farbloses Geschöpf mit fahlen Wimpern und feuchten, wie von Hornhautablösung erkrankten Pupillen.

Zum ersten Mal ist Ljamzin der Semjonowa vor zehn Jahren begegnet, als er noch ein knackiger Geschäftsmann war und Mitglied aller möglichen hohen Kommissionen und Beiräte. Marina lief in ihrem Baumwoll-Shirt mit einer Schar frecher, ausgelassener Aktivistinnen die Hauptstraße entlang, in den Händen glänzten Flaschen mit aus der örtlichen Fabrik stammendem süßem Sprudel. »Gönnt euch unsren Sprudel!«, hieß es auf den Plakaten. Die Brustwarzen der studentischen Aktivistinnen wippten im Takt des Laufes auf und ab, das grüne Kohlensäure-Getränk perlte ihre nackten Hälse entlang, rann in den Kragen und spritzte und zischte unter dem Kichern und Kreischen der versammelten Menge. Es war das Fest der heimischen Nahrungsmittelerzeuger. Der Triumph des Wohlstandes des Landes.

Ljamzin war der Inhaber dieser kleinen Fabrik. Noch war er nicht Minister, seine flache Nase lachte gutmütig der Menge zu, die buschigen Brauen standen nach oben. Er warf einen klebrigen, gerührten Blick auf Marina, wie auf ein gezähmtes Tier. Er nutzte die Gelegenheit und hielt ihr eine Visitenkarte hin, die sie ohne sich zu zieren mit ihren nicht sehr eleganten Fingern entgegennahm. Ein paar Tage später trafen sie sich in einem Restaurant. Er bestellte Lammnacken, sie marinierten Lachs mit rotem Kaviar. Sie tranken alten Toskaner dazu, und der Abend endete gegen Morgen, im Zimmer eines neueröffneten Hotels. Ljamzin lag auf dem völlig zerknitterten Leintuch, schwitzend und außer Atem. »Maretschka, Maretschka«, flüsterten seine matten Lippen. Er war streichweich und überwältigt von der Woge des Glücks. Marina aber lief nackt durchs Zimmer, schaute zum Fenster hinaus, sprang zum dreiteiligen Spiegel und konnte ihr Hochgefühl nicht bezähmen. Es war, als ob sie spürte, dass dieser reiche, unternehmerische Mann ihr von nun an mit Haut und Haar verfallen war.

»Ich habe ja nicht gesagt, dass du ihm den Schlag versetzt hast«, erklärte Iljuschenko mit der krachenden Nuss im Mund. »Vielleicht habt ihr euch gestritten, er ist außer sich geraten, und es hat alles so entsetzlich geendet.«

»Wir haben uns am Tag vor seinem Tod gestritten. Davor. Und nicht ich habe ihn aus der Fassung gebracht. Das waren diese verfluchten anonymen ›Hinweise‹.«

Sie hatten sich wegen der Kinderfrage gestritten. Marina wollte unbedingt eines haben, träumte davon, aber Ljamzin fürchtete sich, diese Linie zu überschreiten. Natürlich wusste seine Frau von der Dauergeliebten und ihrem üppigen Lebensstil, doch ein Kind wäre zu viel gewesen und hätte seinem gewohnten Leben mit Donnerschlag ein Ende bereitet. Noch dazu wollte Marina, dass sie heirateten. Ljamzin suchte Ausflüchte, berief sich auf seinen Sohn, der im Ausland studierte, auf die Frau, der er alles verdanke, und kaufte Marina wieder irgendein wertvolles Geklimper. Innerhalb von zehn Jahren wurde aus Marina eine feine Dame, die mit dem Bürgermeister und allen andern Würdenträgern der Stadt auf Du und Du war, Schauspieler und Sänger unter ihre Fittiche nahm, mit Hochglanzjournalen Vertraulichkeiten austauschte, einen Kosmetiksalon unterhielt und sich auf Bali für Fotoaufnahmen im Bikini räkelte. Ljamzins wurde sie dann langsam überdrüssig, doch nachts fehlte er ihr schrecklich, warum auch immer, und sie heulte ins Kissen und lief dann in ihren Salon, um sich Kollagen spritzen zu lassen und damit die Spuren der schlaflos verbrachten Nacht zu verbergen.

Semjonowa ging zum bronzegerahmten ovalen Spiegel, warf einen missbilligenden Blick zu Iljuschenko, der gerade Schokokrümel von sich wischte, und betrachtete mit Befriedigung ihr Spiegelbild. Das Gesicht straff wie ein Pfirsich. Lange Nerz-Brauen. Mandelschwung der Lider. Ein Blick, der alle in den Bann schlägt.

»Weshalb also habt ihr euch angeschrien?«, schmatzte Iljuschenko. »Hat er dir ein Kind verweigert?«

»Er hat mir ja sogar eine Katze verweigert, er hat Allergie. Das heißt, hatte Allergie«, seufzte Semjonowa.

»Katzen kommen kein einziges Mal vor in der Bibel«, warf Iljuschenko unvermittelt ein. »Hunde vierzehn Mal. Löwen fünfundfünfzig Mal. Katzen kein einziges Mal.«

»Wirklich?«, wunderte sich Semjonowa. Sie ließ sich wieder auf das Sofa nieder und nestelte an ihrem phantasievoll bestickten roten Umhang herum, den ihr Ljamzin aus China mitgebracht hatte. Rot – die Farbe der Aristokraten; wer von den einfachen Leuten rot trug, dem hat man, so heißt es, den Kopf abgeschlagen …

Iljuschenko verzehrte ein Konfekt, während er den Plafond fixierte, der mit sechsflügeligen Seraphen bemalt war, die inmitten von bauschigen Wolken schwebten.

»Marina, sag mir, wozu musstest du so in Saus und Braus leben?«

»Wie?«, fragte Marina verständnislos.

»Na, das teure Essen, Glanz und Glitzer, Botox. Alle diese krummen Ausschreibungen. Ljamzin hat dir doch schon dieses Anwesen gekauft, eine Villa am Land gebaut, wozu noch eine eigene Baufirma und Immobilien? Aus Gier?«

»Jetzt geht es also los mit der Pfaffenpredigt! Als ich dir die Reise ans Meer bezahlt habe, hast du ohne Murren angenommen. Und bist schön gebräunt zurückgekommen. Was juckt dich jetzt auf einmal?«

»Erstens war das keine Urlaubsreise«, beeilte sich Iljuschenko einzuwerfen und zog die Beine ein, »ich fuhr auf eine wissenschaftliche Theologen-Konferenz. Kirchenfragen, Gesellschaft und Staat …«

»Ja, ja!«, entgegnete Semjonowa ungeduldig.

»Und zweitens will ich hier keine Moralpredigten halten, ich bin ja kein Frömmler. So wie euer Geistlicher.«

»Nicht meiner, der von Andrej Iwanowitsch.«

»Egal. Ich wollte dich nicht belehren, mich interessiert es bloß von der psychologischen Warte her. Also, wozu?«

»Wie wozu?« Semjonowa zuckte mit den Schultern und erhob sich erneut. »Ich bin ja keine fünfundzwanzig mehr, das verstehst du doch selber. Die Zellen beginnen zu altern und die Haut wird trockener …«

»Willst du damit sagen, dass du das Geld für Botox brauchst?«, unterbrach Iljuschenko. »Aber wohl nicht alles! Denk einmal vernünftig nach.«

»Das tu ich ja!«, zischte Semjonowa, die schön langsam in Wut geriet. »Weißt du, was heute eine Laser-Epilation kostet? Für eine Behandlung gehen an die Hunderttausend drauf, und die Haare sprießen trotzdem da, wo sie nicht sollen.«

»Schon gut, schon gut.« Iljuschenko legte seine Stirn in Falten.

»Und die Massagen!«, setzte Semjonowa immer aufgeregter fort. »Und das LPG-Liften? Die Laserbestrahlung für das Blut? Die Kryotherapie? Und das Plasma? Und die Füllungen? Dabei ist das erst der Anfang. Weißt du, was ein Paar anständige Stiefel kostet? Eine Burberry-Tasche? Oder ein Kleid von Dior?«

Semjonowa griff sich mit beiden Händen an den Kopf und schritt von einer Ecke zur anderen, wobei sich ihr Hausmantel öffnete und ihre unerträglich weißen Oberschenkel zum Vorschein brachte.

»Beruhige dich, Marina.« Iljuschenko erhob sich ein wenig und brachte mit einer Art hypnotisierender Handbewegung die Freundin dazu, dass sie sich wieder setzte. »Du bist aufgedreht. Ich mache dir keine Vorwürfe. Ja, es kostet ein Sümmchen, wenn sich eine schöne Frau in Form halten will. Aber hier geht es ja um Millionen. Nicht umsonst läuft dem Kapustin das Wasser im Mund zusammen. Der hat ein klein wenig Appetit bekommen.«

»Was willst du eigentlich, Petja?«, fragte Semjonowa in schon ruhigerem, versöhnlichem Ton, wobei sie den Kopf müde nach hinten auf die Sofalehne legte. Sie erinnerte sich daran, wie Ljamzin sie geradewegs hier nahm. Er kam von einer Besprechung mit dem Gouverneur zurück, strahlend und vor Freude zappelnd. Man hatte ihn vor allen Leuten als vorbildliches Beispiel gelobt. Er habe sich bei der Verwaltung von Staatsvermögen bewährt, alle bei der Importsubstitution übertroffen, das heimische Unternehmen »Horizont« und dessen Produktion von Schleifmaschinen angekurbelt.

Schon an der Türschwelle nahm er seinen Hosengürtel ab und zerrte, ohne sich die Schuhe auszuziehen, Semjonowa in den Salon (sie blieben dabei am Teppich hängen und stießen eine Porzellanvase um), drückte sie auf das Sofa, drehte sie, wie er sich auszudrücken pflegte, rittlings zu sich, schob den Rock hoch, schlug auf ihre Hinterbacken ein, bis sich kleine rote Wülste darauf abzeichneten und vögelte sie dann stürmisch durch. Ihr flimmerte das Muster des Sofas – kleine grüne Knospen und geschwungene Blumenornamente – wie wild vor den Augen, der Hintern brannte unerträglich. Wann war das? Vor einem Monat, erst vor einem Monat.

Iljuschenko setzte sich neben Semjonowa und begann bedächtig auszuführen: »Das will ich sagen: Du hast fraudulent gehandelt. Dein Liebhaber hat dir Aufträge zugeschanzt und du hast sie dir zielsicher sofort unter den Nagel gerissen. Vom Standpunkt der Deontologie ist das falsch und kriminell. Vom Standpunkt des Utilitarismus hingegen hast du vollkommen recht. Und Andrej Iwanowitsch hat recht. Und jeder Funktionär, der Schmiergeld nimmt, ist moralisch einwandfrei. Und jeder, der Schmiergeld gibt, ist frei von jeder Schuld. Konsequenzialismus …«

»Schwätz' mir nicht den Kopf voll, Petja«, unterbrach ihn Semjonowa.

»Marischa, hör mir zu. Ich will es dir erklären. Du empfindest doch keinerlei Schuld, dass du zum Beispiel eine mehrstöckige Villa besitzt, während ein Philosophie-Professor eine Zweizimmerwohnung in einer Chrusch-tschowka[4] und eine Karotte im Kühlschrank hat. Dabei hast du nicht einmal fertig studiert und lebst in Saus und Braus.«

»Ich habe ein Diplom.«

»Das hast du nachträglich als Geschenk von unserer Universität bekommen. Als ›Dankeschön‹ des Rektors für das Hallenbad, das eure Firma ihm gebaut hat. Dabei hast du höchstens dreieinhalb Vorlesungen besucht.«

»Petja, hör auf damit«, bat Semjonowa ganz ohne Groll.

»Lass mich doch ausreden. Du hast keine Schuldge-fühle. Im Gegenteil, du freust dich. Und Andrej Iwano-witsch, Gott hab ihn selig, hat sich gefreut. Und der Rektor, und die Arbeiter in deiner Firma, und deine Schwester und ihr Mann, und deine Mama in der Regionalver-waltung – alle sind sie glücklich. Vom utilitaristischen Standpunkt aus gesehen habt ihr also, da es euch allen gut geht, recht. Der Zweck heiligt die Mittel.«

»Und?«

»Die Mittel bestehen, wie sich zeigt, darin, dass an-geblich rundherum gestohlen wird und das alles angeb-lich ungerecht ist. Doch letztendlich zeigt es sich, dass es zu Nutz und Frommen ist. Du hast deine Inseln und deine Massagen, deine Untergebenen haben Arbeit und kosten-

[4] In der Chruschtschow-Zeit entstandene, vierstöckige Wohn-häuser sehr einfacher Bauart.

loses Baumaterial, Andrej Iwanowitsch hatte dich. Eine Schönheit. Und je mehr er in dich investierte, umso mehr schätzte er dich. Wertzuwachs …«

»Du gehst im Kreis, Petja …«, bemerkte Semjonowa und kaute nachdenklich an den Spitzen ihrer kastanienbraunen Locken.

»Ich will dir ja nur zeigen, Marischa, dass du völlig logisch gehandelt hast. Ganz und gar. Das ist wie beim Gefangenendilemma. Stell dir vor, du hättest dich zur Verrücktheit verstiegen, beim Korruptionskarussell nicht mitzumachen. Stell dir das vor.«

»Das hätte keinen Unterschied gemacht«, antwortete Semjonowa selbstbewusst.

»Genau! Es hätte sich eine andere gefunden, die sich die Chance nicht hätte entgehen lassen. Was ergibt sich daraus? Es nützt niemandem, die Regeln zu brechen. Erst wenn Millionen von Menschen im Land mit einem Mal übereinkämen, kein Schmiergeld zu nehmen und zu zahlen, die Budgets nicht anzuzapfen, Verwandte und Freunde nicht mit Posten zu versorgen, dann, ja dann, wäre die Herrschaft des Gesetzes angebrochen. Aber sobald nur einer anzapft, werden es alle anderen auch tun, verstehst du?«

»Warum redest du dich da so in Fahrt, Petja?«, winkte Semjonowa ab. »Was für Banalitäten und leeres Zeugs du da von dir gibst!«

Sie stand auf, ging zum geöffneten Klavier, das ihr Ljamzin zum Dreißiger geschenkt hatte, und schickte sich an, ein betont trauriges Motiv zu spielen. Offenbar »Die Beerdigung der Puppe«. Doch die Tasten wollten ihr nicht so recht gehorchen, und nach einigen falschen Tönen schlug sie den Deckel zu.

»Tschaikowski?«, vermutete Iljuschenko und machte sich erneut an das Konfekt heran. »Weißt du, dass er gestorben ist, nachdem er nicht abgekochtes Wasser getrunken hatte? Womöglich hat auch dein Andrej Iwanowitsch deswegen die Patschen gestreckt?«

Semjonowa antwortete nicht. Sie blickte zu den Gardinen, hinter denen sie an jenem Abend stand, als Ljamzin umkam. Sie hatte darauf gewartet, dass ihr Liebhaber endlich vom Hof heraufkommen würde. Und aus dem Fenster geschaut, an das wüst der Regen trommelte. In letzter Zeit hatte Ljamzin die Wochenenden immer öfter mit seiner Frau verbracht und sich auf die Berge von Arbeit ausgeredet. Semjonowa war wütend darüber. Was wollte er mit seiner Ella Sergejewna zu zweit anstellen, mit dieser wabbeligen, massiven, so unweiblichen Person? Man stelle sich vor, Schuldirektorin. Hüterin der heranwachsenden Generation. Während hier, unter den sechsflügeligen Seraphen, sie, Marina Semjonowa, auf ihn wartete, im funkelnagelneuen Gipüren-Korsett aus der Boutique, mit abnehmbaren Strapsen. Ein paar Tropfen Parfum auf den Hals, die Brust, die Handgelenke. Dichte Locken bis zu den Schultern. Und solch ein Wesen musste in Qualen auf ihn warten.

»Ich habe wo gehört«, sagte Semjonowa schließlich, dass Liebhaber der klassischen Musik weniger zu Untreue fähig sind als Anhänger des Rock 'n' Roll.«

»Also gut«, erkundigte sich Iljuschenko, »vertraue dich mir als Beichtvater an, hast du ihn betrogen? Den Andrej Iwanowitsch?«

»Wüstling«, lächelte Semjonowa. »Nur ein Wüstling interessiert sich für so etwas. Ich stelle uns einen Tee zu.«

Sie ging in die Küche, die mit nach Art von Ofenkacheln bunt gemusterten Fliesen ausgestattet war, Sonderanfertigung. Sie füllte den elektrischen Wasserwärmer und drückte auf den Knopf. Eine Leuchtdiode zeigte an, dass das Wasser siedete.

Hat sie ihn betrogen oder nicht? Kann man diese besoffene Geschichte mit einem Untergebenen in der Firma, Stepan, Untreue nennen? Damals bei der Silvesterfeier fühlte sie sich besonders einsam. Ljamzin war mit seiner Frau ins Ausland verschwunden, zum Sohn, und sie war in der Stadt ohne Mann und ohne Wärme zurückgeblieben. Sie wusste nicht mehr, was sie an Stepan anziehend gefunden hatte. Wohl seine feurigen, leicht vulgären Trinksprüche, die sehr gut zu seinen breiten Schultern und dem betörend bäuerlichen Namen passten.

Semjonowa selbst hatte ihn in ihr Büro geführt. Betrunken stolperten sie die Stiegen entlang, und da fasste er sie unter Gelächter an der Kruppe. Sie schlugen die Tür zu, wälzten sich ohne dunkel zu machen auf den mit Tuch bezogenen Eichentisch. Er ließ die Hose herunter und im Rauscheseifer vergrub er seine Nase in ihren großen, freigelegten Brüsten. Ihr war heiß und schlecht, und sie wollte Stepan so schnell wie möglich in sich spüren. Doch sobald sein Stoßen einsetzte, er über ihr seinen zerzausten Haarschopf schüttelte und vor unendlicher Brunst wild mit seiner Zunge lechzte, verging ihr vollkommen die Lust. Nur etwas Unangenehmes drückte und wetzte in ihr, und sie musste an etwas Nebensächliches denken – an einen abgerissenen Knopf, und daran, ob es nicht besser wäre, die Augen zuzumachen, sodass Stepan nicht merken würde, dass da keinerlei Genuss ist, sondern nur ein ungelenkes Aneinanderreiben, leichte Übelkeit und draußen Straßenlärm.

Nach ein paar Wochen kam sie in die Firma, um sich Kostenvoranschläge durchzusehen, Stepan tummelte sich am Gang herum und wollte ihr unter die Augen kommen. »Ob er es etwa Andrej weitergesagt hat ...«, ging es ihr durch den Kopf und sie rief ihn zu sich.

»Marina«, begann Stepan, während er vielsagend lächelte und über die Bespannung des Tisches strich, jenes Tisches, auf dem er sich damals liebestoll abgearbeitet hatte.

»Marina Anatoljewa«, korrigierte ihn Semjonowa schlicht und streng und hielt ihm ein Kuvert hin. »Für Sie, Stepan, eine kleine Prämie. Fahren Sie mit Ihrer Frau und den Kindern auf Urlaub. Sie haben es verdient als Arbeiter in der Abteilung für ...«

»Beschaffungsabteilung«, ergänzte Stepan für sie; er wurde ernster und sein gesundes Gesicht verfinsterte sich ein wenig. Doch das Kuvert nahm er an und ging ehrerbietig hinaus, so wie es sich eben gehört bei der großen Chefin.

Beschaffungsabteilung ... Da hat doch dieser arme Teufel gearbeitet, der unlängst den Unfall hatte. Lebensgefährliche Verletzungen. Schlampereien des Straßendienstes ...

Der Wasserkocher siedete, die Leuchte blinkte. Iljuschenko kam in die Küche, er half Semjonowa, das Porzellangeschirr aus der Kredenz zu nehmen. Das metallene Kreuz baumelte auf seiner Kutte.

»Marischa, wie also hat das geendet mit Kapustin, dem Oberstaatsanwalt?«

»Ich habe ihn auf dreißig Prozent des Gewinnes heruntergehandelt.«

»Und das war's?«

»Plus meine Aktien an der Getränkefabrik. Kontrollpaket. Andrej hat sie mir überschrieben, als er zum Minister ernannt wurde. Damit nicht alles seinem Hausdrachen zufiel.«

Sie erinnerte sich an Kapustins zitterndes Kinn. Das zitternde Kinn mit den Bartstoppeln und der gierige, gleichzeitig flehentliche, wehrlose Blick von oben. Er schaute auf das, was Marina mit ihm dort unten machte, und seine Vene pulsierte an der Schläfe wie ein Bergbächlein. In Marinas Händen war Kapustin klein und dick, wie eine Rotkappe, und nach einigen Augenblicken spritzte es herb auf ihren Gaumen, der Staatsanwalt zitterte und wich unsicheren, knieweichen Schrittes zurück. Sie nahm ein Taschentuch aus der Burberry-Tasche und wischte sich den Mund ab, damit nicht Kapustins Samen um ihre Lippen herum eintrocknete.

## 4

Ella Sergejewna träumte, sie habe ihre Stiefel verloren. Schwarze Raulederstiefel mit hohem Schaft und niedrigem Absatz. »Laljusik«, rief Andrej Iwanowitsch hinter der Tür zu Ella Sergejewna, »auf, auf, wir kommen zu spät!« Doch Ella Sergejewna stampfte mit ihren großen Füßen in Strumpfhosen auf dem Parkett umher und schlug die Türen des Rattanschranks auf und zu. Nirgends waren die Stiefel zu finden.

Im nächsten Augenblick fand sich Ella Sergejewna im Haushof wieder, wo Andrej Iwanowitsch in geöffneter Lederjacke stand und ihr mit seinen kurzen Patschhänden winkte. »Laljusik, beeil' dich!«, wiederholte er ungeduldig, und sie schritt ohne Schuhwerk auf den kalten Fliesen zu ihm hin. Ob ganz hin, oder ob sie nicht doch noch umgekehrt und ins Haus zurückgegangen ist, hat Ella Sergejewna nicht mehr erfahren, denn in jenem Moment riss sie ein Dauerläuten an der Gartentüre aus dem Schlaf. »Was? Wer?«, geisterte es ihr durch den Kopf. Sie streckte ihre schweren, mit Krampfadern durchzogenen Beine aus der Seidendecke hervor und blickte auf Andrej Iwanowitsch. Er strahlte mit leicht schuldigem Lächeln auf sie, aus dem Porträt im Silberrahmen. Auf dem Nachttisch lag dunkel ein Gebetbuch, darinnen ein brokatenes Lesezeichen. Der Geistliche hatte aufgetragen, morgens und abends ein wenig darin zu lesen, besonders eifrig während der ersten vierzig Tage. Du der Weinenden Tröster, du, der Waisen und Witwen Fürsprecher ...

Nach der Identifizierung und all den schrecklichen, aber unerlässlichen Prozeduren brachte man Andrej Iwanowitschs sterbliche Hülle aus der Leichenhalle nach

Hause. Ella Sergejewna hatte sich umsonst Sorgen gemacht, die Untersuchungen würden nicht rechtzeitig abgeschlossen und sie könnten also am dritten Tag nicht die Begräbnisfeier halten. Grundlos, wie sich zeigte, hatten sie Albträume von Pathologen und knackenden Rippenscheren geplagt. Die Gerichtsmediziner sind genau rechtzeitig zu ihrer Erkenntnis gekommen: plötzlicher Herzstillstand. Freilich gaben die sonderbaren Todesumstände – man hatte den Leichnam des Ministers ja irgendwo am Stadtrand im Regen gefunden – zu allerlei Mutmaßungen und Getuschel Anlass. Die Ermittlungsbehörde hatte Ella Sergejewna vorgeladen und sie zu den Familienverhältnissen befragt. Sie konnte das Schluchzen nicht unterdrücken und verfluchte Marina Semjonowa. Fast zehn Jahre lang hat die Teufelin das Blut aus ihm gesaugt. Er war zerrissen und von Gewissensbissen geplagt. Irgendwelche mysteriösen Briefe von unbekannten Spitzeln setzten ihm zu. Ja, er war beim Kardiologen. Die Ärzte haben ihm Gebratenes und Geräuchertes, Speck und eingesalzenen Fisch verboten. Doch Andrej Iwanowitsch hat darauf gepfiffen, er war eben ein Sturkopf. Die Astrologin, welche Ella Sergejewna aufsuchte, liebte es zu wiederholen: »Wenn die Widder ihre Hörner einmal in den Boden gegraben haben, bringst du sie nicht von der Stelle.« Seinen Tod aber hat sie nicht vorhergesehen. Ein gewaltsamer Tod zeigt sich im achten Haus, ein natürlicher im Elften. Die Venus in Opposition zum Saturn …

Ella Sergejewnas Hand tastete nach dem Lichtschalter im Bad. Das Gesicht aufgedunsen, nackt und so verletzlich ohne die dicken Direktors-Sonnenbrillen, ohne das ziegeldick aufgetragene Rouge und die üppige Perlenkette am leicht faltigen Hals. Sie hatte das gepuderte Gesicht von Andrej Iwanowitsch vor Augen, wie er da lag im edlen Palisandersarg mit doppeltem Deckel. Als man ihn hinaustrug, wurde der Türrahmen gestreift. Natalja Petrowna, seine Minister-Stellvertreterin, bekreuzigte sich und schluchzte auf, das müsse wohl ein böses Omen sein. Der Gouverneur jedoch war nicht zur Verabschiedung erschienen – Dienstreise. Die Trauergemeinde tuschelte. Einer sprach leise das Wort »Kick-Back« aus, der andere fügte »Erpressung« hinzu, wieder ein anderer »Depression«. Ella Sergejewna hörte nicht hin. Sie betrachtete den schmalen, schweigsamen Rücken des aus dem Ausland angereisten Sohnes. Der hat keine drei Tage hier verbracht, keine Träne vergossen und ist wieder zurückgeflogen, zum Studieren. In den dortigen Trust-Fonds waren heimlich die Gelder von Andrej Iwanowitsch angelegt, an die nicht heranzukommen war.

Ella Sergejewna horchte nochmals. Das Läuten hatte aufgehört. Vielleicht hat sie es bloß geträumt? Normalerweise öffnete die griesgrämige Haushälterin, aber heute hatte sie frei. Tanja hatte, als sie nach der Totenfeier das Geschirr hinaustrug, eine Tasse des Hochzeitsservices zerschlagen, das ein Geschenk von Ella Sergejewnas Mutter war. Sowjetische Defizitware. Als Ella Sergejewna die Scherben sah, war sie außer sich geraten und hatte die Haushälterin eine Idiotin geheißen. Die ließ den Kopf sinken, und die Knöchel ihrer trockenen, fahrigen Hände wurden weiß. »Sie gehört so oder so entlassen«, dachte nun Ella Sergejewna, während sie das nasse Handtuch eindrehte, um sich damit zu Straffungszwecken leicht unten an das Kinn zu schlagen.

Tanja rief bei ihr in letzter Zeit so eine beklemmende Unruhe hervor, die sich seit dem Tod Andrej Iwanowitschs zu einem schwarzen, eingesperrten, verfluchten Insekt zusammenklumpte. Es begann mit dem Bild, das im Salon über dem runden Eichentisch hing, ein lebensgroßes Porträt des Hausherrn. Der Künstler Ernest Pogodin hatte Ljamzin, wer weiß, warum, in Generalsuniform gemalt, mit goldenen Epauletten und einem ebenfalls goldenen Kreuz unbekannter Art auf der Brust, wie um einen künftigen staatlichen Orden vorwegzunehmen, zu dem es denn doch nicht gekommen ist. Irgendwann bestellte Ella Sergejewna Handwerker, welche die angestaubte Leinwand reinigen sollten. Als sie unter Ächzen und Stöhnen das Bild vom Haken nahmen, fiel aus der Hinterseite des Rahmens ein schwarzer Dominostein mit je einem weißen Punkt heraus und kullerte auf das Parkett. Es gab ihr sogleich einen Stich in der Magengrube. Der unerwartete Fund kann nur als eine unheilvolle Verwünschung heimlich untergeschoben worden sein. Aber von wem? Von Gästen? Nein, da ist ja nie jemand unbeobachtet. Dann also die schweigsame Haushälterin. Sonst kann es niemand gewesen sein. Als man Andrej Iwanowitsch leblos fand, kam Ella Sergejewna sofort die verschlagene Tanja und deren Dominostein in den Sinn. Hat am Ende ihre Verhexung gewirkt?

Es läutete von Neuem, hartnäckig und insistierend. Ella Sergejewna warf das nasse Handtuch ins Waschbekken, suchte eilig nach dem geblümten Morgenmantel, den ihr der Gatte aus China mitgebracht hatte, und warf ihn über das wadenlange Nachthemd. In ihrem Gedächtnis begann stückchenweise der gestrige hektische und aufreibende Tag herumzugeistern. Erstmals nach der Tragödie war Ella Sergejewna wieder zur Arbeit in die Schule gegangen. Dort warteten aufgereiht die Beileidsbekunder.

Zunächst war es süß und tröstlich und rührend, wenn es hieß: unersetzlicher Verlust, ewiges Angedenken, erschütternde schreckliche Nachricht, innige Anteilnahme am tiefen Witwenschmerz ... Die Lehrer drängten sich, es wogten die Gesichter der Mütter, und am Nachmittag war ihr Büro überhaupt gesteckt voll. Unauffällig drängten sich die Damen aus der Unterrichtsbehörde durch. Lenotschka, Andrej Iwanowitschs Assistentin, kam mit der Uhr, die ihr verstorbener Chef auf dem Schreibtisch vergessen hatte, hereingetrippelt. Sogar Erstklassler mit Nelken in den Händen wurden hereingeführt. Wohin denn mit den Nelken? Wohl nicht in die Vase.

Die Luft roch nach ewigem Abgrund, und trübes Dunkel füllte ihr Herz. Düstere, beklemmende Angstgefühle ließen sie erfrösteln. Ohne den gigantischen Schutz Andrej Iwanowitschs war sie ein Nichts und Niemand. Und rundherum lauerten schon die übelwollenden, schadenfrohen Untergebenen. Ihre für Unterrichtsangelegenheiten zuständige Stellvertreterin hatte aus irgendeinem Grund die Kopie eines widerwärtigen Artikels aus der Feder des Journalisten Katuschkin mitgebracht, mit der Anmerkung, dass der für so ein Pasquill bestraft gehöre. Katuschkin, dieser Parvenü, spielte auf die Schätze in Ljamzins Speichern an, erwähnte mit vielsagenden Untertönen die »hinreißende« Marina Semjonowa als »Kompagnon« des Ministers, und betonte mit besonderem Humor die Abwesenheit des Gouverneurs beim Begräbnis. Ja, es habe schon bei Lebzeiten unter dem Hut des Verblichenen geraucht, jetzt werde er demnächst in Flammen aufgehen. Die anonymen Schreiben, mit welchen Ljamzin gepiesackt worden war, seien gespickt gewesen mit angeblichen Beweisen für Ehebruch und Amtsmissbrauch. Und Staatsanwalt Kapustin soll nunmehr alle Hände voll zu tun haben. Schon würde man am Stuhl der Witwe zu sägen beginnen. Am Ende spielte dieser Dreckskerl Katuschkin nebulös auf Unregelmäßigkeiten in der von Ella Sergejewna geleiteten Schule an.

Doch anstatt sich zu ärgern und das Geschmiere verächtlich in den Papierkorb zu werfen, erstarrte sie plötzlich in feiger Sorge und spürte, wie sich alles in ihr zusammenzog. Und was, wenn sie ihre Rückschlüsse ziehen? Wenn sie draufkommen, wie Ella Sergejewna in das Klassenbuch der letzten Klasse sorgfältig die Noten für Sozialkunde eingetragen hat? Die Noten und die Themen der einzelnen Stunden, die es in Wirklichkeit gar nie gab. Oder wie sie in heimlicher Absprache mit der Buchhalterin, einem schmierigen Weib in Orenburger Steppjacke, über Jahre falsche Nachweise über Gehaltsauszahlungen an nicht existierende Lehrer ausstellte. Jene imaginären Pädagogen erhielten nicht nur Monat für Monat aus der Kasse ausbezahlt, sondern auch noch Prämien für besondere Verdienste. Und als Garderobenfrau hat Ella Sergejewna eine arme Verwandte eingestellt, die nur ein einziges Mal in der Schule aufgetaucht ist. Das Gehalt floss aber. Am kalten Speichel schluckend beschloss Ella Sergejewna, sich mit einem Handstreich der Poltergeister zu entledigen, irgendwelche Verfehlungen würden sich schon finden.

Die Direktor-Stellvertreterinnen schusselten herum, die gefärbten Haare ihrer vor Angst in Auflösung begriffenen Pferdeschwänze zauselten unter den Plastikspangen hervor. Ella Sergejewna spürte: auch sie nahmen die herandräuende Ungewissheit wahr, sie würden sich von ihr beim ersten Hahnenschrei lossagen. Aber so weit würde es nicht kommen. Waren doch alle, alle geschmiert. Bei wem immer man ein wenig abklopfte – jeder hatte von den Schülern genommen. Maturazeugnisse, deren Formulare im Panzerschrank lagen, wurden gegen heimliches Entgelt ausgestellt. Wer nicht für seine Schule spendete, bekam keine Dokumente. »Sammlung für die Computerklasse ...«, erinnerte sie sich. Das Geld – jeder gab ein bisschen – wurde ihr in abgegriffenen Scheinen in großen Umschlägen gebracht, samt Namenslisten, wer wie viel spendete. Während einzelne Klassenzimmer weiter verschlossen blieben, tauchte an der Wand in Ella Sergejewnas Büro ein ultraflacher Bildschirm auf. Er konnte von der Hausherrin wie mit Zauberhand in alle möglichen Richtungen bewegt werden und funkelte mit seiner quadratischen Flüssigkristallfratze.

Wer von den Lehrern konnte sich nicht von einem Tag auf den anderen auf sie stürzen und sich unabschüttelbar in sie verkrallen. Über wie viele Jahre hat Ella Sergejewna sie auf ihr bloßes mickriges Gehalt reduziert. Bezirksfeiern, Umzüge, Wahlen, Sportfeste und Konferenzen – bei all diesen Großveranstaltungen des Geistes haben sie Extrastunden geschuftet. Doch Urkunden, Auszeichnungen und Prämien gab es nur für Ella Sergejewna. Eine Philologie-Lehrerin erfrechte sich, das nach oben zu melden, aber dank Ljamzin wurde ihr, Ella Sergejewna, kein Haar gekrümmt. Dafür ist diese Lehrerin in hohem Bogen hinausgeflogen, und keine Sterbensseele wagte es mehr, etwas gegen die Direktorin zu unternehmen ...

Sie fuhr zittrig und missgelaunt in die glatten Ärmel des Morgenmantels; sechsfach warfen die Innenspiegel des Garderobenschranks ihr Bild zurück. Die Krawatten von Andrej Iwanowitsch baumelten vom metallenen Gestell, das wie eine Wirbelsäule mit astgleich herabhängenden Rippen aussah. Anstelle des Schädels krümmte sich als Fragezeichen ein Haken. Der Sohn hat gesagt: auf amerikanischen Krawatten gehen die Streifen von rechts oben nach links unten, auf englischen umgekehrt. Und wenn sie kreuz und quer gehen? Dann ergibt sich ein Gitter … Die Krawatten sollte man an die Fahrer von Andrej Iwanowitsch verteilen. »Er hat den Fahrer an jenem Abend nach Hause geschickt«, ging es ihr zum hundertsten Mal durch den Kopf. Weshalb, weshalb … Ihr wurde plötzlich wieder deutlich, dass der Ehemann nicht wiederkommen würde, niemals wieder, und sie setzte sich, ohne das Sturmläuten weiter wahrzunehmen, auf den Rand des ungemachten Bettes.

Verfluchte Semjonowa. Ella Sergejewna ahnte etwas von der verhängnisvollen Beziehung bereits damals, als Ljamzin gerade erst von der Sturmflut der Verliebtheit von ihr fortgetragen, weggerissen wurde. Als er aufhörte, sich nachts für eine kurze Weile ehelicher Zärtlichkeit warm an sie zu schmiegen. Und ihr stattdessen unter Gejammer über die große Arbeitslast den breiten Nacken zuwandte und in kaltes, fernes Schnarchen verfiel. Ella Sergejewna versuchte alle möglichen Mittelchen – Spanische Fliege und Yohimbin, Extrakt von arktischem Krill und Fischleberkonzentrat, Ginseng und wilden Pfeffer. Jeweils einige Tropfen heimlich in den Tee am Abend. Aber anstatt in Begierde zu entflammen und sich mit geschwollenem Hals und blutunterlaufenen Augen wie ein brünstiger Elch auf sie zu stürzen, wurde Andrej Iwanowitsch grün im Gesicht. Er schloss sich in der Toilette ein und musste heftig erbrechen.

Bei offiziellen Anlässen und feierlichen Einweihungen zeigte er sich nunmehr ohne Gattin. Und Ella Sergejewna wusste, dass sich unter den Festgästen höchstwahrscheinlich dieses junge Luder herumtrieb, welches es auf das Vermögen Ljamzins abgesehen hatte. Sie war zerfressen von Hass und es war nicht klar, wer ihr widerlicher war, Semjonowa oder der eigene Mann. Ihr schwante, dass sie auf die alten Tage allein sein würde, von allen geschmäht und verspottet. Doch die Jahre vergingen, und Andrej Iwanowitsch kam immer wieder nach Hause zur Familie, anfangs mit einem kaum verborgenen, glücklich-lüsternen Lächeln, später mit zusammengepressten Lippen und einem verdrossenen, krächzenden Murren. Seine Assistentin, die unausstehliche Lenotschka, hatte Ella Sergejewna bei der Jubiläumsfeier der Sprudelfabrik zugeflüstert, dass Andrej Iwanowitsch ihr leid tue. Dass er Marina Semjonowa versprochen habe, sich scheiden zu lassen, sobald der Sohn erwachsen und im Ausland zum Studieren untergebracht sei. Und nun sei der Sohn erwachsen und in einem Elite-College untergebracht, und alles bliebe beim Alten. Deswegen würde jetzt die Semjonowa Ljamzin das Leben zur Hölle machen und ihm das Mark aus den Knochen saugen. Die dumme Lenotschka glaubte, dass Ella Sergejewna diese billige Schadenfreude teilen und mit triumphierendem Lächeln quittieren würde. Sie aber explodierte, und ihre Augen blitzten vor Zorn. Wie kann es diese armselige Vogelscheuche wagen, mit ihr, der ehemaligen Gebietsabgeordneten, Schuldirektorin und Ehefrau des Ministers, so zu tuscheln. Das freche Miststück soll verschwinden. Es reicht mit diesen elenden Wichtigtuern! Ungeziefer, Geschmeiß! Finger weg von Andrej Iwanytsch!

Im Übrigen war Andrej Iwanowitsch selbst nicht ohne. Gott weiß, wie viele Firmen er der unersättlichen Geliebten überschrieben und wie viele Millionen er für

Geschenke ausgegeben hat. »Sind ja nicht meine Millionen«, hat Ljamzin ihr einmal so nebenbei gesagt, »sondern staatliche.« Sie sprachen zum ersten Mal offen über Marina Semjonowa. Die Uhr mit den vergoldeten Zeigern tickte auf der Kommode. Es war drei Uhr nachts, Ljamzin konnte nicht schlafen. Auf seinen weichen Wangen stand kalter Schweiß. Er erzählte der Frau von den anonymen Schreiben. Von den Drohungen, welche von obskuren Mail-Adressen einlangten. Er habe sich wegen der Erpressungen bei Kapustin beschwert, aber er, Kapustin, habe im Scherz auf sie verwiesen: »Ella Sergejewna will Sie also offenbar in den Schoß der Familie zurückholen.« – »Aber ich bin nie von dir weggegangen und werde es auch nicht tun«, versicherte er der Gattin mit weinerlicher Stimme, während er auf ihre dicken nackten Finger schaute, von denen sie für die Nacht die Brillantringe abgenommen hatte. Er war zuletzt nervlich ziemlich angeschlagen. »Natürlich wirst du nicht weggehen, du Esel«, dachte Ella Sergejewna bei sich, »aber auch nur, weil der Gouverneur ein Programm für die Förderung der familiären Werte verkündet hat. Lässt du dich scheiden, fliegst du von deinem Posten. Und dann melkt dich keine Kuh mehr.« So blieb ihre Keimzelle der Gesellschaft heil und unversehrt.

Das Läuten am Gartentor ertönte noch schriller, unablässig und durchdringend wie ein Zahnarztbohrer. Ella Sergejewna nahm in der Ferne sogar etwas wie ein lautes Kreischen war. »Ist da am Ende jemand mit der Flex am Werk?«, erschrak Ljamzins Witwe, riss sich vom Bett los und eilte wankend, sich an der Kante des schweren Mahagonimöbels anschlagend, hinunter in den Hof. Eine Notiz! Sie hatte ja schon gestern eine erhalten. »Alte, erwarte Gäste!«, stand es unheilvoll auf einem kleingefalteten Blatt festen Papiers gedruckt. Gestern fand sie das gleiche am Abend in ihrem schon leeren Büro. Am Schreibtisch in einem Durcheinander von Dokumenten. Sie hatte dem aber keine Bedeutung beigemessen und es wieder ganz vergessen. Doch eben diese Notiz hatte sich in ihrem Kopf wie ein schwarzer Klacks eingenistet und ließ ihr in der Nacht keine Ruhe. »… erwarte Gäste!« Und sieh, da sind die ungebetenen Gäste gekommen. Der kleine Bildschirm an der Gegensprechanlage im Gang flimmerte und zeigte nur verschwommene Streifen.

Die mehrfach geschwungene Eichentreppe ächzte unter ihren Elefantenschritten. Mit der Handfläche glitt sie am strassbesetzten Bambusgeländer entlang. Der düstere Salon mit den zugezogenen Vorhängen. Andrej Iwanowitsch blinzelt unzufrieden von Ernest Pogodins Bild, die Generalsepauletten schimmern nur ganz matt.

»Au, verflixt! …«, fluchte Ella Sergejewna, die sich schmerzhaft am Renaissance-Hocker – ein Geschenk des Kulturministers – angeschlagen hatte.

Diese Notiz ließ sie nicht los. »Die verdammten Kinder«, ging es ihr durch den Kopf, »wer sonst.« Die Kinder sind ja in der Tat vollkommen undiszipliniert geworden. Unlängst hat sie sich die Schüler der obersten Klasse vorgeknöpft, alle der Reihe nach, einen nach dem anderen. Hat sie verhört und ihnen strengste Verweise erteilt. Die Idioten haben sich auf irgendwelchen Straßenversammlungen herumgetrieben, auf denen gegen Gott und die Staatsgewalt gelästert wurde. Die ganze Sauerei angezettelt haben studentische Aktivisten, die diesen Dreck wiederum im Internet aufgabelt haben. So wurden die noch unreifen Gehirne verwirrt. Die Eltern der aufmüpfigen Schüler stammelten und stotterten etwas daher, ver sprachen Einfluss zu nehmen, und Ella Sergejewna polterte drauflos, die Arme in die Hüften gestemmt:

»Verstehen Sie eigentlich, dass es hier um etwas ganz Ernstes geht? Ihr Kind wird illegalerweise missbraucht! Es wird mir nichts anderes übrig bleiben, als das an die zuständigen Spezialorgane zu melden. Dort kommt Ihr Kind auf die Liste, und der weitere Weg ist versperrt! Das ist ein Makel fürs ganze Leben!«

Die gefallenen Kinder indes hielten sich wackerer, ließen sich nicht einschüchtern und blieben, so wie sie es von ihren älteren Vorbildern gelernt hatten, gelassen. Und nicht nur das, sie hatten es ihrerseits listig auf die Direktorin abgesehen, indem sie ihr vorwarfen, groß eine Computerklasse bis zum September versprochen zu haben, und jetzt sei die Tür noch immer fest versperrt. Und auf die Verbote, an diesen widerlichen Straßenversammlungen teilzunehmen, pfiffen sie und pochten dabei auf die Verfassung. Eine unglaublich unverschämte Sechstklässlerin erklärte sogar, dass ihr niemand das Gehirn wasche, außer die Lehrer und die Direktorin persönlich, die alle den Gang mit Lobeshymnen an den Gouverneur und mit Zitaten der Staatsspitze vollpflasterten. Das Miststück macht, was es will. Wahrscheinlich stammt der Zettel von ihr.

»Ihr Marionetten!«, schrie damals Ella Sergejewna, als sie in Begleitung ihrer aufgeregten Feldwebelinnen, der Klassenvorständin und der Erziehungsleiterin, in die Klasse gestürmt kam. »Eine Revolution wollt ihr? Blut? So wie in der Ukraine? Ihr grottendummen Nichtsnutze! Ihr habt ja keine Ahnung, ihr seid so engstirnig! Ihr hättet, so wie wir, die neunziger Jahre erleben müssen, mit all dem Dreck und der Armut, da wärt ihr jetzt lammfromm.«

Aber die Klassenältesten waren vollgepumpt mit schädlicher Propaganda, aufmunitioniert mit giftigen Provokationen aus der Internet-Kloake und kläfften in einem fort von Diebstahl und Bereicherung, von Ungerechtigkeit, und dass die Eltern die letzten Kopeken zusammenkratzen müssen.

»Und warum haben wir nur ein paar Kopeken zum Leben, ha?«, schrie die Klassenvorständin. »Na, antwortet! Zeigt euer Wissen! Wir stehen unter einer Wirtschaftsblockade, einer Blo-cka-de! Europa nimmt uns die Luft, Amerika fletscht seine Reißzähne. Und warum, sagt doch, warum!«

»Weil wir illegalerweise ...«, kam es aus verschiedenen Richtungen.

»Weil wir stark sind!«, brüllte die Erziehungsleiterin. »Weil man sich vor uns fürchtet!«

Ihre Frisur war in Auflösung begriffen, ihre Stimme brach wie bei einer plötzlich steckengebliebenen Küchenreibe. Ella Sergejewna wusste, dass sich die einsame Erziehungsleiterin den Schulwart als Liebhaber zugelegt hatte, ein junger Dunkeläugiger, dessen Frau und drei Kinder in Zentralasien zurückgeblieben sind. Sie hält ihn sich für die horizontalen Bedürfnisse, wie einen Tiger, und gibt ihm von den paar Rubeln der Schüler ein Zubrot. Doch Ella Sergejewna dürstete es auch nach Liebe, ihre üppigen Lenden waren noch nicht saftlos und taugten noch zur Lust. Aber Ljamzin verkroch sich unter die Decke und erwiderte nur selten und widerwillig ihre Avancen. Das kam nur bei Morgengrauen vor, wenn ihre kräftige Hand das erwachende und sich leicht erhebende Köpfchen der Bestie ertastete und dann fest drückte. Dann gab der Minister nach und wälzte sich, noch im

Halbschlaf und fast unbewusst, mit kaum geöffneten Augen auf den breit dargestreckten Körper seiner Frau. Jetzt gibt es gar keinen Ljamzin mehr. Sein Arbeitszimmer war leer. Die Waffensammlung schimmerte. Und draußen läutete es weiter, eklig unheilvoll.

Ella Sergejewna drückte die Türklinke. Auf dem Weg zum Gartentor lag vor ihr noch der mit rosa Klinker gepflasterte Hof. Von der Straße waren Stimmen zu hören. Aber sie hatte noch immer die Gesichter von gestern im Kopf. Wer nur, wer nur ... Ach ja, freilich! Das Bouquet von Marina Semjonowa! Die Schlange hatte ihr einen versöhnlichen Korb mit Blumen vorbeibringen lassen, vierzig dunkelrote Rosen, Lilien und Trauergrün. Und wenn der Zettel in ihrem Auftrag hinterlassen worden ist? Was für eine Verschlagenheit, was für ein billiger Einfall. Es war schon richtig von ihr, den Korb vom Schulwart entsorgen zu lassen. Ihr kam es vor, als ob er nicht nach Rosen, sondern nach Insektenvertilgungsmittel, Gift und Fäulnis gerochen hatte. Der Schulwart hat ihn natürlich an der nächsten Ecke weiterverkauft. Was nur findet diese der Fleischeslust verfallene Erziehungsleiterin an ihm? Brauner Hals, kleines Gesicht. Einfach unansehnlich.

Vielleicht brachte man ihr auch jetzt noch einen Kranz, einen Blumenkorb oder eine andere Bezeugung des Mitgefühls. Ihr wurde plötzlich bewusst, dass sie keine Trauer trug, sondern gelbe chinesische Blumen auf ihrer Brust prangten. »Man wird glauben, dass ich nicht trauere um ihn ...« Die Skythen, so heißt es, schnitten sich als Zeichen der Totentrauer die Ohren ab und durchbohrten sich die linke Hand mit Pfeilen. Die alten Griechinnen zerkratzten sich mit den Fingernägeln das Gesicht und schnitten sich die Haare ab. Die verwitweten Ureinwoh-

nerinnen Australiens verbrannten sich die Brust mit heißen Kohlen. Vornehme Europäerinnen lagen nach dem
Tod des Ehegatten sechs Wochen im Bett, keinerlei Lust-
barkeiten, Briefe wurden nur auf Papier mit Trauerrand
geschrieben. Die russischen Witwen hüllten sich für immer in schwarz, zogen sich lebendig begraben ins Kloster
zurück. Die Inderinnen gingen auf den Scheiterhaufen, die
Indonesierinnen schnitten sich die Finger ab.

Ella Sergejewnas Finger waren heil. Sie drückte auf
den Knopf, um das Gartentor zu öffnen, und wich jäh
zurück. Fünf Männer in Zivil stürmten auf den Hof, der
kleinste von ihnen, mit Schnauzbärtchen, stellte sich als
Ermittler vor und hielt ihr einen gerichtlichen Durchsu-
chungsbefehl unter die Nase. Ella Sergejewna stöhnte lauf
auf und zupfte sich an den langen Ohrläppchen, in denen
große Löcher klafften. »Weshalb ...«, schnaufte sie,
»wozu ...« Doch ihre Vorgesetztenstimme versagte und
verstummte. »Deshalb«, antwortete der Ermittler und
lächelte in sein Bärtchen. Herrisch schritt er ins Haus.

# 5

Die drei von den Ermittlungsorganen machten sich schon stundenlang im Erdgeschoss zu schaffen, ihr Gang hallte am Parkett wider. Die zwei Durchsuchungszeugen liefen hinterher und schielten neugierig auf das luxuriöse Interieur.

»Was ist das da für ein Vogel?«, erkundigte sich der Ermittler und tippte mit seinem dicken Finger auf einen großen Sèvres-Pfau.

»Ein Phönix. Massiv, kein Hohlraum, keine Öffnung«, antwortete die Witwe, die im Lederfauteuil des Salons versunken war und finster unter dem eilig übergeworfenen schwarzen Wolltuch hervorlugte.

»Wir werden ihm schon nicht in den Arsch fahren, keine Angst«, prustete einer der drei vor Lachen, und mit ihm auch die zusammengeduckten Durchsuchungszeugen. Diese waren unsicher und hatten sich im Vorzimmer verlegen die Schuhe ausgezogen. Ella warf einen verächtlichen Blick auf ihre abgetragenen, ausgeleierten Socken. »Diese Maulaffen haben sie wohl im Gebäude nebenan ausgegraben«, sagte sie sich voll Ekel, »da ist so ein Abschaum neu eingezogen, und ist der eine nicht ein Wächter?«

Sie hatte einfach keine Ahnung, was diese Schnüffler bei ihr herausfinden wollten. Der würgende Schrecken – womöglich ging es um die falschen Stundeneintragungen, womöglich um die Phantomlehrer, die sie dann ableugnen müsste – war bereits einem fröstelnden Gefühl von Niedergeschlagenheit gewichen. Aus dem kurzbeinigen Bücherschrank flogen die von niemandem gelesenen Bände auf den Boden, die Buchrücken schlugen dumpf auf, wie taube Nüsse, die Seiten raschelten.

»Jetzt sagen Sie mir endlich, was das mit mir zu tun hat, wenn Sopachin schuldig ist?«, fragte Ella Sergejewna den Ermittler zum wiederholten Mal.

Sopachin war der Geschichtelehrer an ihrer Schule. Seit fünfzehn Jahren. Er machte nie Unannehmlichkeiten, streifte nichts ein, unternahm mit den Kindern Exkursionen in die Natur, bereitete Preisträger für die Stadtwettbewerbe vor. Und es stellte sich heraus, dass Sopachin ein Verbrecher war, dass er Geschichtsfälschung betrieben haben soll. Ihr schwoll die Zornesader – wie konnte man es wagen, sie, die untröstliche Witwe von Andrej Iwanowitsch Ljamzin, wegen eines jämmerlichen Lehrerleins am frühen Morgen zu behelligen! Höflich wandte sich der schnauzbärtige Ermittler der Hausherrin zu und sprach teilnahmsvoll, doch bestimmt und verschlagen:

»Nochmals, Ella Sergejewna, ich bedaure, dass wir Sie so bald nach ihrem großen Verlust aufsuchen mussten. Aber die Sache duldet keinen Verzug. Ihr Lehrer ist in Haft. Und die Unterlagen haben Sie, ich wiederhole, haben Sie gemeinsam mit ihm zusammengeschmiert. Hier bitte, Ihre Unterschrift!«

Er präsentierte ihr mit frecher Ehrerbietung einen Stapel zusammengehefteter Papiere. Methodisches Konzept für die Dekade der Heimatgeschichte. Zwei Ko-Autoren – sie selbst und Sopachin; und auf jeder Seite ihre Unterschrift – ein überdimensionales, weit ausladendes »L« und mehrfach in sich verschlungene Schnörkel.

»Das hat Sopachin allein verfasst«, wehrte Ella Sergejewna aufrichtig ab.

»Und die Extraprämie gab es für beide?«, lächelte der Ermittler.

Dieser verdammte Lehrer, wie konnte er ihr nur so eine Schweinerei unterjubeln. Sie war aber auch selbst schuld. Sie hatte verabsäumt, es durchzulesen. Die Witwe wischte sich den Schweiß vom Nasenrücken und rief sich die unselige Dekade ins Gedächtnis. Alles schien seinen geordneten Gang zu nehmen. Im Rahmen des Monats der Wehrertüchtigung gab es Quiz-Aufgaben zu Themen wie »Märtyrer unserer Zeit« oder »Die Schlacht von Stalingrad«, es ertönten Lieder für den Gesangswettbewerb »Die Heimat ruft«. »Frieden wollen wir hienieden, doch wenn zum letzten Kampf beschieden uns von oben der Befehl, dann, Onkel Wowa, ich nicht fehl'!« – »Nichts ist vergessen«, schrie es von den Plakaten. »Erheb dich, unermesslich Land!«, lockten die Losungen. Die Damen vom Bildungsdepartement lobten Ella Sergejewna über den grünen Klee. Wo ist denn da etwas schiefgegangen?

Der Ermittler behielt sein aufgesetztes Lächeln, er hatte am runden Esstisch, direkt unter dem Porträt des verblichenen Ljamzin, bequem Platz genommen und die wie verlängert wirkenden Beine demonstrativ von sich gestreckt:

»Nochmals, Ella Sergejewna. Wir haben da eine Videoaufzeichnung der Dekade in unseren Händen. Sie ist uns, auf unser Ersuchen, von bestimmten Eltern zur Verfügung gestellt worden.«

Ella Sergejewna kniff die Augen zusammen und erinnerte sich an den vollen Festsaal mit den vielen unbeholfenen, aufgeregt herumwuselnden Mamas und Papas. Und an die Handys, die wie Sonnenblumen auf ihren Stielarmen in Richtung Bühne ragten. Dort drängten sich die jungen Schützlinge mit ihren Soldatenmützen, auf denen der fünfzackige Rote Stern prangte. An den Tanz der Getreidegarben erinnerte sie sich, an die Wandzeitungs-Ausstellung und an den Wettbewerb für die besten Weltkriegs-Siegeslosungen. Wo war da bei diesem strahlenden Fest der Wurm drinnen?

»Nehmen wir zum Beispiel die szenische Darstellung der sechsten Klasse. Der Überfall der Faschisten auf die UdSSR«, artikulierte der Ermittler langsam und deutlich, Silbe für Silbe. »Was spricht da Ihr Sopachin aus dem Hintergrund dazu, hinter den Kulissen?«

»Was denn?«, wippte Ella Sergejewna nervös.

»›Nach der Unterzeichnung des verbrecherischen Molotow-Ribbentrop-Paktes und des geheimen Zusatzprotokolls über die Aufteilung Europas ...‹. Des verbrecherischen – begreifen Sie?«

Ella Sergejewna blinzelte verständnislos, im Augenwinkel hatte sich an ihren Aufklebwimpern ein Staubkörnchen verfangen.

»Es war gemeint ...«, sagte sie schließlich, »dass der Pakt nicht richtig war.«

»Wieso nicht richtig?«, wurde der Ermittler ernst. »Sie sind ja auch Historikerin, und sehen das gleich wie Sopachin.«

»Nein«, wehrte Ella Sergejewna erschrocken ab.

»Dieser Pakt brachte uns das Baltikum und Bessarabien zurück. Und von Polen okkupierte Territorien. Was das geheime Zusatzprotokoll betrifft, so gibt es darin keinerlei Pläne für eine Aufteilung Europas. Wir wollten Polen schützen, Polen wanderte ein wenig, sonst nichts«, dozierte der Ermittler. Seine zwei Kompagnons hatten in der Zwischenzeit die geschnitzten Türchen der Getränkebar auf- und zugemacht, in der sich mit silbernen Hirschköpfen verzierte Flaschen vierzigjährigen Dalmore's verbargen. Der Anblick des teuren Alkohols verdrehte den Durchsuchungszeugen die Augen in ihren Visagen. »Verstehen Sie, was ich meine?«

»Ja, natürlich«, nickte Ella Sergejewna. »Aber ich möchte doch meinen Anwalt kontaktieren.«

»Das erledigt sich, glaube ich, von selbst«, entgegnete der Ermittler mürrisch. »Keine Telefonate während der Durchsuchung. Die Anwesenheit eines Anwalts ist fakultativ. Ja, er hat das Recht, zu erscheinen, aber nur auf Antrag. Und Antrag gab es keinen.«

»Aber ich habe gehört …«, setzte Ella Sergejewna mit ihrer alten Direktorenstimme an.

»Sie haben alles Mögliche gehört, nur das Wichtigste nicht«, schnitt der Ermittler ihr das Wort ab und klopfte mit den Fingernägeln auf den Tisch. »In Ihrer Schule passieren die unerhörtesten Dinge, kriminelle Sachen, die Sie einfach so übersehen haben, wenn nicht gar … Aus Pietät angesichts Ihrer Trauer belassen wir es vorerst mit einer Verwarnung. So präventionshalber. Und ich rate Ihnen, Frau Ljamzin, sich kooperativ zu verhalten.«

Er rieb die glänzenden Schuhspitzen aneinander. Die darauf spielenden Lichtbündel des unerwartet strahlenden Morgens verflossen ineinander wie frische Eidotter. In seinen rauen Händen raschelten die einzelnen Seiten aus Sopachins Dossier. Draußen wurde der Tag heller und heller, und die Witwe von Andrej Iwanowitsch verlangte es unbändig nach gebratenem Schinken. Nach fettem, ölgetränktem Schinken mit Käsekrusteln, Senf und Tomaten-Knoblauch-Sauce auf frisch geröstetem Weißbrot. Und es wird darauf gepfiffen, dass ihre Hüften noch schwabbeliger, teigiger und unförmiger werden. Dass sich die Zellulite-Grübchen noch tiefer und dunkler in ihren wächsernen Hintern graben. Dass der Blutzuckerspiegel in die Höhe schnellt und sich in den Gefäßen das Cholesterin ablagert.

»Ich bin eine hochdekorierte Lehrerin«, erklärte Ella Sergejewna. »Ich war Gebietsabgeordnete. Ich werde Sopachin bestrafen.«

»Das werden schon wir machen«, grinste der Ermittler, »uns geht es jetzt darum, Ihre Rolle in dieser Strafsache aufzuklären.«

»Strafsache?«, fragte Ljamzina ungläubig, als ob zwischen dem, was er sagte und dem, was sie verstand, eine dicke Mauer stünde.

»Paragraph 354, Punkt 1, zweiter Absatz«, erklärte ihr einer der Kollegen des Ermittlers, während er auf seinen dünnen Beinen den Salon im Kreis abschritt. »Öffentliche Verbreitung wissentlich falscher Angaben über die Aktivität der UdSSR in den Jahren des Zweiten Weltkriegs. In Dienstausübung. Steht unter schwerer Strafandrohung. Geldstrafe in Höhe des dreijährigen Einkommens.«

»Oder Freiheitsentzug respektive Zwangsarbeit bis zu fünf Jahren«, setzte wieder der Ermittler mit einem süffisanten Lächeln fort, »und mit einem bis zu drei Jahre reichenden Verbot, auf dem entsprechenden Gebiet zu arbeiten, im vorliegenden Fall im Bildungsbereich. Und Sie sind, wie sich zeigt, hier Mitttäterin.«

»Ich und Mittäterin!«, krächzte Ella Sergejewna. »Ich habe nie … Ich habe doch immer …«

Sie versuchte aufzustehen, doch sie war wie mit dem Leder-Fauteuil verwachsen. Eine kleine Mücke hatte sich auf ihr Ohr gesetzt und verstörte sie mit ihrem lästigen Gesurre.

Die Luft wurde dick wie im Dampfbad, das Zimmer verschwamm hinter Wasserschwaden, die Konturen der Gegenstände verwischten sich vor ihren Augen. Einer der drei tauchte neben ihr auf und hielt ihr einen Becher

Wasser vors Gesicht. Ein aus der Anrichte entnommenes silbernes Gefäß für Champagner. Was stöbern die denn beim Geschirr herum, was suchen sie? Ella Sergejewna nahm ein paar glucksende Schlucke und leckte sich die Lippen ab, die sich unangenehm taub und fremd anfühlten.

»Alles nur wegen dem Pakt?«, röchelte sie.

Die Schuhe des Ermittlers waren jetzt unter dem Stuhl verschwunden und lagen dort wie frischgeschlüpfte Waldtiere in ihrer Höhle.

»Was heißt da, nur wegen dem Pakt?«, tat der Ermittler beleidigt. »Auf der Hälfte der Bühne stellten die Kinder frierende Deutsche dar. Wo doch gemäß Ihrer Darstellung im Krieg auf zwei Deutsche zehn Unsrige kamen. Und die ganze Zeit Frost, Schneesturm, Purga![5] Styropor, oder was auch immer Sie da verwendet haben. Oder weiße Konfetti?«

Wieder verstand Ella Sergejewna nichts. Sie schwieg und wartete darauf, dass dieser Mann, der es sich an ihrem Tisch so gemütlich machte, selbst alles erklärt.

»Jetzt starren Sie mich nicht so an, Verehrteste!« Der Ermittler war drauf und dran, seine Kaltblütigkeit zu verlieren, und sprach immer schneller, wie ein ins Sieden geratender Teekessel. »Die Deutschen wurden also Ihrer Ansicht nach von Wind und Wetter besiegt?«

»Nein, nein«, wehrte Ella Sergejewna für alle Fälle ab, wobei sie ihr Kinn mit Leidensmiene in ihrem Wolltuch verbarg.

»Das ist doch eine Verzerrung der Geschichte, sehen Sie das nicht?«, setzte der Ermittler verärgert fort. Seine Finger hüpften auf der Tischplatte auf und ab, abwech-

[5] Heftiger Wintersturm.

selnd mit den Knöcheln und den Kuppen aufschlagend, gerade als ob ein Kosake seinen Tanz vollführte. »Was bringen Sie und Sopachin, Ihr Untergebener, den Ihnen anvertrauten Kindern, der heranwachsende Generation, die uns nachfolgen wird, bei? Dass die Faschisten nicht vom großen sowjetischen Volk besiegt worden sind, nicht von der Armee und den genialen Marschällen ... sondern einfach vom Zufall, den Kapriolen der Natur, vom Winter und der Kälte. Darauf läuft es hinaus?«

»Nichts dergleichen hatten wir beabsichtigt!«, schrie die wieder zu Kräften gekommene Ella Sergejewna.

»Hatten nicht, wollten nicht ... das Gutachten sagt etwas anderes.«

»Welches Gutachten?«, stöhnte die Ljamzina, aber da hatte einer der an dieser wirren Hausdurchsuchung Beteiligten dem Ermittler schon eine verschnürte Mappe gereicht, aus welcher dieser nach mühsamer Öffnung alsbald ein engbeschriebenes, bedeutsam wirkendes Blatt zog und es der verdutzten Ella Sergejewna unter die Nase hielt.

»Hier, dieses!«, verkündete er aus seinem kleinen, bartumstandenen Mund. »Übrigens auch von einem Universitätsprofessor mitverfasst. Ein anderes Kaliber als Ihre Sopachins. In seinem Resümee schreibt er Folgendes: ›Im Jahr 1941 gab es tatsächlich schon im Oktober schweren Frost. Dies jedoch beschleunigte das Vorrücken der faschistischen Panzer nur noch, die sich dadurch abseits der Straßen hervorragend weiterbewegen konnten. Noch im Sommer nahm Armeegeneral Schukow bei Jelnja einen genialen Gegenangriff vor, aufgrund dessen die Deutschen an der Ostfront bis zum Kälteeinbruch stecken blieben ...‹ Und weiter ... ach ja, da: ›Der Zusammenbruch der Wehrmacht war nicht dem russischen Winter geschuldet, sondern dem Heldenmut des sowjetischen Soldaten, dem Weitblick des Armeekommandos und dem Versagen von Hitlers Generälen, die es verabsäumt hatten, sich um entsprechende Winterausrüstung zu kümmern. Indem den Schülern das Gegenteil vorgesetzt wurde, drehte der Lehrkörper bedenkenlos die historische Wahrheit um und verunglimpfte damit die Millionen von Opfern des eigenen Volkes‹ ... «

Mit diesen Worten endete der Ermittler, legte das Dokument sorgfältig in die Mappe zurück und blickte triumphierend auf die Anwesenden. Seine beiden Kollegen strahlten vor Genugtuung. Einer der drei hielt ihr Telefon umklammert. Die beiden sich ähnelnden Durchsuchungszeugen, diese für Ella Sergejewna undurchsichtigen Personen, begannen sich zu langweilen, sie kratzten sich unschlüssig und verlegen. Auch das öde graue Notebook wurde konfisziert und auf der Couch zum Abtransport wer weiß wohin bereitgelegt. Es war neu, noch nicht vollgestopft mit Gigabytes, auf ihm telefonierte die Witwe Ljamzin viermal die Woche mit ihrem in der Ferne lebenden Sohn.

»Zugegeben, Sopachin hat Unsinn verzapft, ich bestreite das auch nicht. Er hat mir ja nie gefallen«, sagte Ella Sergejewna, und der Fauteuil unter ihr ächzte erbarmungswürdig aus allen Fugen. »Aber wie komme ich dazu! Ich! Ich habe die besten Kennziffern im Bezirk. Bei allen Wahlen stimmen bei mir Beteiligung und Ergebnis, alles makellos. Andere Direktoren hat man nach Wahlen weggejagt, weil sie unter den Eltern schlechte Arbeit geleistet hatten. Und, das möchte ich noch hinzufügen, ich bin schon fünfzehn Jahre auf diesem Posten! Auszeichnungen habe ich bekommen ... «

»Wir wissen, wir wissen«, winkte der Ermittler ab, »das wird alles zu Ihren Gunsten verwendet werden. Aber noch ein Wort zu Ihrem Lehrer. Sagen Sie, wie konnten Sie so einen Unglücksvogel auf die Kinder loslassen? Die Schulfratzen treiben sich ohnedies im Internet herum und hören auf all diese nicht umzubringenden Saboteure und Schreihälse aus Moskau. Und da taucht auf einmal ein Lehrer auf, der, anstatt Halt und Führung zu geben und sie aus dem Sumpf zu befreien, dieser Verräterbande in die Hände spielt. Nicht irgendjemandes Knecht, sondern ein öffentlich Bediensteter, der aus der Staatskrippe frisst und gleichzeitig Unflat verbreitet.«

»Auf die Heimat scheißt«, ergänzte einer der drei.

»Ja, genau, anders kann man das nicht nennen«, pflichtete der Schnauzbärtige bei und bewegte die Augenbrauen.

Ella Sergejewna blickte auf diese borstigen Brauen, in denen lange graue Härchen sich in alle Richtungen sträubten, und sie begriff plötzlich, dass sie sich unverzeihlich und grenzenlos dumm verhalten hatte. Wie konnte sie nur diesen Troglodyten das Haus öffnen und sie zur Tür hereinlassen? Im Schlafzimmer funkeln im unversperrten Safe ihre Brillanten, und allein der uralte Stiftfeuerrevolver, der im Arbeitszimmer von Andrej Iwanowitsch hängt, ist gut so viel wert wie eine Wohnung in der Stadt. Was stand denn im Wisch des Ermittlers geschrieben? Sie einfältige Gans hatte es sich in ihrer Schlaftrunkenheit gar nicht richtig angeschaut. Wenn alles nur gespielt und eine Inszenierung für einen Raub ist? Sie allein, die anderen zu fünft. Sie hatten ihr auch das Mobiltelefon abgenommen. Und auch sonst keinerlei Schutz: Der Wächter, der üblicherweise im Häuschen beim Eingang saß, hatte sich gleich nach Andrej Iwanowitschs Begräbnis Urlaub genommen, ohne einen Ersatz vorzuschlagen. Ella Sergejewna hatte alles verbockt und verschlafen. Und zu allem Überdruss war es der freie Tag von Tanja, der Haushälterin.

Ihr kamen wieder der hinter dem Porträt ihres Mannes versteckte Dominostein und dieser Zettel in den Sinn. Hat sich am Ende die Haushälterin erfrecht, ihr diese bösartige Drohung auf den Arbeitstisch zu legen? »... erwarte Gäste«, verhieß der unbekannte Verfasser, das heißt, sie wusste von der bevorstehenden Hausdurchsuchung, und sie hat sich wohl bei der Vorstellung, wie hilflos die Ljamzina dastehen würde, die verschwitzten Hände gerieben. Tanja hatte ja erwähnt, dass ein Neffe von ihr Major bei der Polizei sei. Heißt das also ...

Der Ermittler vertiefte sich wieder in seine Papiere, während seine Kumpane wie aufgescheuchte Käfer in alle Ecken zischten. Die Zeiger auf der Uhr über der Bar hatten gestern bei halb vier zu ticken aufgehört; Ella Sergejewna hatte das Zeitgefühl verloren und wusste nicht, wie lange schon diese seltsamen Gäste von Zimmer zu Zimmer gingen und was sie suchten. Die drei hatten offenbar selbst keine genaue Vorstellung davon, nach welchen Verdachtsstücken sie zu suchen hatten, und sie wendeten alles, was ihnen unter die Finger kam, bedächtig hin und her.

Der Schnauzbärtige schüttelte eine Mappe mit Papieren, die Blätter wirbelten hervor und flogen in alle Richtungen. Ella Sergejewna leckte sich unwillkürlich den Mund. Sie träumte davon, allein gelassen zu werden und sich anständig zu stärken. Das Knurren ihres Magen erinnerte an einen mitleiderregenden Hofhund. Doch der

Schnauzbärtige kam wieder und wieder auf die verdammte Geschichts-Geschichte zurück.

»Und dass bei Ihrer Aufführung zehn sowjetische Soldaten auf einen Fritzen gekommen sind, das geht schon auf gar keine Kuhhaut. Stimmt's?«

»Was?«, fragte Ella Sergejewna nach.

»Antworten Sie.«

»Ich werde nur in Anwesenheit meines Anwalts antworten«, gab die Witwe säuerlich zurück, als hätte sie Zahnschmerzen.

Der Ermittler tauschte mit seinen Kollegen Blicke und sprach in verächtlichem, wichtigtuerischem Ton: »Ach sieh einmal an! Nur in Anwesenheit eines Anwalts. Da werden Sie und Ihr Anwalt ordentlich zu schwitzen haben, um uns diesen Unfug zu erklären.«

»Die Stärke des sowjetischen Soldaten«, Ella Sergejewna konnte nicht an sich halten, »wir sind in der Überzahl. Die Panzer rücken in Rautenformation vor. Hinter uns steht die Wahrheit. Darum ging es. Um die Überlegenheit.«

»Ach so, um die Überlegenheit!« Der Ermittler dehnte seine Worte süffisant. »Es kommt aber ganz anders rüber. So, als hätten wir Russen den Feind einfach mit Leichnamen überschüttet. Als wären uns die Soldaten als Kanonenfutter nicht zu schade gewesen. Eben jene niederträchtige Lüge, die unsere Feinde verbreiten. Und Sie, die Genossen Pädagogen, leisten dieser Lüge Vorschub. Ella Sergejewna, man muss sich ernsthaft Sorge um Ihre Schüler machen, die da teilgenommen haben. Wie werden sie nach diesen, verzeihen Sie den Ausdruck, schädlichen Lektionen auf die Geschichte der eigenen Heimat blicken? Wo werden sie Stolz schöpfen können, Stolz auf ihre Vorväter, auf ihr

Land? Da darf man sich dann nicht wundern, wenn vor der Ewigen Flamme getwerkt wird.«

»Was, was?«, flüsterte Ella Sergejewna, und sie spürte kindlichen Zorn in sich aufsteigen. »Was bedrängen Sie mich so? Was wollen Sie von mir? Quälen Sie doch Sopachin, diesen Dummkopf, ich bin immerhin eine verdiente ... Wer hat Sie auf mich gehetzt?«

»Mit Verlaub, niemand hetzt Sie«, rief der Schnauzbärtige. Er erhob sich leicht und streckte ihr sogar die Arme entgegen – die Geste erinnerte an Halbgötter auf Renaissancefresken. »Ich appelliere doch nur an Ihre staatsbürgerliche Vernunft. Zehn auf einen – das ist doch ein Mythos, eine Verleumdung, so verstehen Sie doch! Wie viele Seelen haben wir im Großen Vaterländischen Krieg verloren, was glauben Sie?«

»Ich bin müde«, antwortete Ella Sergejewna. »Ich bin doch keine Studentin bei der Prüfung.«

»Trotzdem«, der Schnauzbärtige deutete mit einer Kopfbewegung zu den Durchsuchungszeugen. »Meine Herren, geben Sie die Antwort. Wie viele unwiederbringliche Verluste hat die Sowjetunion im Großen Vaterländischen Krieg erlitten, was meinen Sie?«

Diese lächelten verlegen.

»Zwanzig Millionen?«, fragte einer von ihnen, während er mit dem Absatz auf das Parkett klopfte.

»Da haben wir's!«, triumphierend gestikulierte der Schnauzbärtige mit seinem Zeigefinger. »Haben Sie gehört? Wahrscheinlich einer von Ihren Schülern! Da ist von zwanzig, dreißig, vierzig Millionen die Rede. Man glaubt der antisowjetischen Propaganda, verstehen Sie? Aber das ist doch alles Unsinn, glatter Unsinn!«

Er sprang auf und ging im Zimmer auf und ab. Andrej Iwanowitsch verfolgte vom Porträt herab aufmerksam seine Bewegungen. Ebenso der Pfau mit erstaunt geöffnetem Schnabel. Daneben hockte eine bunte Porzellaneule.

»Seien wir doch keine Ignoranten. Derartige Verlustzahlen zu nennen ist nicht bloß Unbedarftheit. Das ist kriminell, meine Lieben«, verkündete der Ermittler, und der beschämte Durchsuchungszeuge klimperte schuldbewusst mit den Augen, seine Wimpern sprangen auf und ab. »Die wirkliche Zahl ist eine andere, ihr Ignoranten, eine andere! Etwas über acht Millionen! Das schließt alle an Krankheiten und Verletzungen Verstorbenen ein, alle Unglücksfälle, alle Vermissten, alle standrechtlich Erschossenen, alle! Und damit hat es sich, ein für alle Mal.«

Er schnaufte und ließ sich auf das Sofa sinken, neben das konfiszierte Notebook. Das hüpfte ein klein wenig auf und nieder, wie ein erschrockenes Hündchen. Ella Sergejewna schluckte geräuschvoll scharf-brennenden Speichel hinunter. Sie wickelte unvermittelt die Spitze des Tuchs um ihre Faust und fragte mit lauter, fester Stimme: »Sagen Sie mir ehrlich, wer hat mich denunziert?«

»Nicht denunziert, sondert signalisiert«, antwortete einer der drei. »Es gab schon seit langem Beschwerden. Anonyme Beschwerden.«

»Natürlich nehmen wir in Übereinstimmung mit dem Föderalen Gesetz Nr. 59 ›Über Bürgermitteilungen‹ anonymes Material nicht in Betracht. Doch hier haben wir es mit einem Ausnahmefall zu tun. Es wurde uns zugetragen, dass Sie nicht bloß Geschichtsfälschung in Ihrer Schule dulden, sondern auch, dass ...«, der Ermittler wurde verlegen und stockte in seinem Redefluss »... dass Sie einen Mord planen.«

Nach diesen Worten trat Stille im Raum ein, und nur ein Sonnenstrahl tanzte unruhig auf der Fensterscheibe, sich einen Weg ins Haus suchend.

# 6

Lenotschka strahlt Torsionsfelder aus, rechtsdrehende Felder. Daher ist es jedem angenehm, in Lenotschkas Nähe zu sein. Mit einer Geschwindigkeit von achthundertachtundzwanzigtausend Kilometer pro Stunde wirbelt Lenotschka um das Zentrum unserer Galaxie. In ihr entsteht der Äther der Schöpfung. Spiralen und Wirbel blitzen in den Schlüssellöchern ihrer Pupillen auf. »Iris-Kolobom« sagen die Ärzte dazu. »Katzenaugeneffekt«, ergänzen sie poetisch. Vom Sonnenlicht wird Lenotschka blind, die Welt um sie herum verschwimmt in ihren Augen. Sie trägt dunkle Linsen und Rauchglasbrillen. Die hellbraunen Haare reichen ihr bis über die Schultern. Lenotschka träumte davon, rotes Haar zu haben, doch ihr verstorbener Boss Andrej Iwanowitsch sagte einmal in angeheitertem Zustand: »Alle Rothaarigen sind Huren.« Sie glaubte es und färbte ihre Haare nicht um.

Im Sommer trägt Lenotschka keine Unterwäsche. Wenn sie auf der Straße geht, nimmt und saugt sie die Erdenergie in sich auf. Schritt um Schritt dringen die weiblichen Kräfte der Erde durch ihre unteren Chakren in sie. Das Svadisthan-Chakra öffnet sich im Bereich der Gebärmutter, dort befindet sich die feurige Leidenschaft. Das Anahata-Chakra sitzt inmitten des Herzens, dort befindet sich die ehrfürchtige Liebe. Das Vishuddha-Chakra pulsiert in Lenotschkas Hals, dort befindet sich die beflügelnde Euphorie.

Einmal war sie mit einem Mann zusammen, aber nur kurz, flüchtig, sie hielt es nicht aus. Sie braucht Gewöhnung. Täglich kommt Lenotschka den Anweisungen der lokalen Meister wie der angereisten Gastlehrer nach. Sie unterrichten sie in ihrer Entwicklung. »Schickt eure Bitte in den Kosmos, und der Kosmos wird euch antworten«, schreibt sie, auf jedes einzelne Wort bedacht, in ihr Tablet. Wie viele andere alleinstehende Frauen drängt sie sich in halbgeöffneter Bluse, leicht durch ihre Honiglippen atmend, in den Trainingssälen. Gierig nehmen sie die Ratschläge der scherzenden Trainer auf, wie man am besten auf Männerfang geht. Die Röcke der Teilnehmerinnen sind kurz und gewagt, die anliegenden Stretch-Strümpfe umhüllen ihre Beine bis über die Knie.

»Übungen für die Intim-Muskulatur, morgens und abends je fünf Minuten«, notiert Lenotschka. »Täglich ein Brief an seine innere Göttin«. »Den Männern den Kopf verdrehen und sie dabei zum Leiden bringen. Die Haare berühren, ihm den nackten Hals zeigen. Zwei Komplimente in den ersten fünf Minuten. Herausfinden, welcher Typ er ist: ein visueller, kinästhetischer oder auditiver. Nach jedem Geschenk den Gewinn registrieren …«, halten ihre flinken Finger fest. Endlose geheime Ratschläge, hohe Einsätze, schreckliche Hausaufgaben. »Ich bin eine Idiotin«, erklärt Lena unbekannten Männern auf der Straße. In diesem Moment denkt sie gemäß Aufgabe des Trainers an ihre Brustwarzen. Sie entspannt sich. Ihre Biochemie ändert sich. Die Männer blicken lächelnd auf sie, wie auf eine Verrückte, doch ihre Augen werden feucht und die Schultern weich. Die Spitzen ihre groben Schuhe zeigen in ihre Richtung, die Daumen sind hinter die Hosengürtel geklemmt – alles Zeichen nonverbalen Interesses. Lenotschka trägt Pluszeichen auf dem Tablet ein, sie hat Erfolg. Ihre Persönlichkeit wächst.

Nach der Arbeit, spät am Abend, eilt Lenotschka in ein stickiges angemietetes Zimmerchen im siebenten

Stock eines vor sich hin vegetierenden wissenschaftlichen Instituts, um dort in Trainingsanzug und glöckchenbesetztem Tuch Bauchtanz zu üben. Ihre Knie bewegen sich nach ägyptischer Art in die Luft, ihre schmächtigen Hinterbacken geraten ins Zittern, die Schultern in eine Wellen- und die Hüften in eine Achterbewegung.

»Fest auf der ganzen Sohle stehen!«, schreit die Tanzlehrerin mit verführerischen Wülstchen auf ihrem in Tanzbewegung kreisenden Bäuchlein. »Die Knie weich halten! Ich habe gesagt, weiche Knie! Nur die Hüften arbeiten. Und los, Kreisbewegung, los, nach vor, zurück, nach vor, zurück! Auf die vertikale Achse achten!«

Und Lenotschkas Hüften bewegen sich gehorsam nach vor und zurück, sie steht auf den Zehen, und die kleinen Brüste hüpfen im Sport-BH unsichtbar auf und ab.

Doch nach dem Tod von Andrej Iwanowitsch nahm alles ein jähes Ende. Sie lächelte die auf den Gängen entgegenkommenden Männer nicht mehr an, so mit richtigem Zähneblecken. Nur die obere Reihe zeigen, auf keinen Fall die untere. Die obere Zahnreihe bedeutet Jugend, die untere Alter. Sie weinte. Ja sie schniefte laut auf ihrem Arbeitsplatz in Ljamzins Vorzimmer. Zunächst versuchte Lenotschka sich zu beherrschen, doch die Terminplaner zeigten schadenfroh kichernd an: »14 Uhr! A.I. – Besprechung beim Gouverneur«. Und schließlich quollen die Tränen ungebeten hervor. Es wird keine Besprechung geben, A.I. ist tot.

Tolja, ein dünner, spinnenbeiniger Kollege im Ministerium, warf einen Blick hinein und konnte sich ein Grinsen nicht verkneifen.

»Hast den Chef verloren«, sagte er mit Schauspielermiene. »Nimm es nicht so schwer, Lena!«

Aber Lena nahm es sehr schwer. Ihrem Hals entfuhr ein heiseres Röcheln, so als ob sich rostige Nagelspitzen aneinander rieben. In ihren Dateien und elektronischen Kalendern war der ganze Monat gespickt voll mit den Terminen des verstorbenen Ministers. Sitzungen von Arbeitsgruppen, Fragen der Erhöhung der Arbeitsproduktivität, Zusammenkunft der Agrarvertreter, Besuch zu kontrollierender landwirtschaftlicher Betriebe, Vorbereitung eines Berichts über die Inflationsbekämpfung ... Und Eintragungen anderer Natur – Restaurantbestellung in einem neuen Geschäftshochhaus, ein Tisch für zwei, natürlich, Mittagessen mit Marina Semjonowa. Einen Strauß Blumen an die Adresse der Schönheitsklinik »Basilisk« – auch für sie. Das gewöhnliche Ritual. Unbedingt rote Chrysanthemen, das Zeichen schmachtender Liebe. Mit all dem war es nun aus und vorbei und Lenotschkas Existenz unbedeutend und nichtig.

Im Ministerium herrschte aufgeregtes Durcheinander. Natalja Petrowna, die Stellvertreterin von Andrej Iwanowitsch, wurde zur interimistischen Amtsinhaberin ernannt. Augenblicklich stand sie da in neuer Größe und mit stolzgeschwellter Brust. Aus dem Büro des Ministers hatte man die Sachen des Verstorbenen entfernt, sei es die am Ende des Schreibtischs vergessene Armbanduhr, sei es das holzgerahmte Foto des Sohnes. Das Arbeitszimmer lag mit ausgebreiteten, steifen Lenden nackt da auf dem Operationstisch vor Natalja Petrowna. Bald würde es betäubt und kreuz und quer aufgeschnitten werden, man würde alles Unnötige herausnehmen, die Gewebe und Gefäße wieder zusammenfügen und verbinden, dem Organismus zu neuem Leben verhelfen und die offene Wunde ordnungsgemäß mit Vicryl-Fäden vernähen.

In den Gängen verbreiteten sich infektiöse Gerüchte. Wie Gürtelrose von Körper zu Körper, von Mund zu Mund. Natalja Petrownas Freude ist schon krankhaft! Allzu forsch gebot sie, das polierte Namensschild des ehemaligen Chefs von der Bürotür zu entfernen. Schon war ein neues bestellt, ein gelb glänzendes, auf dem der Name Natalja Petrownas prangt und in dem sich matt die Gesichter der Eintretenden widerspiegeln. »Sie hat an seinem Sessel gesägt«, flüsterte Tolja Lenotschka zu, die ungläubig den Blick auf den fern im Gang dahinwogenden überdimensionalen Busen der Stellvertreterin richtete.

Doch an diesem Morgen warten alle auf den Priester. Das Büro soll gesegnet werden. Der Schutzengel soll in ihm Einzug halten und das fatale Los, welches Andrej Iwanowitsch ereilte, von Natalja Petrowna fernhalten. Niemand würde sie mit gemeinen Briefchen bis zum Herzanfall quälen. Niemand würde sie in einer dreckigen Pfütze verrecken lassen. Kein Palisandersarg würde am Türstock hängen bleiben und ihr Sohn nicht Trauer tragen.

Lenotschka wischte sich die Tränen aus den Augen. Der Konturenstrich verfloss auf ihren Lidern zu asphaltgrauen Kringeln. Sie nahm einen Taschenspiegel und wischte sich mit den kleinen Fingern die Augen zurecht, um sich für die Leute bereit zu machen. Eine ganze Prozession kam den Gang entlang. An ihrer Spitze stolzierte Natalja Petrowna. Ihre blaue Jacke, die wie ein ozongetränkter Morgen strahlte, wurde von einer gigantischen Korallenbrosche zusammengehalten, die Knie wippten im dezenten Rockschlitz. Als Nächstes schritt der bärtige Priester mit seinem hohen Kamilavkion und dem goldglühenden Epitrachelion über dem schwarzen Rhason. Hinterher folgte das Gewimmel der Bediensteten. Alle warteten gespannt auf das Geheimnis.

»Wie wird die Segnung vor sich gehen?«, fragte Lenotschka Tolja. Sie stand jetzt gemeinsam mit dem Kollegen und vielen anderen dichtgedrängt im Vorzimmer. Natalja Petrowna und der Priester traten in das Büro, die Übrigen waren sich unsicher und zögerten.

»Na wie schon?«, antwortete Tolja ernst. »Gleich wird man einen Bohrer bringen, Löcher bohren, und in jedem der Löcher wird ein Kreuz befestigt …«

»Du lügst«, fuhr ihm Lenotschka dazwischen. Sie wusste, dass das Unsinn war. Hochwürden liest einfach ein Gebet, besprengt die Zimmerecken mit Weihwasser, bringt an den Wänden Salböl an. Die Stuckatur glänzt vom Öl, der Wohlgeruch von Weihrauch und Kirche verbreitet sich im Raum und haftet sich an die Möbel. Mit den entzündeten Kerzen wird in jeder Ecke ein Kreuzzeichen gemacht, vor dem Spiegel und den Fotografien deren drei. Die Finsternis und die Teufelsmacht weichen. Das offizielle Porträt über dem Tisch zwinkert ihnen gütig zu, wie um zu bedeuten: »Gehet hin und vermehrt euch. Russland schreitet voran. Unsere Ziele sind klar, die Aufgaben stehen fest. Stark ist unser Schutzpanzer und unsere Raketen sind schnell. Friede, Arbeit, Paradies.« Und es lächelt fahl.

Lenotschka dachte an die ehemalige Frau des Menschen auf dem Porträt, an die First Lady. Der allmächtige Ex-Mann, so sagt man, ließ sie nach der Scheidung einen wackeren Oberstleutnant heiraten, halb so alt wie sie, angeblich Liebe. Doch von Ehe könne keine Rede sein, alles nichts als eine Falle und ständige Überwachung. Wo immer auch sie sei, da sei auch der Oberstleutnant. Gerüchten zufolge habe er abseits eine echte Familie und Kinder, mit der ehemaligen First Lady sei er nur auf geheimen Auftrag zusammen. Arbeit eben.

Aus dem Büro war das monotone Gemurmel des Gebets zu vernehmen. Die Stimme, mit der der Priester den Singsang vorträgt, nennt man samten. Gedämpft und sanft wie die Berührung eines Schmetterlingsflügels. Das Gebet lullt die Versammelten ein. Die Hälfte von ihnen ist bereits ins Büro vorgedrungen, wo die Kette des Weihrauchfasses klirrt. Im Namen des Vaters und des Sohnes und des Heiligen Geistes, möge die Kraft dieses geheiligten Wassers alles Böse und Verderbenbringende fernhalten von hier.

Lenotschka muss an ihre Mutter denken, die in einem Kindergarten arbeitet. Dort wird auch jeden Morgen über dem Wasserkessel ein Gebet gesprochen. Kein Kolibakterium, kein Staphylokokkus, kein Cholera-Vibrion widersteht der Kraft des heiligen Wassers. Die Bakterien zerplatzen wie Seifenblasen; waren es hunderttausend, so bleiben tausend. Mit dem durch die Gebetsworte gereinigten Wasser wird die Mittagssuppe für die Kinder bereitet. Lenotschkas Mutter geht von Tischchen zu Tischchen, an denen die Kindergartenkinder mittagessen, die Tischchen sind mit Chochloma-Muster[6] verziert, Walderdbeeren in großen Trauben und dahinter versteckt rote Vögelchen. Die Kinder klappern auf den Böden der mit Brei gefüllten Teller. »Niemand steht auf, bevor er nicht aufgegessen hat!«, kommandiert die Mutter.

Ihre Handflächen sind trocken und vom Alter gelb gefleckt. Lenotschka erinnert sich an diese schweren Hände und daran, wie die steinernen Fäuste der Mutter auf ihren Kindernacken trommelten. Für eine angebrannte

---

[6] Traditionelles russisches Kunsthandwerk; schwarz-rote florale Muster auf Holz.

Suppe, für eine schlechte Schulnote oder für eine schmutzige Strumpfhose fasste die Mutter Lenotschka fest an ihren dünnen Haaren und schlug wild und wie von Sinnen, mit wutverzerrtem Gesicht das Kind mit der Stirn an die Wand. Bamm-bamm-bamm, tönte es dumpf von der Wand, und wegen des Lärms fluchte aus dem Nachbarzimmer der vom Wodka stockbetrunkene, zu keiner Bewegung mehr fähige Vater zurück. Die geheime Fabrik, in der sein kurzes Leben im letzten Regenbogen chemischer Reaktionen verging, war für immer geschlossen. Ohne Arbeit und Einkommen verschwand er mit seinen Saufkumpanen irgendwohin in die Welt der Hinterhöfe. Seine Hemden stanken nach Maschinenöl und eingelegtem Knoblauch. Wenn er nach Hause kam, übelgelaunt und angetrunken, ließ er alles an der Mutter aus, auf deren Schläfen und Wangen die Veilchen schwollen.

An solchen Abenden versteckte sich Lenotschka verschreckt unter dem Küchentisch, wo es beim Heizkörper vor braunen Preußenkäfern raschelte. Doch wenn er sich ausgetobt hatte, versöhnte sich der Vater mit der Mutter im ehelichen Schlafzimmer, und gegen Morgen schnarchte er laut, während seine zum Fürchten grobe Hand schwer vom Ausziehbett hing. Die Mutter aber verbarg die blauen Flecken hinter ihren üppigen Locken und ging, als ob nichts gewesen wäre, zur Arbeit, um abends müde und ausgelaugt schwere Einkaufstaschen, aus denen Kartoffelsäcke und Schwarzbrot ragten, nach Hause zu schleppen. Und Lenotschka bekam wieder eine Tracht wegen irgendeiner Verfehlung ab.

Einmal verbrannte sie mit dem Bügeleisen aus Ungeschicklichkeit Mamas Festtagskleid; der synthetische Stoff zog sich zu unförmigen Falten zusammen, und auf der Brustseite klaffte verräterisch ein dreieckiges Loch.

Kaum zu Hause, schlug die Mutter Lenotschka mit dem Kabel des Bügeleisens, der schwere Stecker prallte schmerzhaft an die Knie. »Weine, so wein' doch endlich, du Miststück!«, schrie die Mutter, ganz erbost, dass die seelenlose Lena nicht weint. Und erschöpft beendete sie die Bestrafung mit Fußtritten in den Bauch. Lenotschka stöhnte auf und stürzte auf dem Steißbein zu Boden, die Mutter ging zur Nachbarin. An ihren abgewetzten Schuhsolen hingen Plastikstöckel, die Knöchel rochen nach Armut. Erst als sich hinter der Mutter die mit Kunstleder bezogene Tür schloss, rannen Lena die Tränen herab.

»Dem Schöpfer und Erschaffer des Menschengeschlechts, dem Spender himmlischer Güter, dem Quell ewigen Heils ...«, las der Priester, und die von Papierstaub, Amtsstubenlangeweile und Tintengift trockenen Nasenlöcher der Ministeriumsbediensteten erbebten lebhaft, als sie die geheimnisvollen Wohlgerüche einsogen. Der Wurm, der in Lenotschka nagte, ließ von ihr ab und quälte sie nicht mehr so sehr. Sie fühlte sich gut und ruhig, und ihr Herz schlug heller in einer Vorahnung unbestimmter Freude. Und wie in Entsprechung ihrer Erwartungen wurde das Gebet jäh von einem lauten, spitzen, ächzenden Frauenschrei unterbrochen, der alsbald in einem krampfartigen Geröchel versiegte.

»Ist Ihnen schlecht?«, fragte der Priester. Es entstand eine Pause, dann Stimmengewirr und Aufregung unter den Versammelten. Natalja Petrowna landete als exotischer Ballon im Vorzimmer, inmitten der Menge, wie ein Ei, das auf dem Gras rollt. Ihre Augen blickten um sich und sahen nichts.

»Oh Gott«, flüsterte sie, mit ihrem iPhone fuchtelnd, »oh Gott! An alle. Es wurde an alle geschickt, an alle im Ministerium ...«

»Was ist passiert, Natalja Petrowna?«, fragten die Untergebenen, sie aber umklammerte nur das glänzende iPhone und wich immer weiter und weiter zurück, bis sie völlig aus dem Blick verschwand. Zwei Sekretärinnen liefen ihr hinterher, die anderen stürzten sich auf den Geistlichen, um sich mit ihm zu beratschlagen. Aber schon war vereinzelt erstauntes Murmeln und Gekicher zu vernehmen. Um Tolja herum drängten sich lachende Gesichter. Jemandes Finger tippten auf den Bildschirm des Telefons, und verblüfft standen die Münder offen.

»Was gibt es?«, erkundigte sich Lenotschka neugierig.

»Schau her!«, rief Tolja sie triumphierend zu sich und zeigte ihr das Foto.

Kaum zu glauben, was da auf dem Foto zu sehen war. Freizügig und hemmungslos war das Foto, ein schreiender Gegensatz zu allem, was Anstand und Sitte gebietet. Auf einem stelzenhohen Barhocker räkelte sich in anrüchiger Pose ein Weib, in deren Pupillen Teufelchen tanzten. Dieses Weib war niemand anderer als Natalja Petrowna höchstpersönlich. Aber nicht so, wie sie alle kannten, sondern als ausgeflippte Puffmutter. Über die Schulter trug sie eine bunte Federboa, ihr voller, üppiger Körper war in ein Lederkorsett gezwängt, aus dem in riesigen sülzigen Halbkugeln der Busen hervorquoll. Die dicken Beine in Netzstrümpfen waren zirkusartig weit gespreizt, die spitzen Enden der Bleistiftabsätze zeigten direkt zur Schamgegend, die kaum vom schwarzen Spitzenhöschen verborgen war. Zwischen Natalja Petrownas himbeerroten Lippen bleckte der metallene Knauf einer Peitsche.

»Zwanzig Peitschenhiebe sind der Tod, leichte Berührungen ein Kitzel«, dachte Lenotschka. Ihr Blick streifte über die Köpfe der Kollegen hinweg. Die Kollegen wuselten aufgeregt durchs Vorzimmer, fingerten an ihren Smartphones herum, gaben den Namen Natalja Petrowna in der Google-Suche ein, und dann noch die Begriffe: »Korsett«, »Peitsche«, »BDSM«, »Schande«, »Kompromat«. Den Priester hatte man schon nach draußen gebracht, doch die Luft war noch immer vom schweren Duft des Salböls erfüllt. Verdatterte Stimmen riefen:

»Unfassbar! Wie im Moulin Rouge!«

»Wer hat das aufgenommen? Wer?«, erregten sich andere.

»Eine Montage? Mit Photoshop?«, fragten wieder andere ungläubig.

»Wenn es nur Photoshop wäre, hätte ihr das nicht so einen Schock versetzt!«, scherzte Tolja. »Ha-ha, das muss ja jemand an alle offizielle Adressen verschickt und ins Netz gestellt haben. Das gibt einen schönen Hype!«

Tolja schüttelte sich vor Lachen über Natalja Petrowna; sie aber konnte ihn nicht ausstehen. Seine Stelle im Ministerium hing an einem seidenen Faden. Der Grund dafür waren unerwiderte Zärtlichkeit, verschmähte Küsse, erfolglose Annäherungsversuche. Natalja Petrowna war alleinstehend, Tolja schöngelockt. Er hätte ihr nachgeben und sich opfern müssen, doch er machte sich nur lustig über die Begierde dieses Weibes, über die eindeutige Sehnsucht der Chefin. Er erging sich in fröhlichem, bübischem Lachen. Das Damoklesschwert der Entlassung schwebte über ihm, und des Spötters Kopf wäre nicht zu retten gewesen, wäre nicht auf einmal bekannt geworden, dass er Protektion von hoher Seite genießt. Und dann kam noch an Toljas Adresse ein Telegramm aus dem Kreml. Aus Moskau. Höchste Dankbarkeit für die Teilnahme am Jugendforum anlässlich des Sieges-Tages. Das Telegramm wurde an die Wand gehängt und Tolja unantastbar.

Lenotschkas kurze Freude war schon wieder versiegt, ein leichtes Zittern hatte ihre Beine und Schultern erfasst, und ihre Backenknochen glühten, als wären sie mit Schnee eingerieben worden. Sie nahm ihren weiten fliederfarbenen Mantel aus dem Schrank und lief hinaus auf die Straße. Auf den Treppenstufen glänzte weiß der in grauen Vorzeiten hineinbetonierte Schutt. Der Handlauf war elend zerkratzt. Bei der Eingangstür kam ein junger Mann auf sie zu. Er war gut gebaut, groß, am Kopf zwei Garben langgewachsenen strohblonden Haares. Er winkte ihr mit einem freundlichen, irgendwie aprilhaften Lächeln zu.

»Ah, Sie sind es!«, rief Lenotschka erschrocken.

Sie erkannte in ihm einen der Ermittler, die an jenem schicksalsträchtigen Morgen, da der verstorbene Chef nicht in den Dienst gekommen war, das Ministerium aufgesucht hatten. Die Ehefrau von Ljamzin habe damals mitgeteilt, dass der Mann noch am Vorabend weggegangen und nicht mehr zurückgekehrt sei. Die Geliebte, dass sie gewartet und gewartet habe, vergeblich gewartet. Den Leichnam habe man im von Regenwasser vollen Straßengraben gefunden. Er sei aufgeschwemmt gewesen. So wurde im Ministerium herumerzählt – aber woher konnte man das wissen?

Der junge Mann hieß Viktor, er hatte Lenotschka über Andrej Iwanowitsch befragt. Nach hergebrachter Art schrieb er mit einem silberfarbenen Kugelschreiber, was sie aussagte, zu Protokoll: »In letzter Zeit arbeitete Andrej Iwanowitsch viel, er machte sich Sorgen um das Gebiet, um das Land. Er wollte um keinen Preis den Gouverneur enttäuschen. Freilich hatte er auch mit persönlichen Problemen zu kämpfen. Er war zwischen zwei geliebten

Frauen zerrissen. Jemand schrieb ihm unangenehme Briefe, er wusste selbst nicht, wer ... Nein, er war lebenslustig, an einen Selbstmord glaube ich nicht. Das Herz? Ja, das beunruhigte ihn ...« Was führte Viktor erneut her? Es wird sich doch nicht Natalja Petrownas Schande schon in der Stadt herumgesprochen haben?

Doch der junge Mann war nicht deswegen gekommen. Er betrachtete Lenotschka mit großen, treuherzigen Augen und fragte sie, ob sie nicht mit ihm auf einen Kaffee kommen wolle. Es wurde ihr warm ums Herz, das Anahata-Chakra öffnete ein wenig sein inneres Auge. Lenotschka antwortete mit Ja. Sie gingen zu zweit um das Gebäude des Ministeriums herum, ein gewaltiger Kubus auf Granitfundament mit Balustraden an der Fassade. Früher standen an seiner Stelle Arbeiterbaracken, von denen es, gleich ungenießbaren Pilzen über die Stadt verstreut, rundherum noch einige gibt. Hässliche Bretterbuden mit undichten Dächern und ohne Warmwasser. Und hinter einer dieser armseligen Hütten mit ihren Tradeskantia-Töpfen in den Fensterchen verbarg sich in einem zweistöckigen Kaufmannshaus aus vorrevolutionärer Zeit ein wundersames Café. Hinter der Bar verrichtete ein Barista mit pomadisiertem Bart seine Zauberkünste, es roch nach Arabica, und auf dem Kaffeeschaum zeigten sich braune Gesichtchen.

Viktor und Lenotschka setzten sich ans Fenster, beide hielten sich an ihren Tassen fest wie an einem Rettungsanker und wagten nicht, einander anzublicken.

»Können wir per Du sein?«, fragte Viktor.

»Ja«, willigte Lenotschka ein.

»Mir scheint, du trauerst als Einzige wirklich um Ljamzin, nicht einmal seine Frau trauerte so.«

»Woher weißt du das?«, ereiferte sich Lenotschka mit genüsslicher Koketterie.

»Ich spür' das …«, antwortete Viktor schlicht und fragte plötzlich: »Weißt du, was Adronitis ist?«

»Was? Wie?«

»Adronitis. Das ist die Frustration darüber, wie lange es dauern kann, einen Menschen kennenzulernen.«

»Kommt das bei dir oft vor?«, interessierte sich Lenotschka in leicht spitzem Ton.

»Viel öfter empfinde ich Onismus.«

»Onanismus?«, kicherte Lenotschka.

»Onismus«, korrigierte Viktor und erwiderte ihr Lachen. »Das ist die Frustration darüber, dass man sich die ganze Zeit in ein und demselben Körper befindet. Nur in einem. Und keine weiteren Varianten, so wie es zum Beispiel in Computerspielen vorkommt. Du kannst zu einem jeweiligen Zeitpunkt nur an einem Ort sein. Das ist doch ungerecht. Sehr unfair. Ich beneide sogar ein wenig die Elementarteilchen.«

»Wo hast du diese Begriffe aufgegabelt, ich staune! Onismus … nie gehört«, schmunzelte Lenotschka. »Und ich würde gerne die Zeit zurückdrehen können. Vielleicht wäre Andrej Iwanowitsch zu retten gewesen.«

»Vor wem?« Viktor beugte sich zu ihr, seine strohblonden Locken baumelten von der hohen Stirn.

»Vor allen«, antwortete Lenotschka. »Alle haben sie ihn gequält.«

Viktor hatte sein Gesicht nahe an Lenotschka, auf seinen rosa Wangen spielten die Lichtreflexe des Fensters. Sie schaute ihm auf die Lippen. Geschwungene Konturen als Anzeichen brodelnder Energie. Die Oberlippe etwas dicker als die untere – Phlegmatiker. Scharf gezeichnet –

das bedeutet Erdverbundenheit. Doch Viktors Augen, die von dichten Wimpern umstanden waren, blickten feurig und traurig zugleich auf Lenotschka, wie zwei Mitternachtssonnen.

»Ich habe Angst«, sagte Lenotschka. »Andrej Iwanowitsch haben sie mit anonymen Schreiben verfolgt. Und jetzt ist seine Stellvertreterin dran, Natalja Petrowna. Heute hat man ihr ein Foto geschickt. Sie ist darauf fast nackt, wie eine Striptease-Tänzerin. Das Foto macht jetzt im Netz die Runde.«

»Da muss eine Anzeige erfolgen und der Schuldige ausfindig gemacht werden«, antwortete Viktor.

»Sie ist in einem fürchterlichen Zustand auf und davon, sogar den Priester hat sie vergessen, der das Büro gesegnet hat«, fügte Lenotschka mit leichter Schadenfreude hinzu, »sie bekam fast einen Herzanfall.«

Und gleichsam als Widerhall ihrer Worte war das wehmütige Heulen einer Sirene zu hören. Zunächst ein feines, hohes, anschwellendes Pfeifen. Dann ein tiefer, sich entfernender wummernder Basston. Dopplereffekt. Offenbar raste ein Rettungswagen am Café vorbei. Lenotschka spürte ein Kribbeln in ihrer Nase, und wieder traten heiße Tränen in ihre Augenwinkel.

»Ich habe solche Angst«, gestand sie Viktor.

Viktor nahm ihre Hand. Die Hand war warm und fest.

»Hab' keine Angst. Ruf' mich an, wenn irgendetwas ist. Jederzeit.«

»Gut«, nickte Lenotschka. Ihr kamen die Androgynen in den Sinn. Die kugelförmigen, zweigeschlechtlichen Vorahnen aus der griechischen Mythologie. Der Meister hat im Training zur Visualisierung der Wünsche über sie erzählt. Die Androgynen hatten vier Beine, vier Ohren und zwei Rücken. Die Götter hieben sie entzwei. Und nun sollte Lenotschka ihre andere Hälfte suchen.

In Lenotschkas Notizheft stand, welche Frisur, welche Körpergröße und welchen Charakter sie sich von ihrer anderen Hälfte wünschte. Auf ihrem Computer am Schreibtisch blitzte eine Foto-Collage auf: ein Häuschen, zwei verschlungene Herzen und ein Stapel Dollar-Scheine – die in den Kosmos abgeschickten Träume. Viktor war gut. Seine Hand hielt noch immer die ihre. War er ihre Hälfte? Sie streckte sich plötzlich zu ihm und küsste ihn feucht auf seine herben Lippen. Der Kaffeelöffel, den sie mit ihrem Ellbogen gestreift hatte, fiel klimpernd auf den Fliesenboden. Der Barista hinter der Bar blickte lässig auf die beiden und strich mit seiner behaarten Hand den pomadisierten Bart zurecht. Friedlich und gemütlich surrte die große Kaffeemaschine.

## 7

Im Gorki-Theater brannten die Lichter. Das Publikum hatte seine Pelz-, Kaschmir-, Leder-, Daunen-, Goretex-hüllen abgelegt und füllte in festlicher Ansammlung das mit rotem Teppich ausgelegte Vestibül. An den Damen funkelten Swarowski-Kristalle, an den Herren blitzten die Zifferblätter der Uhren und die Glatzen. Man war in freu-diger Erwartung eines Kulturereignisses. Haltung und Gang der Leute verrieten: »Uns ist Schönes und Edles nicht fremd, wir sind zur Premiere da und freuen uns auf einen Kunstgenuss.«

Die Kristalle der vielreihigen Lüster säuselten unhör-bar unter dem Plafond, die dicken Kassenfrauen in ihren engen Kabäuschen knabberten mit ihren Porzellanzähnen an Schokolade. Die vom danebenstehenden Tee warme Schokolade schmolz noch auf ihren Fingern, die genüss-lich abgeschleckt wurden. Von Requisitenkammer zu Requisitenkammer, von Schminkraum zu Schminkraum, von Garderobe zu Garderobe eilte das Gerücht. Der Schauspieler Polutschkin, tags zuvor wegen eines unver-schämten, herabwürdigenden Facebook-Eintrags über den künstlerischen Leiter des Theaters aus dem Ensemble entlassen, hatte dem unseligen Katuschkin, dem Repor-ter eines Internet-Kanals, ein Interview gegeben. Er be-schwerte sich, was das Zeug hielt. Krauses Gerede und Getuschel huschte von Haus zu Haus.

Womit war der Schauspieler Polutschkin unzufrieden? Welche Laus ist ihm über die Leber gelaufen? In der Truppe geht es zu wie in einem aufgeschreckten Bienenschwarm, man wälzt genüsslich alle möglichen Details. Der künst-lerische Leiter heißt Tschaschtschin. Wie einen Zungenbrecher wiederholt man seinen Namen. Tschaschtschin, Tschaschtschin ... »Er ist ein selbsternannter Regisseur, hat gar keine Ausbildung dazu, kommt aus dem Komsomol«, so die Worte Polutschkins auf der Internetseite »Sirene«. Ein Komsomolze und wenig erfolgreicher Dramaturg. Autor eines Stückes über das Leben der Ural-Völker. »Die Rentier-Jurte«, so heißt sein Hauptwerk, es wurde in einer sibirischen Stadt aufgeführt, sonst nirgends mehr.

Seit er künstlerischer Leiter des Theaters geworden ist, beschnitt Tschaschtschin, so behauptet Polutschkin, alles, was Frische und Aufbruch verhieß, an der Wurzel. Die schöpferischen Einfälle hörten auf zu sprudeln, das Repertoire wurde langweiliger. Das Publikum bleibt aus, es ist träge und will nichts von Katharsis wissen; lieber glotzt es Sonnenblumenkerne mümmelnd zu Hause in die Kiste, in der sich wild gewordene Schießbudenfiguren einander anschreien. An Feiertagen werden Zuschauer in Autobussen herangekarrt, organisiert von Betrieben und Fabriken. Man bringt den eigenen Sekt mit und öffnet ihn im Parterre, es sprudelt in hohem Bogen hervor, die Billeteurinnen fauchen. Auch Schüler, einzeln abgezählt, bringt man haufenweise ins Theater. Die Kartoffelchips knistern zwischen ihren Zähnen, die Verpackungen rascheln. Sie scrollen mit ihren fettigen Fingern auf den Displays der Telefone, im Dunkel des Theatersaals blitzen halbverdeckt die Sensortasten auf.

Polutschkin hatte Katuschkin aber noch etwas anderes zugetragen. Er zog auch ihren Kulturminister mit hinein. Der ist mit Tschaschtschin angeblich seit langem auf Du und Du. Angeblich hat die Tochter des Ministers im Theater einen Posten, von dem niemand so genau weiß, welchen eigentlich. Angeblich vergattert Tschaschtschin zu den Geburtstagen des Ministers seine Künstler und schleppt sie wie ein Schreckens-Impresario zu Auftritten vor seinem prominenten Freund. Die Künstler stellen dann kleine Szenen nach, singen und hüpfen. Die schöne Primadonna zeigt sich in enganliegender, tief dekolletierter Robe und spielt mit süßem Seufzer einen Ohnmachtsanfall, der Saum des Kleides rutscht nach oben und gibt ihre prachtvollen Beine frei. Einer parodiert mit exzentrischen Mundbewegungen Amerikaner, ein Artist geht auf den Händen und schlägt Saltos, ein Bösewicht verzieht seine buschigen Augenbrauen zu allerhand Grimassen, eine Scherzboldin spielt ein verliebtes Weiblein und macht sich unter abstoßendem Gekicher an die Jungen heran. Der Kulturminister lacht. Seine dicken Backen beben, sein Doppelkinn hüpft fröhlich auf und ab. Er umarmt Tschaschtschin und bedankt sich bei ihm. Das Theater erhält seine Subvention. Beim Buffet wird getanzt.

Weiters hatte Polutschkin auch davon gesprochen, dass der frühere Chefregisseur, ein geniales Bürschchen, angeblich aus dem Theater geekelt und mit Intrigen vertrieben worden sei. Nur weil er mehrfach in ein und dasselbe Fettnäpfchen getreten ist. Das eine Mal mit einem zeitgenössischen Stück. Eine Komödie, ein Vaudeville. Die Inszenierung war ein voller Erfolg, die Einnahmen sprudelten, der Saal tobte vor Begeisterung. Doch in eine der Premierenvorstellungen kamen die Damen vom Bildungsdepartement. Auf der Bühne herrschte burleskes, vielstimmiges Treiben, laut wurden Scherze und Schmähgedichte hergesagt. Die Gesichter der Beamtinnen formten sich zu Leidensmienen. In einer Streitszene rief eine der Hauptdarstellerinnen einer anderen zu:

»Nun, du alte Schachtel, was wirst du jetzt machen? Wer braucht dich denn noch?«

»Egal, wohin!«, fauchte die andere. »Von mir aus in eine Schule, Zivilschutz-Unterricht geben!«

Die Damen vom Bildungsdepartement stutzten, die auf die Schläfen baumelnden Locken gerieten in Bewegung. Aufgebracht über die dargebotene Liederlichkeit, bereiteten sie ein Schriftstück vor. Sie verlangten, dass man den Text ändere und die übelsten Dialoge entferne. So eine Herabwürdigung des Unterrichtsprogrammes ...

Gleich danach folgte das nächste Fettnäpfchen. Ein Stück über einen Abenteuer-Reisenden und Entdecker, über dessen Begegnungen mit den autochthonen Einwohnern des hohen Nordens. Ein einsamer, hakennasiger Pensionist sah sich die Aufführung an. War er ganz unscheinbar gekommen, so verließ er das Theater voll Kränkung und fast platzend vor Wut. Im Stück war eine Szene, in welcher der halbverwilderte, sich nach der Heimkehr sehnende Reisende einen Fisch auf einer Ikone zerteilt. Die Szene hatte den Pensionisten bestürzt und schockiert. Er schrieb dem Gouverneur einen Brief, in dem er über diese Verspottung des orthodoxen Glaubens Mitteilung machte und die Bestrafung der Schuldigen sowie das Verbot der Aufführung forderte. Dem Verrückten, wie Polutschkin den Alten bezeichnete, wurde Gehör geschenkt, das Stück vom Spielplan genommen und der Regisseur entlassen. Polutschkin stand ohne Hauptrolle da.

Die Schauspieler aber, von denen die Hälfte an der Seite Polutschkins gestanden war, sprachen nun mit herablassender Miene von ihm. Den Armen hatte es über Bord geworfen, ihnen jedoch stand eine grandiose Premiere bevor. Zur Freude seines Minister-Freundes hat

Tschaschtschin in Windeseile ein großes episches Drama geschrieben und selbst inszeniert. Ein Kosakenchor und ein Corps de Ballet gastierten. In drei Schichten hatte man Kostüme genäht. Vom Schnürboden glitt eine gigantische leuchtende Dekoration – eine rote Sonne als das Symbol für den Täufer Russlands. Das Stück trug den Titel »Der Großfürst«.

Die Theaterglocke läutete zum dritten Mal. Langsam, wie im Schlaf, erloschen die Lichter, das Publikum hüstelte und raschelte, während es auf den samtenen Stühlen Platz nahm. Das Parterre war wie ein einziger riesiger Vogel, der unruhig sein Nest bewacht, die Finger der Zuschauer zählten die Reihen, ertasteten die Nummern auf den Rückenlehnen der Stühle. In den Händen der Damen wippten nervös die Programmhefte. Der Vorhang bewegte sich leicht, doch erhob sich vorerst nicht: man wartete auf den Gouverneur. Endlich machten sich in der Mittelloge dienstfertige Gestalten zu schaffen, ein weißer Kragen blitzte auf. Der Gouverneur setzte sich im Dunkel der Loge, während seine Frau, in langer wallender Robe, vorne Platz nahm und sich auf die Bordüre stützte, sodass sich den Schaulustigen ihre über der Pelzstola hängende, schwere Bernsteinkette darbot. Aus den Nachbarlogen nickten ihnen mit lang vorgestreckten Hälsen die Untergebenen und deren Gattinnen zu, das ganze Aufgebot der örtlichen Würdenträger. Nachdem der Kulturminister den Gouverneur im Vestibül begrüßt hatte, begab er sich nun frohen Schrittes in die erste Reihe, gefolgt vom Lichtkegel einer großen Fernsehkamera. Doch nun erlosch der Projektor, der Beleuchter nahm das Stativ und huschte gebückt in die Ecke der Vorbühne. Der Vorhang geriet in heftig zittrige Bewegung und hob sich.

Es wurde laut auf der Bühne, sehr laut. Holzlöffel klapperten, es erklangen Gusli und Domras[7], Klappern und Rasseln schnarrten, dazu Flöten- und Pfeifengeträller, Trommeldonner und das Wiehern unsichtbarer Pferde. Eine Riesenmenge tummelte sich tanzend und singend auf der Bühne, die verzierten Leinenhemden flatterten, Bundschuhe stampften auf den Boden, Haarreifen glitzerten, und auf der Brust der Männer klimperten Blechplättchen. Inmitten dieses Gelärms und der Musik traten hinten aus der Bühnendekoration – Wälder und Burgen – der junge Wladimir und seine Heerführer, angetan in Kettenhemden. Der Saal begrüßte den Helden mit Applaus.

»Ihr Reussen!«, rief der Fürst, und sogleich verstummte der Lärm, die Dudelsäcke schwiegen. »Ich habe Nowgorod eingenommen und ziehe nun gen Kiew, wo sich mein Erzfeind Jaropolk verschanzt hält. Mit mir sind warägische Krieger. Wir werden Jaropolk vom Throne stürzen. Auf dem Weg dorthin werde ich Polozk einnehmen und Rogneda, seine Braut, gefügig machen. Die Niederträchtige wird es bitter bereuen, meinen Antrag abgelehnt zu haben! Auf nach Kiew!«, schrie der Fürst, der Widerschein seines gepuderten Gesichts schimmerte gelblich auf den Soffitten.

»Auf nach Kiew, auf nach Kiew!«, tobte die Menge.

Gelächter und Geklatsche im Saal. Fanfaren ertönten. Plötzlich kamen die Seiten der Bühne in Bewegung, die Reussen stoben durcheinander, die Wände schoben sich auseinander und wieder zusammen – und in wenigen Momenten der Bühnenverwandlung fanden sich Wladimir und sein Gefolge in den Gemächern des Herrschers von Polozk wieder. Gewölbebögen spannten sich, in den auf-

---

[7] Alte russische Saiteninstrumente.

gemalten Butzenscheiben brach sich das matte Sonnenlicht. Die Krieger Wladimirs hielten den Polozker Fürsten
fest, ebenso dessen Frau und Söhne, auf eines jeden Brust
war ein Speer gerichtet. Zu Wladimirs Füßen, unter seiner
Ferse, lag mit erschrockenem, doch wildem Gesichtsausdruck, die dick aufgemalten Brauen zusammengezogen,
die Polozker Braut Rogneda.

»Was sagtest du zu mir, Rogneda, als du dich weiger-
test, mit mir zu kommen?«

»Ich erinnere mich dessen nicht!«, röchelte Rogneda.

»›Ich möchte nicht einem Knecht die Stiefel auszie-
hen‹, so sagtest du zu mir. Als ob ich dich zu besitzen nicht
würdig wäre. Als ob ich aus rauschender Dunkelheit gekommen wäre, nicht würdig die Rus zu besitzen! Schau,
Fürst von Polozk, jetzt bemächtige ich mich gewaltsam
deiner Tochter! Sollen sie es doch sehen, Rogneda! Sollen
sie doch vor ihrem Tod noch sehen, wie dank Gewalt du
meine Gattin wirst.«

Wladimir riss mit einem Ruck Rogneda hoch und zer-
fetzte ihr mit der freien Hand den Ärmel. Der jungfräu-
liche Arm war entblößt, unterdrücktes Stöhnen und Ächzen
drang aus den geknebelten Mündern ihrer Hausgenossen,
doch die Bühne drehte sich schon weiter und trug die
Vergeltungsszene schamhaft fort. Vor dem Saal tat sich
erneut der Volkshaufe auf. Im Hintergrund ein großes
heidnisches Heiligtum und die holzgeschnitzten Götzen-
statuen von Perun, Veles, Chors, Daschdbog, Stribog,
Mokosch. Der Haufe sang:

»Wolodymir, Herrscher von Kiew, Ruhm dir, dem großen Fürsten!«

Auf einem mächtigen Bildschirm, groß wie die Hinter-
wand der Bühne, folgten Szene auf Szene: Blut spritzte,
Pferde sprengten einher, furchtlose Ritter brachen den

Feinden alle Knochen, Jungfern liefen mit aufgelösten Haaren vor brennenden Hütten von dannen. Plötzlich ertönte inmitten des Gesangs ein Glockenschlag, die Götzen fielen, der Haufe wich zurück und zerstreute sich, und es zeigte sich kniend Wladimir. Am Bühnenrand erlosch das Licht, nur der Fürst verblieb in seinem Schein, Kirchenglocken ertönten sanft, und im Hintergrund stand erhaben die byzantinische Ehefrau Wladimirs, die Kaisertochter Anna. Der Fürst hob seine Arme weit empor, und auf dem Bildschirm tauchte ein kleines Kreuz auf, wie aus seinen Armen erwachsend, und wurde größer und größer, bis es den ganzen Bildschirm ausfüllte. Die Bühne ward wieder ganz erleuchtet, und das Volk fiel auf die Knie und Chorgesang erklang:

»Ruhm und Ehre sei dir, du heiliger, treugläubiger Fürst Wladimir, wir ehren dein heiliges Angedenken, erbitte du für uns die Gnade des Herrn Jesus Christus ...«

Plötzlich wurde es, inmitten des feierlichen Gesangs, unruhig in den Reihen, man begann sich umzudrehen. Und siehe, der Gouverneur lauschte dem Gesang im Stehen, und schon tat man es ihm in anderen Logen gleich, die wie aus dem Ei gepellten Männer erhoben sich und richteten sich die Sakkos zurecht, im Parterre sprang der Kulturminister hoch. Unter den grandiosen Schlussakkorden schloss sich der Vorhang. Der große Lüster erstrahlte in hundertfachem Schein und Widerschein. Es wurde die Pause angesagt.

Im Saal wurde es laut und lebhaft, der Kameramann und die Journalisten eilten ins Foyer, um die Stimme des Volkes einzufangen. Als Erstes erwischten sie das Gouverneurspaar. Die beiden standen feierlich und stolz da, als hätten sie selbst in diesem ersten Akt mitgespielt. Der Gouverneur wischte sich das gerötete Gesicht.

»Ich bin, ehrlich gesagt, sonst kein sentimentaler Mensch«, sprach er in die Kamera, »aber mir sind fast die Tränen gekommen. Verstehen Sie, das ist unsere Geschichte, das sind unsere Werte. Das, was unsere Ahnen für uns erkämpft haben. Und unsere Aufgabe ist es, dieses Angedenken zu pflegen und den nächsten Generationen weiterzugeben. Damit die sich ein Beispiel nehmen können bei solchen historischen Figuren wie dem Großfürsten Wladimir. Das ist unsere wichtigste Aufgabe … Leider erwartet mich jetzt unaufschiebbare Arbeit, ich wäre ansonsten mit Vergnügen für den zweiten Teil geblieben. Ich lade alle Einwohner des Gebiets ein, unbedingt das Theater zu besuchen, denn Kultur ist das Licht und Kulturlosigkeit die Finsternis.«

»Ich kann hier nur die Emotionen meines Mannes teilen«, stimmte die Gouverneursgattin ein, als das Mikrofon ihr vor die Nase sprang, »eine außerordentliche Atmosphäre von Größe, hohe Schauspielkunst, ich komme sicher wieder hierher.«

Im Bildausschnitt tummelten sich allerhand herausgeputzte Wichtigtuer, jeder wollte hinter dem Gouverneur in den Abendnachrichten zu sehen sein, der Kulturminister hatte ein breites Grinsen im Gesicht. Er brachte Lob für Tschaschtschin aus. Es ergoss sich ein Schwall von Schmeicheleien. Unterdessen saß Tschaschtschin selbst bereits im Büro der Theaterdirektorin, einer geschäftigen, umtriebigen Dame. Man trank Champagner und machte sich über üppige Bananenschnitten her. Am Sofa hatte der Künstler Ernest Pogodin Platz genommen, der Gestalter des Bühnenbildes, er hielt den Elfenbein-Knauf seines Stockes umfangen, auf seinen parfümierten Wangen kräuselte sich der Backenbart.

»Monumental!«, ertönte es aus allen Ecken.

Man feierte Tschaschtschin, Pogodin, die Künstler und natürlich den Minister, der seinen Segen für die Aufführung gegeben hatte. Jener hatte sich bereits in die dichtgedrängte Gesellschaft gemischt und berichtete mit gesenkter Stimme von der Begeisterung des zu seinen Geschäften davongeeilten Gouverneurs: »So etwas hat er nicht erwartet! Er ist ganz hingerissen! Hauptstadt-Niveau, hat er gesagt ...«

Es wurde lebhaft gestikuliert, gratuliert, freudig mit den Zungen geschnalzt und mit den Gläsern angestoßen. In einem gewissen Moment trat die Gästeschar auseinander, um Marina Semjonowa und ihrem Begleiter Iljuschenko Platz zu machen. Die Semjonowa trug Trauer, einen schwarzen Schleier und schwarze Spitzenhandschuhe, dazu karminrote Lippen. Tschaschtschin stürmte auf sie zu, fiel auf die Knie und drückte ihre spitzenbewehrte Hand an sich. Ernest Pogodin erhob sich, um sie zu küssen, sein Stock fiel zu Boden und rollte davon. In der allgemeinen Aufregung schnappte sich Iljuschenko ein Stück Kuchen vom Tablett und biss ab, die Bisquitbrösel verfingen sich in seinem Priestergewand.

»Danke, danke vielmals, meine Liebe, dass du gekommen bist! Dass bedeutet uns sehr viel«, versicherte Tschaschtschin.

»Wie bitter, dass Andrej Iwanytsch jetzt nicht unter uns ist. Ich weiß, wie begeistert er gewesen wäre«, haderte der Kulturminister.

»Ja, absolut ...«, bekräftigte Ernest Pogodin, der mit seinem wieder vom Boden gehobenen Stock spielte und sein grelles Brokat-Gilet zurechtzupfte. »Er war ein außergewöhnlicher Mensch. Er hat meine Skizzen gesehen und wollte sogar eine davon kaufen. Wissen Sie, so ein Heiligenschein über einem russischen Feld. Sie werden es in der Schluss-Szene sehen.«

»Bei Fanfarenklang!«, setzte Tschaschtschin hinzu.

»Das von Natalja Petrowna haben Sie ja gehört, oder?«, begann plötzlich die Direktorin, und alle wandten sich ihr neugierig zu und steckten begierig die Köpfe rund um sie zusammen. Man sprach nun leiser und mit Unterbrechungen. »Das hat ihren Ruf ruiniert« … »sie hat doch schon Enkelkinder« … »sie wird um Vergebung flehen« … »aus ist es mit ihrer Karriere« …

Marina Semjonowa hörte nur halb hin, sie war missgelaunt. Vor dem Beginn der Aufführung hatte sich Stepan, der aus ihrer Baufirma, angetan in Frack mit unpassender Masche, wie ein Gorilla an sie herangedrängt. Ganz unangebracht und aufdringlich redete er etwas von seinem verstorbenen Kollegen Nikolaj daher, von seiner nun mittellosen Familie und ob man der Familie nicht finanziell aushelfen könne. Ihr schien, als ob in seinen Augen etwas Böses, Schmutziges leuchtete, eine Erinnerung an ihr betrunkenes Liebesabenteuer. Sie wandte sich ab, murmelte etwas in ihr Taschentuch, doch schon eilte Iljuschenko herbei und zischte: »Ja sehen Sie denn nicht, Marina Anatoljewna trägt doch Trauer! Ich rufe gleich die Sicherheit.«

Natürlich hatte Iljuschenko keine Sicherheitsleute, er bluffte. Stepan zog sich zurück.

Es ertönte die erste Glocke, die Gäste im Direktionsbüro tranken ihren Champagner zu Ende und machten sich zappelnd bereit, auf ihre Plätze zurückzukehren. Tschaschtschin war sichtlich nervös, Ernest Pogodin biss sich in die Wangen, er hatte Angst, man würde sein Bühnenbild nicht gebührend loben. Aber es werden schon noch alle sehen, was jetzt erst im zweiten Teil kommt.

Das Publikum im Zuschauersaal hatte noch keine Eile, wieder die Plätze einzunehmen, man ging gemächlich umher und machte Selfies vor dem Hintergrund der in Gold erstrahlenden Logen. Instagram wurde voll vom Geist des Theaters. In den virtuellen Welten wimmelte es von Hashtags wie #großfürst, #ichliebetheater, #aufdentäufer … Marina Semjonowa, hochgewachsen und mit schmaler Taille, schritt ganz in schwarz daher, hinter ihr scharwenzelte Iljuschenko wie ein Pinguin, die Ärmel seines Gewandes bewegten sich wie Flossen. Semjonowa drehte sich zur Bühne, ihr Schleier, der die großen Augen verdeckte, wehte wie ein Gaswölkchen, und zu sehen war nur ihre untere Gesichtshälfte mit den zusammengepressten, karminroten Lippen, die an ihren Rändern leicht angeschwollen wirkten (Biorevitalisierung, Konturenkorrektur).

Indes wurde es hinter ihr laut und unruhig. Die Billeteurinnen tuschelten, das Publikum wich auseinander, die Damen rafften ihre Kleider und traten zur Seite. Beim Galerieeingang kam Ella Sergejewna Ljamzina wie ein Nilpferd angetrampelt. Sie trug Alltagskleidung: einen einfachen Rock fürs Büro und eine dunkle Bluse, die sich über dem Busen spannte. Die Ringe unter den Augen verrieten schlaflose Nächte, ihre Haare waren nicht toupiert und fielen nun ohne das übliche Paradevolumen armselig den Schädel herab. Auf dem Hals leuchteten braune Zornesflecken. Ella Sergejewna hatte im allgemeinen bunten Getümmel schon die Silhouette von Marina Semjonowa erspäht, und ihr ganzer Korpus, die Bewegung ihrer Beine und ihrer Gedanken war auf diese Figur gerichtet. Semjonowa, die sich umgedreht hatte, erstarrte, den Mund in ungläubiger Verachtung halb geöffnet. Ljamzina stand indes in drei, vier Sätzen augenblicklich neben ihr, ganz nahe neben ihr. Iljuschenko schickte sich an, Ella Sergejewna wegzudrängen, doch die rempelte ihn zur Seite, sodass er mit seinem Hintern über der samtenen Sessellehne landete.

»Oh du ...!«, schrie Ella Sergejewna, die ihre Nebenbuhlerin sogleich anfasste. Böse, unanständige Schimpfwörter flogen ihr ins Gesicht, Schmähungen und Verwünschungen erschallten über dem Kopf der Kokotte. Der Schleier wurde zerrissen, die kastanienfarbenen Haare von Marina Semjonowa wehten zur Seite, ihre Arme waren in Abwehrhaltung nach vorne gestreckt.

»Du Miststück, Schlampe! Hast mich denunziert, mich! Dass ich dich umbringen wollte! Und das du mir! Du Luder, Nutte! Hast wohl davon geträumt, mich einlochen zu lassen! Dir Andrej Iwanytsch zu krallen! Ins Grab hast du ihn gebracht, du Aas! Auf sein Geld hast du es abgesehen gehabt, du Kreatur ...!«

Ella Sergejewna hatte Marina Semjonowa fest an den Haaren gefasst, die wand sich vor Schmerz und schrie um Hilfe: »Bringt sie weg! Schafft sie fort!«

Sie wehrte sich und kratzte die Ljamzina an der Wange blutig. Die Frauen kreischten, von allen Seiten strömte Hilfe herbei. Iljuschenko, der sich aus dem Sessel befreien konnte, zerrte die Ljamzina an ihren fetten Hüften und erwischte dabei die feine Bluse. Die Bluse zerriss, sprang an der Naht auf, sodass der Leinen-BH zum Vorschein kam. Bekannte und Unbekannte drängten ebenso heran wie die hohen Herrschaften, man tat wichtig, versuchte, die Zankenden zu trennen, der herbeigeeilte Kulturminister fasste Ella Sergejewna sanft, aber bestimmt am Handgelenk und zwang sie so, von Marina Semjonowa abzulassen. Endlich trennten sich die beiden Widersacherinnen, auf der Hand der Witwe klebten einige kastanienfarbene Haare. Es läutete zum dritten Mal, die Billeteurinnen keiften, aus dem Büro der Direktorin hatte man Beruhigungsmittel gebracht. Zitternd richtete Marina Semjonowa die Bänder ihres Kleides zurecht und versuchte, wieder Haltung anzunehmen. Iljuschenko kroch umher und suchte den Schleier. Die Theaterdirektorin eilte zur Semjonowa, umarmte sie flüchtig und bat sie, sich zu fassen, der Beginn des zweiten Aktes verzögerte sich.

»Ella Sergejewna, wir verstehen ja alle, welch ein Schlag das für Sie ist, der Tod Ihres Mannes, die Probleme mit Ihrem Lehrpersonal, doch was hat Marina Anatoljewna damit zu tun«, schnatterte der Kulturminister, der die schluchzende Ljamzina mit seinem Sakko bedeckte. »Wozu so ein Skandal, vor aller Augen, an diesem Festabend mit dieser so bedeutsamen Premiere ...«

»Ich scheiß drauf!«, krächzte Ella Sergejewna mit unterdrücktem Schluchzen.

Sie war ganz niedergeschlagen, ihr animalisch brodelndes Ungestüm war auf einmal verflogen, schlaff hingen die Schultern unter dem fremden Sakko herab, sie drückte ein Papiertaschentuch an die blutende Wange.

»Sie war das, sie! Mein Notebook hat man konfisziert ... Das Verfahren gegen den Lehrer ...«, wiederholte Ella Sergejewna.

Man gab ihr ein Beruhigungsmittel und führte sie weg. Die Aufregung legte sich, die Menge zerstreute sich unter Getuschel.

»Gut, dass das Fernsehen schon wieder weg ist«, murmelte der Assistent des in den Saal zurückgekehrten Kulturministers.

»Ja, aber es gibt auch so genug Aufnahmen davon«, erwiderte der Minister betrübt.

Tschaschtschin, der sich in der Direktionsloge verschanzt hielt, zupfte nervös an seinen engen, gestärkten Manschetten: »Die ganze Premiere versaut …«

»Reg dich nicht auf«, beruhigte ihn Ernest Pogodin, den das Spektakel des Gezänks amüsierte, »das ist die beste Reklame. Du wirst sehen, alle werden jetzt kommen wollen.«

Marina Semjonowa kehrte stolz und ungerührt an ihren Platz zurück. Ihr Haar war wieder zu einem Knoten hochgesteckt, das Näschen gepudert. Viele erhoben sich kurz von ihren Plätzen, um sie besser zu sehen, manche applaudierten sogar. Iljuschenko strich ihr lächelnd über den Ellbogen, wie um sie aufzumuntern, gemeinsam heiteres Mitgefühl für die außer sich geratene Witwe zu zeigen. Semjonowa nickte ihm mit einem traurigen Lächeln zu.

Schließlich verstummte das Gemurmle und Gehüstle im Saal, die schweren, goldverzierten Türen wurden geschlossen und die üppigen Portièren zugezogen. Das Licht erlosch und der Vorhang gab erneut die hellerleuchtete Bühne frei. Dort tanzte und sang säbelschwingend ein Kosakenchor:

»Russland harrt der heiligen Siege – auf zum Kampf ihr rechtgläubigen Krieger.«

Rund um die Sänger erstrahlten Zwiebelkuppeln, hinter den Kulissen ahmten Kosakenbässe Glockengeläut nach. Im Hintergrund waren Lanzen zu sehen, Kirchenbanner und edelsteinfunkelnde Mitren auf den Häuptern von Geistlichen und Erzpriestern – eine Prozession war im Gange.

»Das Haupt hob stolz der Reussen Reich,
Dein Antlitz strahlte sonnengleich,
Doch bös Verrat und Niedertracht
Hat zum Opfer dich gemacht ...«

sangen die Kosaken, ihre Lampassen leuchteten in allen Farben des Regenbogens, die Kubankas[8] flogen durch die Luft, Ohrringe klirrten. Der Chor trat allmählich auseinander, um einer Prozession mit Ikonen Platz zu machen, der wackere Gesang verklang, ihm folgte ein feierliches »Kyrie Eleison«. Und unter den getragenen Stimmen des Gebets erschien auf der Bühne ein waschechtes graues Pferd, es scheute ein wenig wegen des plötzlichen Lichts und Lärms und ging gemessenen Schritts in die Mitte – auf ihm saß der Großfürst Wladimir, angetan mit Kettenhemd und zobelbesetztem Mantel, auf dem Haupt eine reichverzierte Krone.

»Legt euren Eid vor mir ab, ihr Völker! Wachse, rechtgläubige Rus!«, rief der Herrscher feierlich. Den Kehlen der Schauspieler entfuhr aus weitgeöffneten Mündern ein lautes »Hurra!«. Der Saal erwiderte es mit tosendem Applaus.

Das Stück hatte so seine triumphale Fortsetzung gefunden.

---

[8] Niedrige Kosakenmütze.

Lenotschka blickte durch das morgendliche Fenster. Die Scheiben waren nass und voll mit Straßenschmutz bespritzt. Der Wind rüttelte am Rahmen, fegte dahin und riss die letzten Blätter von den Bäumen. Ihre kalte Ferse berührte Viktors warme Wade. Er schlief, wie in ein Kokon in seine Decke gehüllt, den Mund kindlich geöffnet. Das Haus war teils aus Holz, es hatte drei Zimmer und einen Keller, seine Großmutter lebte früher hier. Nach ihrem Tod waren der säuerliche Geruch des Alters, Bettüberzüge aus Baumwollnessel, Spitzendeckchen auf dem Fernseher und vergilbte Fotos auf den Regalen verblieben. Auf der Anrichte dienten noch Kristallvasen als Staubfänger, und von der Kommode starrten die Plastikaugen einer Wackelpuppe auf Lenotschka.

Es war ihr plötzlich sonderbar zumute, dass sie lebte, dass sie ein Mensch namens Lena ist und dass sie jetzt mit einem jungen Mann, einem Ermittler, im Bett liegt, dass sie dieser Mann zum Übernachten zu sich nach Hause genommen hat. Dass sie, Lena, einen Boss hatte, der umgekommen ist. Umgekommen, oder, wie es offiziell hieß, an einem Aortariss gestorben ist. Unlängst hatte man ihr in der Arbeit bedeutet, dass es für sie im Vorzimmer des Ministers nichts mehr zu tun gebe, dass anstelle von Natalja Petrowna ein schmallippiger, glatzköpfiger Ökonom mit grimmigem, faltendurchfurchtem Gesicht ernannt worden sei. Er brauche keine Assistentin, habe genügend eigene.

Die Kollegen mieden sie, steckten die Köpfe in ihre Mappen, wichen ihrem Blick aus und drehten den Kopf weg, als wollten sie über die Schulter spucken. Lenotschka war als eine des verstorbenen Ljamzin punziert. Sie würde ersetzt werden, degradiert und in ein kleines Zimmerchen mit billigen ärarischen Möbeln gesteckt werden. Keine Armreifen und Halstücher mehr vom Chef, kein kleines Zubrot mehr an der Kasse vorbei. Die Unterwäsche wird fadenscheinig werden und die Stiefelchen abgetragen, der Lack an den Fingernägeln wird abblättern und die Wimperntusche eintrocknen, das Geld für Geschäftsessen und Karaoke-Bars wird versiegen. Es heißt, sich von Bauchtanzstunden und Männerfang-Lektionen zu verabschieden. Endlos öde Arbeitstage werden anbrechen und betrüblichere Heimwege in die Chruschtschowka mit ihren vergammelten Eingängen, die wie ein Höcker aus den umliegenden Holzkaluppen ragt.

Die Mutter wird ohne die jährlichen Reisen in die Türkei (Vierstern-Hotel, all inclusive) gänzlich fett, träge und unausstehlich werden. Man wird leben wie die Nachbarn. Gebrauchte Kleider von der Kirche, die Hälfte des Lohns für die winzige Wohnung. Und wieder heißt es, billige Lebensmittel von Großmärkten oder von fremden Gemüsegärten anzuschleppen; aus dem Boden zusammenzukratzen, was noch da ist, erdige Karotten, und für den Wintervorrat verschrumpelte Kohlköpfe zu hobeln und einzusäuern, bis die Fingerkuppen ganz runzelig werden. Die Kästen werden mit Gläsern eingelegten Bärlauchs vollgestopft, das Tablet und der Pelzmantel werden versetzt, an der Nasenwurzel mehren sich die Falten.

Lenotschka wollte nicht in den alten Jammer zurück. Sie erstarrte vor Schreck, als sie an ihre im Dreck versinkende Bushaltestelle denken musste. Würde sie wie alle anderen das Kleingeld für die Fahrkarte in ihrer Hand abzuzählen haben? Etwa gar Teekompressen auf die Lider statt der Feuchtigkeitscrème, etwa gar Strümpfe stopfen? Freilich lebte so mancher in der Stadt noch schlechter, in Baracken, ohne Gas und ohne Toiletten – zu jeder Tages- und Nachtzeit hinaus aufs klapprige Plumpsklo mit der schiefen, halb aus den Angeln gefallenen und nicht verschließbaren Tür. Über dem stinkenden Loch hängen, schwankend und zitternd halb hingehockt und lauschend, ob nicht jemand kommt. Angespannt die Tür geschlossen halten und »Besetzt! Besetzt!« rufen. Im Winter aufpassen, nicht auf dem danebengegangenen und eingefrorenen Urin auszurutschen, im Sommer sich der Schmeißfliegen erwehren und in den Ärmel atmen, um nicht versehentlich einen Schwall von mit Kotgestank getränkter Luft abzubekommen.

Ja, Lenotschka hat sich an den Komfort gewöhnt. Sie war die Assistentin eines reichen Mannes, sammelte seine Visitenkarten, rauschte im Taxi auf den holprigen Straßen dahin, sah sich im Kino auf den besten Plätzen die besten Filme an, saß mit ihren Freundinnen in Restaurants, wo sie dem sympathischen Kellner mit dem runden Muttermal über der Lippe lässig ein Trinkgeld auf den Tisch warf. Steht nun tatsächlich bittere Armut bevor, ist alles aus und vorbei?

Viktor drehte sich im Bett um und murmelte etwas Unverständliches, das Quietschen der Matratze erinnerte dabei an die vergangene heiße Nacht. Sie gelangten nach Mitternacht hierher, leicht angetrunken und erregt, lange tappten sie im Dunkel nach dem Messerschalter herum, die knarzenden Bodenbretter schienen zu kichern und zu singen. Lenotschka kam sich verführerisch vor, sie warf den Kopf schräg nach hinten, zeigte ihre Nasenlöcher, schnaufte laut, stöhnte auf, kaute an einem feinen

Faden, der ihr im Mund den Geschmack von Wolle hinterließ. Viktor war stürmisch und schnell, und danach ging er ungeniert in Großmutters Schlafzimmer herum, wischte sich die Brust mit einem Handtuch ab, sein schlaffer Pimmel baumelte ihm zwischen den Beinen.

Lenotschka konnte sich nicht erinnern, wie sie sich vergessen hatte, und wurde gegen Morgen von einem widerlichen, klebrig-trockenen Geschmack im Mund wach. Auf dem Nachttisch daneben stand ein Glas mit einem Rest von Mineralwasser. Auf seinem glatten Rand zeigten sich flüchtige Spuren ihres Lippenstifts. Im Kindergarten wurde in solchen Gläsern der Kefir aus der Küche getragen, die Sauermilchbläschen wirbelten im durchschimmernden Weiß. Lenotschka schmiegte das Glas an sich, in zwei Zügen trank sie das Wasser aus. Hinter ihrer Stirn bewegte sich eine kleine Hantel. Sie dachte nach.

Tolja war für ein paar Tage verschwunden. Er twitterte bloß, dass die Organe ihn zu einem Gespräch vorgeladen hätten. Diese Mitteilung zog aufgeregte Kommentare der Follower nach sich. Dann tauchten zwei in Zivil im Ministerium auf, sie sprachen mit Toljas Vorgesetzten in der Abteilung für Unternehmensentwicklung. In der Planungssitzung erzählte man sich davon mit gesenkter Stimme.

Tolja hat sich in die Nesseln gesetzt. Er hatte ein Repost des kompromittierenden Fotos von Natalja Petrowna verbreitet. Aber diese Aufnahme war ein abenteuerliches Photoshop-Produkt. Auf der einen Seite ein Bild von der vorjährigen Wallfahrt Natalja Petrownas zu einem umliegenden Kloster, zu einer Heilquelle. Das Wasser gluckst, das segensreiche Nass sprudelt hervor. Umgeben von Nonnen schwenkt Natalja Petrowna vor versammelter Presse ein eben mit dem heiligen Wasser gefülltes Gefäß, auf ihrem Kopf ist das nach hinten zusammengebundene Kopftuch drapiert, in der anderen Hand hält sie fest eine kleine Ikone. Rechts ist das unglückselige Skandal-Bild drangefügt: Natalja Petrowna im Korsett, die Beine gespreizt, doch anstelle der Peitsche ragt aus ihrem lasterhaften Mund ein riesiges, mit Edelsteinen übersätes Kreuz der Orthodoxen – mit einem kleinen schrägen Querbalken unten und einem zweiten kleineren Querholz. »Zuerst das Kreuz im Mund, dann was anderes im Schlund«, lautete die Überschrift.

»Hat er das nötig gehabt?«, ereiferte man sich in der Planungssitzung.

»Sie haben sein Verdienst um die Arbeit beim Jugendfestival berücksichtigt …«, bemerkte der Abteilungsleiter. »Er kommt mit einer Geldstrafe davon.«

»Das ist wegen des Paragraphen ›Verletzung der Gefühle‹?«, gackerten die Frauen.

»Ja, das Gefühl der Gläubigen. Paragraph 148, 1. Absatz. Und ich bitte euch, seinen Fehler nicht zu wiederholen. Schon jetzt schaut man mit erhöhter Aufmerksamkeit auf unser Ministerium. Noch dazu haben wir bald das Sportfest, wir erwarten Gäste aus Moskau. Wer weiß, vielleicht sogar …«

Der Adamsapfel des Abteilungsleiters schwillt an, unter dem italienischen Tweed-Sakko strotzen seine Schultern vor Entschlossenheit. Vielleicht gelingt es auch ihm, einen Blick des Gastes zu erhaschen. Die Stadt steht ja schon in Erwartung des hohen Besuchs. Beim Gouverneur gab es Sitzungen. Der Bürgermeister wünschte die Kommunalbetriebe zum Teufel und klapperte fluchend alle möglichen Objekte ab. An den vom Dauerregen beschädigten Leitungen wurde weiter herumrepariert. Die zentrale Straße wurde eilig ausgebessert, Kanaldeckel und Regengitter wurden eingesetzt.

Sicher würden, schimpften die Leute, wenn die Gäste wieder weg sind, wieder die Sappeure mit ihren Metalldetektoren auftauchen, um diese Gitter und Deckel schön ans volle Tageslicht zu bringen.

Alle wussten, dass noch vor dem Abflug der Maschine »Nummer eins« die Schaulustigen vertrieben und die Straßen leergefegt würden, dass die Reklame von den Kreuzungen und der Müll von den Straßen verschwinden würde und dass die Abschleppwägen massenweise alle Klapperkisten entfernen würden, sodass nur die schönen, teuren, aufpolierten Autos übrig blieben.

Leute in orangen Westen würden die Randsteine blank putzen und die Straßenmarkierungen erneuern, die sterbenden Gebäude würden wie Teichnixen mit grünen Gitternetzen behängt sein, damit man denken könnte, es wird renoviert. Die grau vor sich hinsiechenden, wie mit Krätze übersäten Fassaden würden mit farbigen Planen verhüllt werden, bunt bemalt mit Fenstern und ihren schmucken Läden.

Der Gast würde das Stadion und die Sportanlagen besuchen, welche der unersättlichen Marina Semjonowa zu weiterem Reichtum verhalfen. Die Gesichter der Honoratioren würden in Wichtigkeit und Konzentration erstarren, ihre Lippen angespannt jedes Wort des Gastes stumm wiederholen. Als ob ein Gebet gesprochen würde. Eine Beschau der Früchte unermüdlicher Arbeit. Voller Erwartung des Lobes, voller Angst.

Natürlich würde auch »Horizont«, der einzige noch funktionierende Industriebetrieb, besichtigt werden, wo Elektrodenkessel, Lebensmitteltransformatoren, Entstörfilter und seit kurzem, dank der Umsicht des verstorbenen Andrej Iwanowitsch, auch noch Schleifmaschinen entstehen. Die Arbeiter würden sich versammeln, es würden Zahlen herniederprasseln. Der Gast würde zusagen, den Mindestlohn anzuheben.

»Die positive Dynamik hält ihr Tempo«, würde er zufrieden bemerken, »mit der Wirtschaft geht es bergauf. Die Talsohle ist durchschritten. Die Gold- und Devisenreserven nehmen zu.«

Ein nervöses, glückliches, dankbares Lachen würde zu vernehmen sein. Dem Gast würde man eine blaue Arbeitsmontur überreichen. Verlegen würde einer der Arbeiter eine eingeübte Frage stellen. Wie lange noch sollen wir den stinkenden Atem der Russland umzingelnden Monster ertragen, ist es nicht höchste Zeit, dass wir uns wehren?

»Na, wenn Sie mich unterstützen …«, lächelt der Gast kokett.

»Wir sind mit Ihnen! Wir folgen Ihrem Ruf!«, ertönt es schneidig aus den Proletarierkehlen.

All das gab es schon einmal. Auch damals wurden Kanaldeckel geschweißt, neue Zebrastreifen angebracht. Ins städtische Krankenhaus wurden für ein paar Tage neue Computer gebracht, die löchrigen Linoleumböden mit Teppichen kaschiert, und den Ärzten hämmerte man ein, was sie auf die Frage nach den Gehältern zu antworten hätten. Die Patienten wurden irgendwohin versteckt, in die Krankenzimmer legte sich das in Pyjamas gekleidete Personal. Am Hauptplatz wurden eilig die Sitzbänke hergerichtet und die Baumstämme geweißt, und nachts raubten knatternde Traktoren den Bürgern den Schlaf. Die Auspuffe der Lastautos rauchten, es galt, sauberen, pulvrigen Schnee in die Stadt zu transportieren.

Die Stadt wurde eine Woche lang herausgeputzt, um für einen mickrigen Tag lang zu erstrahlen, dann sank sie wieder in den Verfall. Nach der Abreise des Gastes wurden im Krankenhaus die zweckdienlichen Teppiche wieder eingerollt und die Computer demontiert. Die Zebrastreifen verblassten, die Sitzbänke brachen ein, die Abfallkübel gingen wieder über von Bierflaschen.

Lenotschka ließ sich wieder auf das Kissen sinken und kniff die Augen zusammen. Sie träumte davon, dem hohen Gast unters Gesicht zu kommen. Sie lächelt ihm auf ganz eigene, zauberhafte Weise zu: zunächst ganz ganz kleine, schüchterne Wimpernschläge, den Blick nach unten, dann vielsagend zur Seite und plötzlich, mit einem Ruck direkt in die Augen, leidenschaftlich, feurig. Ja, ihm direkt in die Augen schauen. Sich als Arbeiterin verkleiden und ins Werk einschleichen, unters einfache Volk, das die Eskorte grüßend erwartet. Er wird sich sicher verlieben.

»Wer sind Sie?«, fragt er sanft.

»Ich bin Lena. Danke Ihnen für alles. Wenn Sie eine Assistentin brauchen …«

»Ja, brauche ich«, antwortet er ihr, ganz im Banne ihrer kraftvoll erstrahlenden weiblichen Aura. »Meine Assistentinnen sind ja so was von unbrauchbar. Auf mit mir in den Kreml!«

Und sie fahren los. Sie sitzen nebeneinander im Wagen, und sie spürt im Halbdunkel der getönten Scheiben die Spannung seiner Muskeln und die Hitze seines gestählten Körpers. Sie brausen zu zweit davon, Marina Semjonowa wird grün und gelb vor Neid. Tolja redet etwas Boshaftes daher. Er hat ja auch damals spöttisch getan, als Lenotschka um Andrej Iwanowitsch weinte. »Hat die Arme den Chef verloren …« Letztlich ist der doch über seine Frechheit gestürzt.

»Wer hat ihn denn verpfiffen?«, rätselten Lenotschkas Kollegen über Tolja. »Dieses Bild wurde vierzig Mal weiterverteilt, und niemanden sonst hat man behelligt. Warum gerade ihn?«

»Wahrscheinlich hat Natalja Petrowna ihn angezeigt«, kicherten manche. »Sie konnte ihn ja um nichts in der Welt ausstehen. Angeblich ist sie jetzt in Behandlung. Wäre interessant zu wissen, weswegen.«

»Tripper«, gackerte ein junger Mitarbeiter der Presseabteilung.

»Warum geht ihr plötzlich alle auf sie los? Ihr seid ihr früher doch überall hineingekrochen, und jetzt ...«, unterbrach sie Lenotschka.

Alle starrten auf sie und begannen zu zischen.

»Du bist ja jetzt überhaupt ein Nichts und Niemand, sitzt bloß nutzlos herum!«

»Bald wirst du selbst rausfliegen, du Miststück!«

Lenotschka zog sich zurück, ihre Knie zitterten vor Kränkung.

Nun, in Viktors Bett, öffnete sie wieder ihre Augen, machte sie weit auf und betrachtete glücklich und triumphierend ihren Liebhaber. Am Vorabend hatte sie mit ihm in der Chinkalnaja gesessen. Auf seinen Teller tropfte aus den gekochten Teigtäschchen die köstliche Suppenflüssigkeit, er nahm die Chinkali[9] mit den bloßen Fingern, verbrannte sich und ließ sie fallen. Sie landeten seitwärts auf dem Teller, wie Fallschirme auf dem Feld. In der Adschika[10] schimmerten gelb die Kerne der Tomaten, es beschlug sich das Glas der Wodka-Karaffe.

---

[9] Georgische Spezialität, eine Art großer Ravioli.
[10] Scharfe Tomatensauce.

»Schön blöd, das mit eurem Tolja«, sagte Viktor. »Sollte der Paragraph 282 zum Tragen kommen, Aufstachelung zu Hass und Feindseligkeit ...«

Verträumt stützte er sich auf den Tisch und wäre mit dem Ellbogen beinahe in der fettigen, herabgetropften Suppe gelandet. Seine strohblonden Locken lagen ihm wie Ähren ums Gesicht.

»Wär' das schlimmer?«, interessierte sich Lenotschka.

»Wegen diesem Paragraphen sitzen mehr«, antwortete Viktor. »Aber dafür sind ja die FSBler zuständig, das ist dann eine besondere Hetz. Extremisten, Terroristen ...«

»Die ganz Gefährlichen?«, fragte Lenotschka aufgekratzt.

»Na, was stellst du dir vor?« Viktor verzehrte schmatzend und schlürfend ein Chinkali, seine Wangen bliesen sich dabei leicht auf, wie bei einem Trompeter. »Vor kurzem haben sie einen erwischt, der einen Anschlag auf das Stadion während des Sportfestes geplant hatte. Ein Anarchist. Na, sie haben ihn halt ein wenig hergenommen. Und er schreibt kehrum nach Moskau, beschwert sich bei Anwälten und Journalisten. Er sei unschuldig wie ein Lamm, weiß von nichts und niemandem, alles fabriziert. Und man habe ihn gefoltert, mit einem Elektroschocker, Stromstöße direkt auf die Eier. Was glaubst jetzt du, na? Das Gebiss haben sie ihm in die Einzelteile zerlegt, dem Armen. Was hätte man sonst machen sollen? Ihm etwa den Popo küssen?«

Lenotschka lachte laut auf.

»Und wie haben sie ihn erwischt?«

»Da besteht ja ein ganzes Netz. Eine Zelle«, sagte Viktor mit vollem Mund und schenkte ihr Wodka ein. Die Karaffe neigte sich und nahm ihren Hut. Sie stießen an, Lenotschka hielt den Atem an und stürzte das Gläschen hinunter. Nach dem Ausatmen spießte sie sich, so wie es sich gehört, ein Stück Essiggurke auf. Ihr schmales Gesicht verzog sich zu einer Grimasse. Auch Viktor zog es alles zusammen, er schickte dem Schnaps einen Schluck Beerensaft hinterher und fuhr fort: »Man hat die elektronischen Mitteilungen verfolgt.«

»Das geht?«

»Bei VKontakte? Ja freilich«, nickte Viktor.

»Dort kommunizier' ich überhaupt mit niemandem«, sagte Lenotschka aus irgendeinem Grund mit Nachdruck. »Dort schau ich nur Filme.«

»Sicher Liebesfilme«, grinste Viktor.

»Eher Horrorfilme.«

»Na dann komm zu uns arbeiten!«, meinte er gutgelaunt. »Da gibt's was zu sehen!«

»Was kann es denn bei euch schon geben …«, zuckte sie mit den Schultern. »Eine Messerstecherei unter Besoffenen? Eine Postbotin, die einen Greis um die Pension gebracht hat? Oder Körperverletzung mit tödlichem Ausgang in einer Küche?«

»Was gefällt dir denn? Psychopathen vielleicht?«, grinste Viktor sarkastisch.

»Mir gefällt das Unbewusste, das Geheimnisvolle«, gestand Lenotschka. Sie nestelte an einer Haarsträhne und schürzte lockend die Lippen. Sie wusste, dass Viktor sie begutachtete, sich vorstellte, wie sie ohne Gewand aussehen würde, und das gefiel ihr.

»Ach so eine bist du«, sagte Viktor in gedehntem Tonfall und mit einem Deut tieferer Stimme, »auch mir ist es schon so ergangen. Ganz seltsame Geschichten.«

»Was?«

»Na, zum Beispiel heuer. Man hat einen Mann gefunden, im Wald, sieben Kilometer vom Friedhof entfernt, mit abgetrenntem Kopf. Weißt, so, als ob jemand darübergefahren wär.«

»Ist ja fürchterlich ...«

»Das Gewand völlig zerfetzt, man sah, dass er durch das Gestrüpp gelaufen ist, überall auf den Zweigen und Stauden hingen Fetzen seines Hemdes.«

»Und wie ist das passiert?«

»Da hat keiner eine Ahnung. Aber am Abend zuvor, vor seinem Tod, ist der Mann zum Grab seines Schwiegervaters gegangen. Sie waren Freunde, haben zusammen so manchen gekippt. Und irgendwann hat der Schwiegervater ins Gras beißen müssen. Da wollte ihn der Mann dann einmal aufsuchen. Er nahm ein Halbliterfläschchen, Gläschen, was zum Dazubeißen und fuhr los. Man hat sein Motorrad beim Grab gefunden. Er selbst ist davongeirrt. Sieben Kilometer durch den Wald.«

»Weshalb?«, fragte Lenotschka mit schwacher Stimme. Viktor gab keine Antwort und kaute stumm an seinem Brot. Er ließ seinen Blick schweifen.

Lenotschka legte sich ein Stück Chatschapuri[11] auf den Teller. Sie trennte mit der Gabel ein Stück des knusprigen Randes ab, und auf die Gabel kroch zähflüssig der geschmolzene Käse.

»Weißt du«, sagte sie, ohne eine Antwort abzuwarten, »es heißt, irgendwo hinter dem Ohr gebe es so einen Punkt. Du drückst auf diesen Punkt – und spürst keinen Hunger mehr. Praktisch, nicht? Irgendwo in der Grube da ...«

---

[11] Georgische Spezialität aus Teig mit Käse.

Sie bewegte ihre Finger in Richtung des Ohrs, als würde sie nun diesen Wunderpunkt suchen. Doch Viktor fasste sie am Ellbogen, zog ihre Hand zu seinen Lippen und küsste sie am Handgelenk, sehr feucht und leicht zubeißend. Der Kuss durchfuhr sie wie mit feinen Blitzen, ergoss sich wie Lavatropfen in ihre Lenden. Sie wollte sich ihm schon hingeben, sodass ihrer beider Lippen sich vereinigen können, aber Viktor ließ ihre Hand wieder aus, um noch weiterzuessen. Seine Gesichtsmuskeln bewegten sich ungestüm, wie die eines Kindes.

»Ohren, das gibt doch nichts her«, sagte er im Kauen. »Was beim Verhör tatsächlich wirkt, ist das Spiel. Die Burschen bei der Polizei und beim Geheimdienst, die wissen genau …«

»Ein Ratespiel?«

»Nein, pass auf. Du erwischst so einen Kerl. Sagst zu ihm: also, im Nachbarraum ist dein Kumpane. Hörst du sein Stöhnen? Gestehe alles, oder wir bringen dich in den Wald, renken dir Arme und Beine aus und lassen dich dort. Für die Bären.«

»Also Angst einjagen …«, erwiderte Lenotschka.

»Und ob. Und wenn es nichts hilft – dann greift man eben zum Elektroschocker. Der hinterlässt kaum merkliche Spuren. Ein paar Punkte, nicht mehr. Oder mit etwas Schwerem auf die Nieren schlagen.«

»Mit einem Knüppel?«

»Es geht sogar mit einer Plastikflasche. Voll gefüllt mit Wasser, auf die rechte Hüfte. Auch wenn der Sack schon Blut pisst, hinterlässt das keine Spuren.«

Lenotschka musste an die Flasche mit dem heiligen Wasser in der Hand von Natalja Petrowna denken. Möglicherweise ist die Arme noch immer im Kloster. Wie eine

Gefallene Zarin. Wie viel Kilo sind wohl in so einer Flasche, zwei, drei? Lenotschka sagte: »Unser Nachbar hat gesagt, dass man ihn beim Heer mit einer in Socken gesteckten Seife geschlagen hat. Und auch mit einem Bügeleisen im Filzstiefel. Alles ohne Spuren.«

»Seife, das ist ja Kindergarten«, meinte Viktor, »so geht das: du fesselst den Hund, ein nasses Handtuch drüber, und drischst auf ihn ein. Normalerweise keine blauen Flecken. Einer meiner Kumpel in der Kieberei hat einem, der eben wegen dem 282er dran war, das Trommelfell durchstochen. Mit einem einfachen Bleistift.«

Viktor schüttelte sich vor Lachen, sodass das Tischchen erzitterte und die Karaffe ein kristallines Kichern von sich gab.

»Oder der ›kleine Elefant‹«fuhr Viktor fort, »auch eine gute Methode. Du setzt dem Aas eine Gasmaske auf ...«

»Das schaut ja dann wirklich aus wie ein kleiner Elefant«, prustete Lenotschka.

»Genau, mit Rüssel. Also, und dann sperrst du die Sauerstoffzufuhr. Oder du spritzt irgendein Insektenmittel hinein. Ich sag dir, das ist dann überhaupt die größte Hetz. Das Schwein muss da gleich kotzen, direkt in die Maske ...«

»Pfui!«, unterbrach ihn Lenotschka. »Hast du das selber gesehen?«

»Ich hab gesehen, wie jemand verschnürt wurde. Also so zu einem Kuvert. Die Beine hinter den Rücken, Kopf nach unten. Mit Stricken. Ich hab beim Verhör geholfen.«

»Ist das etwa schmerzhaft?«

»Und wie! Versuch einmal, ohne vorheriges Dehnen in den Spagat zu gehen. Die Sehnen reißen fast. Der Verdächtige brüllt und unterschreibt alles, was man ihm sagt.«

»Und die Spuren der Stricke?«

»Wir legen ja ein Handtuch drunter«, lächelte Viktor. »Du, nimmst du das etwa mit dem Diktafon auf?«

Sein Gesicht hatte im Licht der unzähligen Hängelampen des Gasthauses etwas von einem milden, weihnachtlichen Glanz. Er nahm erneut ihre Hand.

»Ja, ganz sicher. Ich bin ja vollgehängt mit Kabeln …«, erwiderte sie.

»Das ist aber sexy …« Viktor leckte seine Lippen. Die fettige, zerknüllte Serviette fiel auf den leeren Teller. Wie ein japanischer Kranich. Vielleicht stimmt es? Falte tausend Origami, und ein Wunsch geht in Erfüllung …

Die Matratze bewegte sich wieder. Viktor drehte sein noch schlaftrunkenes, leicht aufgedunsenes, junges Gesicht zu Lenotschka.

»Schläfst du nicht?«, fragte er mit heiserer Stimme. »Wie spät ist es?«

»Noch recht früh«, antwortete sie und schickte sich an, ihn zu umarmen.

Er wandte sich mürrisch ab: »Süße, lass diese niedlichen Zärtlichkeiten. Morgens bin ich immer sauschlecht aufgelegt. Sei nicht bös'.«

Er setzte seine von der Steppdecke gut gewärmten Füße auf den Boden, tastete nach den Pantoffeln und schlurfte aus dem Zimmer. Auf seinem schmalen Hintern schimmerte blonder Flaum. Er drehte sich nicht einmal um. Dann war von der Ferne ein zischendes Stottern des Wasserhahns zu hören, er mühte sich ab und unter Getöse schoss kurz ein paar Mal das Wasser heraus, wie aus einer Feuerwehrspritze. Nach einigen Sekunden war ein gleichmäßiges Plätschern zu hören – es funktionierte endlich normal.

## 9

Tanja, die Hausangestellte der Ljamzins, ist im Lift stecken geblieben. Das Licht ist ausgegangen. Der Lift war eng, in der stickigen Luft hing noch Tabakgeruch. Jemand hatte in Missachtung aller Vorschriften und gegen jedes gute Benehmen eine Zigarette geraucht und – Tanja hatte das noch bei Licht bemerkt – den stinkenden Stummel an einem uralten Aushang ausgedrückt. Auf diesem weiß Gott von wann vor irgendeiner Wahl stammenden Aushang wurden die Hausbewohner eingeladen, in die Wahllokale zu kommen. Dort würden Lebensmittel zu Sonderpreisen verkauft. Eier für zwei Rubel pro Stück, Brot ab fünf Rubel für den Wecken, Hühnerfleisch für 90 Rubel pro Kilo. Mitglieder der Wahlkommission trommelten damals an die Türen und versuchten die Leute zu überzeugen, nicht zu Hause hocken zu bleiben. Die Bewohner aber hielten sich hinter ihren Türen verschanzt.

Das war damals eine nervenaufreibende Zeit für Ella Sergejewna. Kein Spaß, für das Schulpersonal eine hundertprozentige Beteiligung sicherzustellen. Es wurde die Lehrerversammlung einberufen. Den Wahlschwänzern wurde ein Eintrag in die schwarze Liste und Arbeitsverlust angedroht. Jeder verpflichtete sich, noch vier weitere Personen aus dem Bekanntenkreis mitzubringen. Auch unter den Eltern wurde mobilisiert. Ella Sergejewnas Nasenlöcher blähten sich vor lauter fest entschlossenem Bürgersinn.

Letztendlich war alles eitel Wonne, alle überschlugen sich an Eifer und Beflissenheit, und am Wahltag herrschte in der zum Wahllokal umfunktionierten Schule Jahrmarktstrubel. In den Gängen drängte sich das Elektorat, an den Decken schwebende rote Luftballons erzeugten Festtagsstimmung. Auf den Tischen vor den verhängten Abstimmungskabinen, aus denen rätselhafterweise reihenweise Menschen traten, lagen Gemüse, Zucker, Wollhandschuhe und bemalte Salzstreuer zum Sonderverkauf. Ein Clown auf dem Stiegenaufgang erheiterte das Wahlvolk mit seinen Späßen.

Es gab ungewöhnlich viele Stimmzettel, unter der fürsorglichen Aufsicht der Schuldamen – alle mit turmhoch drapierten Frisuren und leuchtend roten Fingernägeln – war immer das richtige Kästchen angekreuzt. Man bestellte Ella Sergejewna ins Parteikomitee und verlieh ihr eine Auszeichnung. Vor lauter Freude ließ man auftischen. Tanja, der Hausangestellten, wurde aufgetragen, im Ofen einen Lachs zu schmoren und mit dem Fahrer in die Schule zu schicken, gleich ins Zimmer der Direktorin. Tanja konnte einen wunderbaren Lachs in Obers-Rosmarin-Sauce zubereiten.

Am Abend knurrte Ella Sergejewna, während sich ihre aufgemalten Augenbrauen düster zusammenzogen: »Warum, Tanjuscha, hast du mich dieses Mal hängen lassen! Du machst doch sonst immer so einen köstlichen Fisch. Ich hab' dich vor allen gelobt. Die hohen Damen des Bildungsdepartements sind gekommen, wollten unbedingt kosten. Und was war? Ein Fraß war das, und kein Festessen!«

»Überhaupt kein Fraß«, erwiderte Tanja beleidigt. »Man findet einfach keinen guten Lachs. Der norwegische steht unter Sanktionen.«

»Jetzt kommst du mit den Sanktionen daher«, erzürnte sich Ella Sergejewna. »Das ist kein Essen, das ist Mist! Wart' nur, ich werde mir jemanden neuen holen!«

Jetzt sträubte sich Tanja gegen das Dunkel, das heran-
drängte von allen Seiten und darauf aus war, sie in seiner
Achselhöhle verschwinden zu lassen. Das menschliche
Auge gewöhnt sich binnen einer Stunde an das Dunkel.
Wie viel Zeit war schon vergangen?

Das Telefon hatte keinen Empfang. »Ich drücke den
Notruf«, kam es der Eingeschlossenen in den Sinn, da gab
es plötzlich wieder Licht, und Tanja konnte wieder sehen.
Sie fuhr mit ihren Fingern die abgewetzten Druckknöpfe
entlang, bis zum roten Notrufknopf. Aber da kam keine
Antwort, der Lift rührte sich nicht. Er schaukelte dumpf,
die unsichtbaren Seile surrten. Unter ihren Stiefeln knirsch-
ten Schalen von Sonnenblumenkernen.

Tanja fluchte, sie schlug mit der Faust auf die schmie-
rige Eisentür in orangefarbenem Holzdekor. Irgendwo
bellte ein Hund. Das war der alte Dobermann mit dem
schwarzen, versengten Fell, der bei Tanjas Nachbarn unten
allein vor sich hinsiechte. Sein unerträgliches Jaulen kostete
ihr schon seit langem die Nächte. Einmal ging sie da hinunter, klopfte an die Tür, schimpfte auf den Dobermann,
der Hund jaulte hinter der Tür, andere Mitbewohner kamen
in ihren Schlafanzügen auf den Gang geschlichen, man
konnte meinen, in einem Spital zu sein. Ein anderes Mal
rief man sogar den Bezirkspolizeiinspektor. Der weiger-
te sich aber zu kommen: »Ich habe, meine Verehrten,
Wichtigeres zu tun. Kann mich nicht um Hunde kümmern. Wenn es Ihnen reicht, na dann bringen Sie ihn ums
Eck. Was kann ich machen? Geben Sie ihm ein Stück
dunkler Schokolade, und er wird in drei Tagen eingehen.«

Aber Tanja hatte von einem noch besseren Mittel gehört. Sie kaufte in der Apotheke ein Medikament für
Tuberkulöse, zermahlte die Tabletten, vermischte sie mit
einem Mittel gegen Übelkeit und spickte damit eine leckere

Krakauer Wurst. Die Fülle der Wurst färbte sich beim An-
schnitt blutig rot. Dem Dobermann ging's an den Kragen.
Aber so weit kam es dann doch nicht. Die Wurst schim-
melte und landete im Abfall.

»Ja? Was gibt's?«, meldete sich endlich die Stimme
vom Notruf.

Tanja schrie: »Hallo?! Hilfe! Ich stecke fest, rufen Sie
den Dienst! Die Adresse ist …«

»Was soll die Aufregung!«, schnitt die Stimme sie
plötzlich ab.

»Wie bitte?«, stammelte nun Tanja.

»Zuckerschnitte! Was soll die Panik? Unsere Großväter
haben den Krieg überlebt, und Sie halten es nicht ein
Stündchen im Lift aus. Ich hab' zehn weitere Häuser mit
Pannen.«

Tanja erstarrte, ein stummer Aufschrei krampfte sich
in ihr zusammen.

»Wie können Sie es wagen!«, brach es schließlich aus
ihr hervor.

»Ich kann. Nur ruhig, scheißen Sie sich nicht an. Sie
sind nicht die Einzige, aber ich bin allein …«

Tanja kochte vor Wut: »Was flegeln Sie daher? Schicken
Sie sofort den Dienst!«

»Auf Wiederhören!«, Und die Stimme war weg.

»Psychopathin!«, schrie Tanja. »Ich zeig' dich an!«

Für einen Moment lang glaubte sie, das Bewusstsein
zu verlieren, die vergammelten Wände der Liftkabine
schienen sich in Falten zu legen und in Bewegung zu geraten, das Metall wirkte wie Webstoff. Und in diesem
allgemeinen Geschaukel tauchte das unverfrorene Lächeln von Tanjas Sohn auf. Der Sohn forderte Geld. Der
Sohn war drogenabhängig.

Zunächst verschwanden die Kriegsorden des Vaters, dann die Löffel aus Kupfernickel. Der Sohn wurde aus dem Haus gejagt und fiel in die Hände einer unangenehmen Weibsperson mit langer Nase. Die Frau stellte sich als Sängerin vor. Sie trat in einem Cabaret auf, der Beginn ihres Konzerts war eine Nummer in russischer Nationalkleidung, der Abschluss ein Cancan im bloßen Bustier. Sie hatte fürchterlich dünne Arme, und auf ihren Rippen hätte man wie auf einem Xylophon spielen können. Sie schluckte Amphetamintabletten und hatte keinerlei Schlafbedürfnis.

Tanja hatte ihrem Sohn ein Ultimatum gestellt: entweder die Mutter oder das Rauschgift. Der Sohn verschwand für ein Jahr. Von Bekannten wurde ihr zugetragen, dass er eine Arbeit gefunden habe und sogar erfolgreich sei. Er trage schmale, schwarze Krawatten. Auf intensive Arbeit würden Rauschphasen folgen. Aber letztendlich war es mit dem Erfolg dann wieder vorbei. Der Sohn kehrte reumütig nach Hause zurück. Er weinte und gelobte Besserung. Er sagte, er sei weg von der Tänzerin und lasse nun die Finger von den teuflischen Kristallen und Pulvern. Seine Arme verbarg er, denn er wollte nicht, dass man seine blau angelaufenen Ellenbeugen sah. Tanja gab ihm den Diwan ihm Wohnzimmer – sein ehemaliges Zimmer hatte sie schon an eine Studentin vermietet. Wenn sie morgens zur Arbeit ging und er noch schlief, strich sie ihm über den Kopf. Tiefe Falten hatten sich um seinen Mund gelegt, die ausgemergelten Schultern standen wir Scharniere hervor.

Als Tanja einmal nach Hause kam, war die Studentin in Tränen aufgelöst. Der Sohn hatte die Schränke durchwühlt und auf der Suche nach Geld versucht, die verschlossene Kommode mit einer Axt aufzubrechen. Aus dem Wohnzimmer war ein Bild verschwunden, eine Reproduktion von Serows »Mädchen mit Pfirsichen«. An der Tapetenwand blieb nur ein bleiches Rechteck.

Wie hat sich der Sohn zu einem albtraumhaften Fremdling wandeln können? Tanja wollte gar nicht darüber nachdenken. Seine bloße Existenz war für sie zu einer schwärenden Wunde geworden. Wenn sie seine ehemaligen Freunde im Hof traf, wandte sie den Blick ab und wechselte auf die andere Seite. Sie hatte kurze, beängstigende Träume: Der Sohn schrie ihr aus einem Wasserstrudel zu, während sie auf einem Schiff vorbeifuhr. Seine Hand verschwand in Spiralbewegungen im Wirbel. Voller Schuldgefühle erwachte Tanja mit einem erstickten Schrei in der Kehle.

Vor etwa zwanzig Jahren hatte sie einen ähnlichen Traum. Es wurde Alarm geläutet, Offiziere in Uniform schleppten ihren Sohn mit Gewalt davon. Der Traum wiederholte sich. Der Sohn sollte damals einrücken. Das Heer brauchte frische junge Körper als Kanonenfutter. Beim Wort »Tschetschenien« schlotterten ihr die Knie. Da wurden aller Schmuck und alles zur Seite gelegte Gold zusammengekratzt, in ein Säckchen geleert und zur Einberufungskommission getragen. Der Heeresmoloch verschlang das Dargebrachte und verschonte sie. Doch ein halbes Jahr später wütete er noch stärker. Der Moloch brüllte und forderte neue Opfergaben. Es wurde Jagd gemacht auf den Sohn. Sie könnten ihn beim Hauseingang abfangen und ins blutige Gemetzel schicken. Tanja wehrte sich wie eine Löwin. Sie ließ ihren herzallerliebsten Buben nicht einmal Brot kaufen gehen. Sie erwogen sogar, einen Selbstmordversuch vorzutäuschen, damit er auf die Psychiatrie käme. Aber der Sohn fürchtete sich vorm Magenauspumpen.

»Sie werden mir doch gleich hier an Ort und Stelle den Schlauch reinstecken, vor allen, vor den Nachbarn. Eine Schande fürs ganze Leben ...«

Es wurde beschlossen, die Ärzte mit Poesie zu verblüffen. Der Sohn erklärte bei der Aufnahme, dass er Gedichte schreibe. Der Psychiater bat, er solle etwas vorsagen, worauf der Sohn ein Poem irgendeines Futuristen deklamierte. Der Psychiater war beeindruckt. Der Kriegskoloss ließ den jungen Mann aus seinen Klauen und stapfte auf seinen tönernen Beinen zum nächsten Opfer weiter. Tanja erinnerte sich, wie sie den Sohn sich neben sie zu legen hieß und ihm mit der Hand durch die Haare fuhr, die damals noch üppig dicht waren. Und so schlief sie ein, die Hand krampfend in ihren Sprössling gekrallt, dass man ihn ja nicht wegführe und fortbringe ...

Ihr drehte sich noch alles im Kopf. Irgendwo von oben waren Männerstimmern zu hören, und wie Eisen an Eisen schlug.

»Hilfe! Ich stecke fest!«, schrie Tanja, als ob sie eben erwacht wäre.

»Nur ruhig, keine Panik!«, rief man ihr zurück.

Es näherte sich Befreiung. In der Lifttür tauchte etwas wie das gebogene Ende eines Brecheisens auf. Die Tür gab zunächst ein paar Zentimeter nach, dann öffnete sie sich ganz und gab Tanja den Blick frei auf die schmutzstarrenden Gummistiefel des Mannes vom Notdienst. Daneben tapsten die Schuhe des neugierigen Nachbarn.

»Wie geht es Ihnen?«, fragte der Nachbar mitfühlend.

»Der Strom ist ausgefallen, und es sind alle Aufzüge stehen geblieben.«

»Genau zwischen den Stockwerken«, krächzte der vom Notdienst.

Die Männer reichten Tanja die Hände, holten Luft und zogen sie mit einem Ruck nach oben. Sie schnaufte und wischte sich die schmutzig gewordenen Knie ab.

»Zum Teufel! Ich wär' da fast versauert, hören Sie? Und die Alte vom Notruf ist eine Fuchtel! Sagen Sie mir sofort, wie die heißt!«

Der Nachbar grinste, während der andere beleidigt zurückmurrte: »So ist das also. Da rettet man jemanden, und der möchte dich am liebsten erschlagen. Das nächste Mal komm ich überhaupt nicht.«

Er nahm sein Werkzeug und ging von dannen, schon war sein Rücken im Stiegenhaus verschwunden.

»Ich werde es schon herausfinden und eine Beschwerde schreiben!«, schrie Tanja ihm hinterher.

Es kam ihr plötzlich in den Sinn, dass die vom Notruf womöglich alles über sie und ihren Sohn wusste, und sie deshalb so von oben herab behandelt hat.

»Ich muss ein Zaubermittel versuchen«, dachte sie. Unlängst hatte sie in der Polyklinik ein Rezept gehört, als sie sich mit anderen Frauen im Wartezimmer unterhielt. Zunächst muss man in eine Kirche gehen, dort eine Kerze kaufen und mit dem Retourgeld Brot. Das Brot mit einem Messer, das an einem Neunten eines Monats gekauft wurde, in kleine Stücke schneiden. Ein geschnittenes Oster-Prosphoron[12] dazugeben, alles mit geweihtem Wasser einweichen, sieben Eier und Gründonnerstags-Salz dazugeben. So ein Wundersalz hatte Tanja bereits, aufbewahrt in einem Leinensäckchen. An einem Grün-

---

[12] Sauerteig-Hostie in der orthodoxen Liturgie.

donnerstag hatte sie in einer Pfanne grobes Salz zusammen mit Roggenmehl erhitzt, bis es schwarz wurde, mit einem Holzlöffel umgerührt und dabei gesprochen: »Heiliger Gründonnerstag, verschone uns von aller Heimsuchung und Krankheit.«

Das Ganze muss man dann vermischen, daraus Fladen backen und dem Sohn zum Essen geben. Und während er isst, allerlei Gebete hersagen zum Vertreiben der furchtbaren Dämonen.

Es war keine Zeit zu verlieren. Tanja war so schon spät dran. Sie war in wichtiger Angelegenheit unterwegs. Beim Hinuntergehen hörte sie, wie hinter ihr eine Tür aufging – aus der Nachbarwohnung lugte für kurz der Kopf eines Mädchens heraus. Das war die Tochter von Nikolaj, der vor kurzem ums Leben gekommen ist. Tanja hatte ihn und sein arrogantes Eheweib früher schrecklich gehasst. Ihr angeberisches Getue und selbstzufriedenes Gehabe. Nikolaj hatte ein noch relativ junges Gesicht, sein Körper war aber schwabbelig und unsportlich. Seine Ohren standen seitwärts ab wie bei einer Sau, die lederne Umhängtasche schlug an sein Hüftfleisch, sein neues Auto war in der ganzen Nachbarschaft zu hören. Und sein Weib hatte nichts anderes zu tun, als allen zu zeigen, dass ihre Familie etwas Besseres war, sie rief etwa ihrem Mann durch die weit geöffnete Tür hinterher: »Koletschka, hast du eh nicht die Krawatte vergessen? Du weißt schon die, die wir aus Italien mitgebracht haben!«

Einmal war die Angeberin mit einer Freundin irgendwohin unterwegs, im Stiegenhaus begegnete sie Tanja, ohne sie zu grüßen. Sie raschelte nur mit dem Marderärmel und verbreitete eine Parfumwolke. Ihr dicker Pelzmantel glänzte bräunlich-grau. Tanja drückte sich an die Seite, ans abgeblätterte Treppengeländer. Aber die beiden

Tussis waren schon, ohne sie zu bemerken, vorbeigerauscht.

»Die Nachbarin von oben ...«, hörte Tanja ihre sich entfernenden Stimmen. »Der Sohn ist drogensüchtig.«

Tanja bebte vor Zorn, als sie diese verächtlichen Worte hörte, und spuckte giftig hinterher: »Ich verfluch' dich!«

Die Spucke flog durch die Luft und traf haargenau das hochnäsige Weib. Soll nur wissen, was es heißt, sich über Tanjas Leid das Maul zu zerreißen. Doch sie hat nichts bemerkt und sich bloß über die Schläfe gewischt. Und dann ist der Mann verunfallt. Und dann wurde der Marderpelz verkauft.

Tanja wartete an der Haltestelle auf das Streckentaxi. Die Mütterchen watschelten wie Pinguine herum, es wurde gemurrt. Der Minibus kam und kam nicht. Heute hatte Tanja einen kurzen Arbeitstag vor sich, und sie hätte ruhig zu spät kommen können, doch sie hatte es eilig. Sie musste bei den Ljamzins etwas unter der Badewanne suchen. Die große gusseiserne Wanne mit ihren Löwenfüßen lockte wie eine Kinderwiege. Der verstorbene Andrej Iwanowitsch hatte es geliebt, sich in dieser Wanne zu fläzen, der Nadelduftschaum reichte ihm bis zum Doppelkinn, nur der weiche Panzer des gepflegten Bauchs ragte heraus, und um den Nabel spielten und zerplatzten die Schaumbläschen.

»Tanjuscha, den Bademantel!«, kommandierte er, und sie kam mit dem Waffelpiqué-Mantel gerannt, der die Insignien irgendeines ausländischen Hotels trug. Ljamzin hat ihn als Dienstreisetrophäe aus der Unterkunft mitgehen lassen.

Tags zuvor hatte Tanja dort einen Brillantring verloren. Er war unter kurzem Klimpern des edlen Kohlenstoffs unter die gusseisernen Löwenfüße gerollt. Der Ring gehörte nicht ihr, sondern der Dame des Hauses. Tanja hatte es drauf abgesehen, ihn zu entwenden.

»Ich bin keine Diebin«, dachte sie bei sich, während sie auf die Nummern der vorbeifahrenden Minibusse schaute. Endlich kam die Klapperkiste mit der richtigen Nummer, die Passagiere drängten sich zum Einsteigen. Tanja kletterte hinein und ließ sich auf einen der rissigen Sitze fallen, aus denen gelb die Polsterung spross. »Ich brauche den Ring nötiger, für den Sohn und die Schulden. Ella Sergejewna ist doch eine widerliche Schlange.«

Der Krieg mit Ella Sergejewna hatte kurz vor dem Tod des Hausherrn begonnen. Sie war gerade dabei, sich für einen Empfang herauszuputzen, zu dem auch Marina Semjonowa kommen würde. Es wurden ein Dutzend Roben probiert, keine entsprach.

»Bring das Nerzjäckchen!«, kommandierte die Ljamzina. Tanja eilte in den begehbaren Schrank und kam mit dem Wolkenflausch über den Armen zurück; das luxuriöse Stück schmiegte sich wie ein Kätzchen an sie.

»Zurück, du Trampel!«, schrie Ella Sergejewna. »Das ist ja das schwarze Jäckchen, ich brauch' das weiße!«

»Sie haben ja nichts gesagt …«, wollte Tanja erwidern, aber die Hausherrin schleuderte ihren Stöckelschuh auf sie. Ella Sergejewna schwankte in diesen Schuhen immer wie ein am Meeresgrund wachsendes Schilfrohr. Das Geschoss traf Tanja am Schulterblatt. Es tat zwar nicht weh, aber ein Gefühl der Erniedrigung krallte sich wie mit Widerhaken fest in ihr und legte eine düstere Saat in ihre Seele.

Nein, Tanja war keine, die sich von der finsteren Ella Sergejewna, dieser Pseudopädagogin, ins Bockshorn jagen lassen würde. Mag sie Tanja auch mit Hoteleinladungen verwöhnen, ihr von den Reisen zum Sohn hübsche Geschenke aus dem Duty-Free-Shop mitbringen, ein Seidentuch oder ein teures Eau-de-Toilette. Mag sie sich auch nach einem Wutanfall wieder besänftigen und Tanja lieb und herzlich behandeln, als ob nichts gewesen wäre, als ob es keine Schreierei und Beleidigungen gegeben habe.

Die Wut stieg in ihr mit jedem Tag höher. Nach neuerlichen Beschimpfungen (»Idiotin«, »Drecksweib«) legte Tanja den verwünschten Dominostein hinter das im Salon hängende Bild. Und das Porträt mit dem ehrwürdig herabblinzelnden Andrej Iwanowitsch Ljamzin ging mit einem Geheimnis schwanger.

Nach seinem Tod wurde Ella Sergejewna gänzlich zur Furie. An Tanjas freiem Tag hatte es wegen irgendwelcher Verdachtsgründe eine Hausdurchsuchung gegeben. Ab da passte ihr gar nichts mehr, alles versetzte sie in Missmut und Zorn. Am schlaffen Hals schwoll ihr panisch die Ader.

Bei Schritt und Tritt fand sie Anlass, einen Skandal heraufzubeschwören. Im Schlafzimmer lag ein Alpaka-Fell, dessen Haare lang und einzeln abstanden. Tanja musste es Haar um Haar zurechtkämmen, doch das Fell blieb zottelig wie es war. Kaum zu glauben, dass diese weiche Wolle einst auf einem lebendigen Tier gewachsen ist, das durch die Anden streifte, Berggräser fraß, mit seinem gespaltenen Maul schmatzte und mit den Ohren spielte. Das Tier musste sterben, damit sein weißes Fell auf Ella Sergejewnas Nachtlager prangte. Nun war das Alpaka-Fell durchgekämmt, aber die Ljamzina blickte säuerlich auf das Bett und kläffte, dass sie für diese Pfuscherei Tanja das Gehalt halbieren würde. Und sie erwähnte außerdem, die Tasse, die an einem Gedenktag für Andrej Iwanowitsch zu Bruch gegangen war: »Du hast sie zerschlagen! Ein Andenken meiner Mutter! In tausend Scherben!«

Tanja ist damals mit einem schweren Druck in der Brust nach Hause gekommen. Sie bebte vor Wut. Der Lift funktionierte nicht, im Treppenaufgang lag der beißende Gestank von Urin. Im dritten Treppenabschnitt packten sie jemandes kräftige, bleierne Hände an der Gurgel und drückten sie an die die verschmutzte Wand. Das waren Leute, denen ihr Sohn Geld schuldete. Ihre Bulldoggen-Physiognomien waren im Dämmerlicht kaum zu sehen. Sie waren offenbar zu zweit, aber nur einer sprach – er drohte im Weggehen, dass man wiederkommen würde. Tanjas Hals schmerzte, ihre Lider durchzuckte ein Tic. Damals hat sie sich zu ihrer Straftat entschlossen.

Ella Sergejewna hielt ihren Schmuck zwar in einem Safe verschlossen, doch für gewöhnlich warf sie ein paar Ringe auf das Nachtkästchen. Zum Abend hin schwollen ihre Finger an, und an der Stelle der abgenommen Ringe sah man rote Wülste. Einen Ring hat sie da einmal vergessen. Er funkelte im Licht, die weißen Steinchen glitzerten und flirrten in den winzigen Platineinfassungen. In der Tasche des Arbeitskittels fand er leicht Platz. Anders als die riesigen Gewehre von Andrej Iwanowitsch war es nicht schwer, den Ring zu stehlen. Um ihn dann möglichst teuer zu verscherbeln. Es schwindelte Tanja bei der Vorstellung einer fünfstelligen Zahl.

Am Tag zuvor hatte Tanja einen günstigen Augenblick erwischt. Für einmal überschüttete Ella Sergejewna sie nicht mit Vorhaltungen. Sie lag auf dem Sofa im Salon und blickte stumm zum Fenster – draußen fiel schwerer Schneeregen herab. Der Winter stand vor der Tür, und auf dem Herzen der verstummten Witwe lag quakend eine böse Kröte namens Angst und Bestürzung. Man hat Ella Sergejewna vom Posten der Schuldirektorin verjagt. Niedergeschmettert lag sie da, reglos, wie betäubt. Nicht ein einziges Wort brachte sie heraus.

Tanja schlich in der Zwischenzeit ins Schlafzimmer, schnappte das Juwel vom Nachtkästchen und stahl sich ins Bad, um dort die Beute im Licht der LED-Lampe zu betrachten. Schon wollte sie den Ring in den BH stecken, in die verschwitzte Falte zwischen den Hängebrüsten, als nebenan ein Hustenkrächzen von Ella Sergejewna zu hören war. Tanja erschrak, sie erstarrte innerlich, zitterte, und der Ring kullerte klimpernd unter die Badewanne. Die Hausherrin kam herein, sie sehnte sich nach einer kalten Dusche. Tanja wurde nach Hause geschickt …

Die Haltestelle tauchte auf. Tanja kletterte aus dem Minibus und ging festen Schrittes in die ruhige Gasse, in der sich hinter einem hohen Zaun verborgen das Haus von Andrej Iwanowitsch befand. Die Gasse war von Videokameras überwacht. Sie läutete am Eingangstor. Schneeflocken fielen ihr beißend ins Gesicht, zerrannen, Tanja zog die Polyesterkapuze tiefer. Sie wurde beobachtet. Aus einem bequemen, gut geheizten Auto mit dreihundert PS hatte Marina Semjonowa sie im Blick. Aus den Lautsprechern tönte leise das Radio, die Semjonowa wartete auf etwas. Sie sah, wie Tanja ungeduldig läutete und dann mit den eigenen Schlüsseln herumhantierte. Das Gartentor ging quietschend auf, Tanjas polyesterumhüllter Rücken verschwand im Eingang.

Die Semjonowa langte nach der Puderdose, betrachtete kritisch ihr Näschen, legte das Wattebäuschchen auf die Nasengrube, um ihr verzärteltes Gesichtchen abzutupfen. Doch plötzlich klopfte jemand an die Scheibe. Es war der beigeordnete Ermittler, sie hatte ihn sofort erkannt.

Erbost ließ sie die Scheibe hinunter: »Was wollen Sie? Wieso sind Sie hinter mir her?«

»Sagen Sie mir lieber, hinter wem Sie hier her sind, beim Haus der Ljamzins«, lächelte der Ermittler.

»Wer sind Sie?«, fragte sie auf einmal verdattert.

»Ich bin Viktor, Marina Anatoljewna. Wir kennen einander.«

»Gehen Sie, lassen Sie mich in Ruhe!«

»Ella Sergejewna ist im Theater auf Sie losgegangen. Jetzt lauern Sie ihr gegenüber ihrem Haus auf. Warum?«

»Wagen Sie es ja nicht!«, brüllte sie los. »Sie wissen, mit wem Sie es zu tun haben? Ich werde mich bei Ihrem Chef beschweren, bei Kapustin!«

Die Scheibe ging wieder hoch, der Motor brummte auf. Viktor sagte noch irgendetwas und deutete mit den Händen. Das Lächeln umspielte noch sein schönes Gesicht. Es fror ihn auf seinem unbedeckten Kopf vom heftigen Schneeregen. Semjonowa wendete den Wagen.

Unterdessen hatte sich Tanja ins Badezimmer begeben. Die Hausherrin war wohl, so wie sie es am Vortag angekündigt hatte, ins Wochenendhaus gefahren. Der alte Wächter war irgendwohin verschwunden, ein Nachfolger noch nicht da. Das Haus stand leer. Ella Sergejewna hatte vollkommen die Kontrolle aufgegeben und ließ die Zügel schleifen. Ihre Bitterkeit hatte zu-, ihre Vernunft abgenommen. Niemand kümmerte sich um das Haus. »Aber auf Nichtigkeiten schaut sie. Zählt die Wollfäden auf der Decke«, grummelte Tanja.

Sie öffnete die Tür zum Bad und erstarrte. Die Wanne war randvoll mit braunem Wasser. Rundum auf den Fliesen eingetrocknete Blutspritzer. Aus dem Wasser ragte, den starren Blick direkt zu ihr gerichtet, der Kopf der toten Ella Sergejewna.

# 10

In Marina Semjonowas Salon tummelten sich vergnügt die Gäste. Sie feierte ihren ersten Geburtstag nach dem Tod von Andrej Iwanowitsch. Kellner in blütenweißen Hemden und schwarzen Fliegen liefen wie Dirigenten gestikulierend hin und her. Von riesigen Schüsseln wurden gleichzeitig die Deckel entfernt, es kamen ganze Zander zum Vorschein, auf Zwiebel gebettet und von Zitronenscheiben umlegt, Rindszunge mit Walnuss-Sauce, garniert mit Koriandergrün und Petersilie, gebratenes Schweinefleisch mit Bratkartoffeln. Es dampfte wie aus Drachennüstern.

Auf goldumrandetem Geschirr aller Art und Größe wurden Pastetchen mit Hering und rotem Kaviar gereicht, zu Rouladen gedrehte Blini, eingelegte Knoblauchknollen, Essiggurken, sternförmig geschnittene Karottenscheibchen, gefüllte Tomaten, Auberginenröllchen, Bohnensalat, Salat mit Kernen der sibirischen Kiefer und gebratener Birne, Salat mit importiertem Parmesan.

Die Vorspeisen nahmen die Gäste von drehbaren Porzellangarnituren, in langstieligen Gläsern schimmerte reifer Wein. Gespräche wurden lebhaft und flauten wieder ab, am lautesten waren die Stimmen von Iljuschenko und eines Wichtes zu hören, der sich bei solchen Veranstaltungen immer besonders hervortut. Er war ein Berater des Gouverneurs, und nun stand er einer niemandem bekannten gesellschaftlichen Organisation vor. Er trug eine schon grau durchsetzte Igelfrisur, ein GTO-Abzeichen[13] prangte auf dem Rockrevers. Man disputierte, wie immer, über Russland.

[13] »Готов к труду и обороне« (bereit zu Arbeit und Verteidigung – eine 2014 gegründete Organisation zur Förderung der Volksertüchtigung; in der UdSSR bestand eine gleichlautende Organisation von 1931–1991.

»Pjotr, seit wann sind Sie zum Revolutionär geworden? Sie haben doch ein gutes Leben gehabt, waren mit allem zufrieden, konnten Ihren Ökumenismus predigen, und als man Ihnen ein wenig auf den Leib gerückt ist, haben Sie sofort Feuer geschrien! Und so lächerliche Sachen gesagt, von wegen Autokratie ...was haben wir denn für eine Autokratie?«

»Weshalb sind die denn zu mir gekommen?«, murrte Iljuschenko.

Er konnte sich noch immer nicht beruhigen, nachdem da ein paar Burschen von der Sonderabteilung für Extremismusbekämpfung bei ihm angeklopft haben. Sie sind völlig überraschend aufgetaucht, um ihn wegen seiner Internet-Aufrufe zur Einheit des Christentums auszufragen.

»Wollen Sie etwa sagen, dass wir vor der westlichen Kirche buckeln sollen?«, fragten die Burschen mit Nachdruck.

»Wa-was heißt da bu-buckeln?«, stotterte Iljuschenko vor Aufregung. »Es geht doch nur um Gottes Auftrag zu einer gleichberechtigten Wiedervereinigung.«

»Sie verstehen aber schon, dass die unsere Feinde sind?«, insistierten die Burschen. »Sie rufen zu einem Zusammenschluss mit dem Feind auf.«

Gegen Ende des Gesprächs spazierten sie durch seine Wohnung, die Ellbogen ostentativ in die Seiten gestemmt, bewunderten die über der Tür angebrachte silberne Uhr (ein Geschenk von Marina Semjonowa) und verschwanden wieder. Iljuschenko blieb mit einer höllischen Angst zurück.

»Die sind gekommen, um sich ein Bild zu verschaffen. Was ist, wenn du auf einmal Häretisches daherfaselst. Und die Massen aufwiegelst. Die sind ja für die Sicherheit zuständig. Bei uns steht das Sportfest vor der Tür.«

»Heißt es jetzt sitzen nächtelang und zittern in Angst vor lieben Gästen, die am Kettchen meiner Türe rasseln wie mit Ketten?«

Der Wicht, der die bekannten Strophen Mandelstams gehört hatte, zog ein spöttisches Lächeln auf und trommelte mit seinen Lackschuhen aufs Parkett.

»Nein, nein, das ist doch ... bitte lassen Sie das! Was soll das Geraune – ›am Kettchen meiner Türe‹ ... Dem Volk wieder Angst einjagen. Lassen Sie doch solche Schreckgespenster. Stalin, das Jahr 1937 ... Das ist ja lächerlich!«

»Mir ist das nicht lächerlich vorgekommen«, erwiderte Iljuschenko beleidigt und verzog die Nase, »mir war nicht zum Lachen zumute.«

»Na und? Hat man Ihnen denn die Zunge herausgerissen? Ins Lager geschickt? Sie befinden sich hier in wunderbarer Gesellschaft, trinken französischen Wein und essen Rebhuhn, und da fangen Sie an, panisch zu werden. Ich habe geglaubt, Pjotr, Sie wären klüger.«

Marina Semjonowa setzte sich zu diesem Wicht auf die Lehne des riesigen Fauteuils. Sie war aufgekratzt, trug ein schwarzes Glitzerkleid, im tiefen Dekolleté funkelte ein prachtvolles Collier.

»Na, meine Jungs, schon wieder politisieren?«, fragte sie vorwurfsvoll.

»Wir reden nur von Ihnen, Marina Anatoljewna, nur von Ihnen!«, schäkerte der Wicht, wobei er sichtlich genüsslich und gierig seinen Arm um ihre Taille legte.

»Es geht um meine Scherereien«, knurrte Iljuschenko.

»Ach so, das ...«, Semjonowas Gesicht wurde kurz ernster, heiterte sich aber sogleich wieder auf: Ein neues Geschenk sei gekommen, teilte man ihr mit. Sie sprang vom Fauteuil auf und lief, es in Empfang zu nehmen.

Der Wicht blickte der Semjonowa eine Weile ange-strengt nach, besann sich dann aber und fuhr, als ob nichts gewesen wäre, fort: »Urteilen Sie doch selbst, etwa die Personalpolitik Stalins. Wie war denn das? Ein einziges Blutbad! Dem Einen ging's an den Kragen, dem Nächsten, Übernächsten, die ganze Verwandtschaft wurde erschos-sen. Und heute? Wenn sich irgendein Minister bereichert, oder ein Gouverneur, wird der Mantel des Schweigens darüber gebreitet. Ja, es kann schon vorkommen, dass einer seinen Posten verliert, oder sogar vor Gericht kommt. Und weiter nichts dann, nullo. Das Arschloch wird wo-möglich sogar auf einen anderen, nicht schlechteren Pos-ten gesetzt. Ein einziges Vergnügen, verstehst du! Das Leben ist besser, lustiger geworden.«

»Aber wenn es um einen einfachen, gewöhnlichen Bürger geht ...«, wollte Iljuschenko einwerfen, doch der Wicht hörte nicht zu.

»Überhaupt werden die Menschen besser. Insgesamt auf der Welt. Man schlitzt einander nicht mehr die Bäuche auf, keine Hinrichtungen, kein Galgen. Außer vielleicht im Nahen Osten. Aber auch da kann man es nicht verglei-chen. Lest nur einmal ›Tausendundeine Nacht‹ ...«

»Was kommen Sie mir da mit Märchen daher ...«, jammerte Iljuschenko mit weinerlicher Stimme. »Zuge-geben, Galgen gibt es keine mehr, aber die Angst, die ist da. Wozu sind die zu mir gekommen? Ja, ich bin ängstlich und zu sehr auf mich selbst bezogen, was soll das ironische Zwinkern. Sagen Sie lieber, woher bei uns wieder so eine Bedachtnahme auf die Sicherheit vor unsichtbaren Wider-sachern kommt. Man fürchtet sich vor Gespenstern und verschreckt dabei echte Bürger. So wie mich!«

Das Gejammere Iljuschenkos ging im allgemeinen Trubel unter. Eben brachte man einen riesengroßen Korb roter Rosen herein. Hinterher hüpfte händeklatschend wie ein Mädchen die Urheberin des Festes.

»Blumen vom Bürgermeister!«, verkündete sie stolz.

Der Korb wurde sofort umringt, alle wollten ihn mit ihren iPhones fotografieren. Die Semjonowa strahlte, posierte, zwischen ihren Brüsten funkelte das Goldcollier. Der Korb zog sofort alle Aufmerksamkeit auf sich. Der Künstler Ernest Pogodin ließ sein Likörglas stehen und schaute verklärten Blicks auf die Schöne, die, bildgleich, den Kopf wie ein Vögelchen zur Seite gedreht, an den Rosen roch. Zwischen seinen Knien glänzte weiß der Knauf seines Stocks. Tschaschtschin, der Theaterdirektor, sagte ganz begeistert zum wiederholten Mal: »Sicher an die fünfhundert, nicht weniger. Ich habe da einen Blick dafür. Glauben Sie mir, keine einzige Schauspielerin bekommt so etwas.«

Der Prokurist ihrer Baufirma bleckte fröhlich sein Keramikgebiss; die Administratorin der Schönheitsklinik »Basilisk«, eine Dame unbestimmten Alters mit zu glatten Walzen umgeformten Lippen, rief mit aufgekratzter Stimme, als sie das Display des Telefons auf den Korb richtete: »Mein lieber Schwan, was für Rosen!«

Als sich die Aufregung wieder legte, sagte laut und deutlich der Wicht: »Sehen Sie, Pjotr! Alle sind glücklich! Keiner fürchtet sich!«

»Worum geht es denn?«, interessierte sich Pogodin.

»Na, unser Pjotr fürchtet sich vor Denunzianten!«, antwortete der Wicht feierlich und zeigte auf Iljuschenko.

Die Mitteilung rief allgemeines Gelächter hervor. Die »Basilisk«-Administratorin öffnete ihre Spulenlippen, es schüttelte sie vor Spaß.

Marina Semjonowa trat an Pjotr heran und drückte ihm scherzhaft einen Kuss auf die Stirn: »Hab keine

Angst, Petja, was regst du dich denn so fürchterlich auf. Dir kann doch nichts passieren.«

»Nichts passieren?«, ereiferte sich Iljuschenko. »Was heißt da, nichts passieren? Und was ist mit Ljamzin passiert? Mit seiner Stellvertreterin? Und mit seiner Frau?«

»Ts … ts …«, zischte es von allen Seiten. »Du verdirbst das Fest …«

Iljuschenko wurde es nun selbst mulmig, dass er womöglich zu viel hinaustrompetet hat, und er verstummte. Schuldbewusst strich er über das schwere Kreuz, das ihm bis zum Bauch hing.

»Nur ruhig, keine Aufregung!«, besänftigte die Hausherrin ihre Gäste. »Ich weiß, alle reden jetzt bloß über die arme Ella Sergejewna. Ich hege keinen Groll gegen sie. Wollte mich sogar mit ihr aussöhnen. Aber es konnte nicht mehr dazu kommen.«

»Wer hat sie denn denunziert?«, erkundigte sich Tschaschtschin, während ein Kellner ihm das Glas nachfüllte.

Alle redeten durcheinander: »… die Schule … ein Lehrer … Entlassung … der Mann … sie hat sich die Adern aufgeschnitten … die Hausangestellte hat sie gefunden …«

»Über mich wird auch alles Mögliche zusammengetragen. Mir ist das aber so was von egal!«, erklärte Ernest Pogodin, kurz sein Schnabulieren unterbrechend.

»Über Sie auch? Was kann man denn über Sie schlechtes sagen?«, wunderte sich Marina Semjonowa kokett.

»Na, dass ich mich an Buben vergreife, die Modell sitzen.«

Unter den Gästen machte sich wieder Heiterkeit breit:

»Ha-ha-ha!«

»Buben!«

»Direkt bei der Staffelei!«

»Der Künstler als Lüstling!«

»Ja, ja«, nickte Pogodin und war zufrieden, dass er so Aufmerksamkeit erregt hatte. »Unlängst habe ich die Frau des Gouverneurs gemalt. Während der Sitzung sagt sie mir … ›Ernest‹, fängt sie an, ›wenn man dem Geschwätz glauben kann, dann sind Sie ja richtig krankhaft, meinen Sohn werden Sie nicht malen.‹ So hat sie gesagt.«

»Sie glaubt diesen Verleumdungen?«, fragte ihn Tschaschtschin leise.

»Hm, mir egal«, antwortete Pogodin, »das Porträt des Buben ist jedenfalls schon bestellt. Ich soll ihn als Kadetten malen.«

Man saß um den Tisch und tat sich an den Speisen gütlich. Backenzähne mahlten und zermahlten, Eckzähne bissen sich fest, Schneidezähne schnitten.

»Eine schreckliche Geschichte, das mit Ella Sergejewna«, bemerkte Tschaschtschin, während er kaute, »so etwas hab' ich ehrlich nicht erwartet. Sie war so eine unerschütterliche Frau, wie ein Bulldozer. Offenbar eine psychische Ausnahmesituation. Du hast ja die Videos auf YouTube gesehen, die Leute im Theater aufgenommen haben. Mit den Handgreiflichkeiten. Zehntausend Aufrufe! Wie viele schmutzige Beschimpfungen! Wir Leute von der Kunst, im Rampenlicht, sind ja an so etwas gewöhnt, aber wie muss da ihr, der stillen Staatsangestellten, zumute gewesen sein?«

»Ich habe mich für dieses Thema – Pulsadern aufschneiden – interessiert«, teilte Pogodin mit und schlürfte aus seinem Glas. »Hast du zum Beispiel gewusst, dass sich das Blut mit einer Geschwindigkeit von vierzig Kilometern pro Stunde durch die Gefäße bewegt? Das ist irrsinnig schnell.«

»Und weiter?«

»Na stell dir vor, wie es da aus ihr gespritzt haben muss. Fünf Liter Blut rannen in die Wanne. Der Mensch hat sich selbst ausgeleert.«

»Ja ... der Sohn tut mir leid«, seufzte Tschaschtschin, »jetzt ist er Vollwaise.«

»Dafür bestens versorgt«, zwinkerte ihm Pogodin zu.

Im Salon wurde es wieder lebhaft, neue Gäste trafen ein. Der Staatsanwalt Kapustin mit einem Blumenstrauß und einem geheimnisvollen, von einer Schlaufe umgebenen blauen Schächtelchen. Und mit ihm zwei Ermittlungsbeamte. Der eine war eben jener Schnauzbärtige, der die Witwe Ljamzins wegen des Geschichtelehrers Sopachin verhört hatte. Der andere war Viktor.

»Ich komme mit Gefolge«, tat Kapustin kund und flüsterte dem Geburtstagskind nach einem Begrüßungskuss ins Ohr: »Den Betrag und die Dokumente habe ich erhalten.«

Semjonowa nickte zufrieden. Die Kellner machten sich mit Gläsern zu schaffen und geleiteten die Gäste zum Buffet.

»Verzeihen Sie, dass wir uns verspätet haben«, brummte im Basston Kapustin. »Wir waren im Kino. Eine ganze Abordnung, sozusagen.«

»Wie das, im Kino?«, prustete Marina Semjonowa.

»Wir mussten uns«, erklärte der Schnauzbärtige, »eine Sondervorführung eines heimischen Filmchens ansehen. Sehr erbaulich, übrigens.«

»Im Zusammenhang mit dem anstehenden Sportfest«, ergänzte Viktor.

Tatsächlich war die Stadt schon mit Flaggen und Fähnchen geschmückt. Ein Festival echter volkstümlicher Spiele wurde organisiert. Auf dem Hauptplatz und allen Sportstätten stand der Start der Wettbewerbe bevor.

Sportler aus China, Zimbabwe, Turkmenistan, Venezuela waren eingeladen. Der Gouverneur war schon ganz aufgeregt und reicherte deshalb seinen abendlichen Kamillentee mit Weißdorn-Elixier an. Der Bürgermeister konnte nicht mehr schlafen, der Minister für Fremdenverkehr und Sport verlor vor Aufregung zwei Kilo Gewicht.

»Wollen wir auf Marina Anatoljewna trinken!«, schlug plötzlich der Wicht vor, der bis dahin weiter im Streitgespräch mit Iljuschenko war. »Auf unseren wirklichen Schatz! Hier ist auch der Prokurist ihrer Baufirma. Diese Leute, meine Damen und Herren, haben alle Kraft darauf verwendet, dass unsere Stadt jünger und moderner aussieht. Sie haben die Eishalle gebaut, die Brücke für den Schwerverkehr ... Und all das – dank der Energie, Beharrlichkeit, Klugheit und natürlich Schönheit unserer Marina Semjonowa. Wie sagte doch Horaz – das Leben gibt nichts ohne Arbeit. Und sie ist eine Fleißige. Ich wünsche dir, meine Teuerste, Gesundheit, Liebe und dass du von weiteren – na ihr wisst, wovon ich rede – Tragödien verschont bleiben mögest!«

Gläser klirrten, die nackten Cupidos an der Decke verschwammen, süßer Rausch stieg in die Köpfe der Gäste. Da schlug Marina Semjonowa mit einem Messer an den Boden ihres Glases und bat um Aufmerksamkeit.

»Ich habe einen Vorschlag. Da wir nun alle beieinander sind, schlage ich vor, ein Spiel zu spielen!«

»Du Schelmin! Aber ohne mich!«, drückte sich sogleich Ernest Pogodin.

»Was hast du denn im Sinn?«, fragte Iljuschenko lebhaft.

»Lasst mich bloß in Ruhe mit Spielen«, gab Kapustin mit vollgestopftem Mund von sich.

»Gerade für Sie als Oberstaatsanwalt wird das interessant sein«, insistierte Marina Semjonowa. »Das Spiel heißt ›Sphinx, rege dich‹. Schauen Sie, ich nehme ein Zündholz und lege es Petja auf das Augenlid, genau auf die Wimper. Nur nicht blinzeln, Petja.«

»Wie soll das gehen, nicht blinzeln?«, sagte Iljuschenko unter allgemeinem Gelächter.

»Petja ist die Sphinx«, erklärte die Semjonowa. »Meine Aufgabe ist, ihn mit meinen Worten so zu verwirren, dass er das Zündholz fallen lässt. Verstanden?«

»Da brauchen Sie ja nur aus Leibeskräften zu jammern«, warf Tschaschtschin ein, und schon ist er verwirrt.

»Nein, nein, das darf ich eben nicht! Blödeln ist nicht erlaubt, Gestikulieren auch nicht. Die Hände müssen auf dem Schoß liegen.«

Also setzte sich Marina Semjonowa gegenüber Iljuschenko auf einen eleganten Schemel. Die Gäste rückten näher, um nicht zu verpassen, wie die Sphinx zum Dummen wird.

»Nun, Petja«, begann sie, »danke, dass du zu meinem Geburtstag gekommen bist. Ich habe schon gedacht, du würdest dir wegen der Sonderabteilung ›E‹ in die Hosen machen. Freilich gibt es dir übel Gesonnene, keine Frage, aber niemand will dich ins Grab bringen. Obwohl, Anlass dazu gäbe es.«

Iljuschenko rührte sich nicht.

»Weißt du, was man sich erzählt?«, fuhr sie fast im Flüsterton fort. »Dass du es angeblich nicht so mit den Weibern hast. Verstehst du, was ich meine, Petja?«

Rundum prustete man los. Iljuschenko zuckte aber nur ein wenig mit dem Knie und blieb sonst ungerührt. Das Zündholz bewegte sich ganz leicht auf der Wimper, wie das Flämmchen einer Kerze.

»Stimmt das? Was meinst du? Alle Pferde haben vier Beine, du hast fünf«, spöttelte die Semjonowa. »Du siehst einen sympathischen Burschen und denkst dir: Das wär' was, es diesem Jüngling durch die Hintertür zu besorgen!«

Die Gäste hielten es schon nicht mehr aus und wieherten drauflos. Ernest Pogodin schüttelte es seinen Backenbart vor Lachen, er ulkte dahin: »Homo! Warmer Bruder! Schwuchtel! Arschficker! Kommst vom andern Ufer!«

Das Zündholz schwankte und fiel Iljuschenko in die Falten seines Habits.

»Das ist doch unfair!«, protestierte er errötend. »Erstens, alle auf einen. Zweitens sitz' ich da wie ein Idiot und kann nicht antworten. Was soll das Spiel – lass dir stumm gefallen, wie man dich fertig macht?«

»Die Sphinx hat sich geregt, die Sphinx hat sich geregt!«, schnurrte das Geburtstagskind, und tat so, als ob sie das Lamento des Freundes nicht hörte.

»Jetzt sind Sie an der Reihe, Marina Anatoljewna«, sagte Kapustin, wobei er genüsslich am trockenen Rotwein schlürfte.

»Bitte, gerne!«, willigte sie ein. Sie drängte Iljuschenko weg und nahm selbst am Stuhl Platz. »Her mit dem Zündholz! Wer will mich wecken?«

»Oh …«, murmelte Tschaschtschin. »Ich würd' viel dafür geben.« Und er langte mit der Gabel in das mit geriebenem Kren bestreute Sülzchen.

Unerwartet erhob sich der schnauzbärtige Ermittler.

»Lassen Sie mich versuchen.«

In seinem Bart klebte ein Stückchen Dille, was ihm das Aussehen eines winterlichen Gärtleins verlieh, in dem ein einziges grünes Blättchen zum Vorschein kommt. Die Semjonowa nahm augenblicklich eine ernste Miene an.

»Sie haben ja einen Vorsprung, das geht nicht!«, piepte die Schwulstlippige vorlaut. Aber die Gastgeberin akzeptierte:

»Und wenn schon. Ich leg' mir das Zündholz auf.«

Ihre verlängerten, hochgedrehten, getuschten Wimpern wurden zum Postament. Der Ermittler setzte sich ihr gegenüber.

»Gestatten Sie, Marina Anatoljewna, Ihnen meine Bewunderung auszudrücken«, legte er ganz beiläufig und undeutlich los. »Sie sind tatsächlich außergewöhnlich. Wir alle wissen, wie sehr Sie der verstorbene Minister geliebt hat. Und wenn es jene Welt dort gibt«, der Schnauzbärtige deutete mit dem Kopf nach oben, und die Gäste blickten zu den Engelchen an der Decke empor, »dann bedauert er es jetzt gewiss, dass er Ihnen nicht wie gewohnt gratulieren kann.«

Viktor, der dem Kollegen am geöffneten Klavier lauschte, stützte sich versehentlich mit der Faust auf die Tasten. Es ertönten irgendwie vermischt das C und das D der Kontra-Oktave. Das Zündholz auf Semjonowas Wimper erzitterte stark, verrutschte, blieb aber liegen.

»Wir wissen, Sie hatten es nicht leicht«, hob der Ermittler seine Stimme. »Der Vielgeliebte war in der Nähe, aber dennoch nicht mit Ihnen … Sagen Sie, haben Sie ihm diese anonymen Briefe geschickt?«

Unter den Gästen entstand ein Gemurre, die Wimpern der Sphinx senkten und hoben sich, und das Zündholz fiel im allgemeinen Aufruhr zu Boden.

»Scherzbold! Scherzbold!«, drohte Kapustin dem Schnauzbärtigen mit dem Finger! Die Semjonowa kicherte nervös, ihr Körper wand sich, sie fuhr sich mit der Hand zu den Lippen, wonach auf den Fingerkuppen Spuren des Lippenstifts zu sehen waren. Viktor applaudierte aus irgendeinem Grund.

Da ging auf einmal das Licht aus, und Ernest Pogodin, der beim Klavier aufgetaucht war, klimperte eine allen bekannte Melodie. Die Gäste sangen im Chor:

*Zum Geburtstag viel Glück! Zum Geburtstag viel Glück! Zum Geburtstag, liebe Marinatoljna, zum Geburtstag viel Glück!*

Langsam, vorsichtig, wie eine Braut kam auf einem Wägelchen die Geburtstagstorte hereingefahren. Die fünfstöckige Torte war über und über gespickt mit Kerzen. Ihr Flackerschein warf zauberhafte Schatten auf die bläulich-beigen, cremeverzierten Seitenränder der Torte. Oben prangte in kaffeebrauner Schokolade-Glasur »Alles Gute zum Geburtstag, liebe Marina!«

Die Torte machte vor der gerührten Jubilarin halt, wie wenn eine Tänzerin im Ballettröckchen vor einer Märchenprinzessin in tiefen Knicks gegangen wäre. Die Semjonowa neigte sich nach vor, um sich einen Wunsch auszudenken, im Schein der Kerzen war nur das Glitzern ihres Kleides, ein Stück von Kinn und Hals sowie im Ausschnitt das lockende Dreieck ihres vollen Busens zu sehen. Sie blies die Kerzen mit einem Mal aus, nur eine ergab sich nicht sogleich, ihr Flämmchen zuckte noch eine Sekunde lang in Todesagonie.

Es war nun völlig dunkel, doch schon ging die Deckenbeleuchtung wieder an, alle kreischten zugleich auf und umzingelten die Torte wie ein in die Falle gegangenes exotisches Tier. In der Hand des Kellners erglänzte ein riesiges, blank poliertes Messer, in dessen Klinge sich Gesichter der Gäste, Karniesen und Cherubims spiegelten. Wie ein Schwimmer ins Wasser glitt das Messer in das Weiche

der Torte, durchschnitt geschmeidig das Biskuit, be-
schmierte sich mit Crème, lockte die Leckermäuler an.

Rundherum stellte man sich mit Tellern an. Wer ein
Stück erhalten hatte, wich wie blind und verwirrt zur
Seite, mit vor Vorfreude geweiteten Augen. Viktor genoss
ungeniert und mit Appetit, seine Stirnhaare hatte er fast
im Löffel. Tschaschtschin wiederum sonderte sich ab,
beugte sich tief zum Teller und küsste die Torte wie eine
Frau. Iljuschenko, der sich mit seinem Habit gerade
schwertat, holte sich Nachschlag.

»Tee oder Kaffee für Sie?«, trällerten die Kellner.

Marina Semjonowa schaute sich, umgeben von Gästen,
auf ihrem Telefon die eben gemachten Fotos an. Sie war
schon angetrunken, ihre Bewegungen wurden watteartig
und ungelenk.

»Musik! Musik!«, verlangte sie.

Man haute etwas Modernes rein, zum Tanzen. Die
Schuldige des Fests ging in die Mitte, das Kleid schimmerte wie Schlangenhaut, ihr Körper wippte hin und her.
Alsbald formierte sich ein Kreis, die Körper bewegten sich
im aufreizenden, immer schneller und schneller werden-
den, unbändigen Rhythmus. Viktor schnippte übermütig
mit den Fingern, der Wicht mit Igelfrisur legte einen Twist
hin, die »Basilisk«-Administratorin wackelte mit ihrem
üppigen Popo.

»Wie geht's dir, Kindchen?«, fragte sie Marina Semjonowa und fasste sie zum Tanzen an den Händen. »Denkst
du an deinen Andrej?«

»Weißt du«, antwortete sie lachend, »eigentlich schon
nicht mehr. Ich hab mich in einen anderen verliebt.«

»Ohooo! Sag mir sofort, wer es ist! Ist er hier? Hier?«

Die Dicklippige platzte vor Neugier, flehend umschlangen ihre Pfoten die Semjonowa.

»Sag ich nicht, nein, sag ich nicht …«, sträubte sie sich, fasste den Saum ihrer Robe und drehte sich wirbelnd im Kreis. Die Musik wechselte, es wurde romantischer. Die Melodie verlockte zum Paartanz.

»Damenwahl!«, verkündete Iljuschenko, der sein drittes Tortenstück verdrückte.

Marina Semjonowa, näherte sich Staatsanwalt Kapustin und reichte ihm den Arm. Der erwiderte ganz geschmeichelt mit einem schmierigen Lächeln. Sie gingen in die Mitte, fingen an zu tanzen. Alle übrigen starrten wie angewurzelt auf die beiden.

## 11

Der Journalist Katuschkin und der Lehrer Sopachin trafen sich in einer Kantine. Es klapperten die von Messern zerkratzten Plastiktabletts.

»Vorwärts, vorwärts!«, kommandierte in lautem Befehlston die alte Schachtel bei der Essensausgabe, die mächtige Krone ihrer Kochmütze wankte wie ein Seiltänzer über dem Abgrund. Die Kantinengäste rückten folgsam weiter und nahmen ihre Teller mit Hühnersuppe, Borschtsch, Buletten samt einem Berg Kartoffelpüree, Fisch und Mayonnaise-Salat »Mimose«, Gläsern mit eingedicktem, warmem Kompottsaft. Die Hände der Kassiererin schubsten die Teller schnell auf die Waage und klimperten mit dem Wechselgeld.

»Der Nächste! Nicht einschlafen!«, ertönte es aus ihrem Mund.

Wer bezahlt hatte, nahm von den Servietten und ging zum Ständer mit dem Besteck weiter. Dort lagen verbogene Aluminiummesser und -gabeln. Die Leute balancierten ihre Tabletts vorüber am munter hin- und herfliegenden Bodenfetzen der emsig wischenden Putzfrau. Man setzte sich zum Essen.

»Nein, nein«, sprach Sopachin über seinen leeren Suppenteller gebeugt, in dem ein Stück aufgeweichtes Schwarzbrot lag, »ich werde übe Ella Ljamzin nichts Schlechtes sagen.«

»Verstehe«, nickte Katuschkin, »de mortuis nil nisi bene.«

Katuschkin war ein fülliger Mann in einem alten Sakko, das er winters und sommers trug. Auf seiner Nase hielten sich schlecht und recht kleine, runde Augengläser.

»Es geht ja gar nicht darum, um den moralischen Aspekt«, verzog Sopachin das Gesicht, und die Ärmel seines Pullovers mit den verwaschenen Rauten und Quadraten legten sich auf einmal in Falten, als wollten sie den Träger nachäffen. »Ich stehe ohnehin unter Ausreiseverbot, und es droht auch eine Strafe, wie Sie wissen.«

»Da muss man doch Protest einlegen! Die Schuldirektorin war eine Querulantin, hat Budgetmittel eingestreift, und Sie kommen vor Gericht. Unter fadenscheinigem Vorwand.«

»Nein, nein, nein …«, murmelte Sopachin. »Da gehe ich nicht drauf ein. Und schließlich war ja Ella Sergejewna selbst auch ein Opfer. Ich bin wenigstens noch am Leben, und sie …Viele drängen mich jetzt. Der Bürgermeister will einen Park aus dem neunzehnten Jahrhundert abholzen. Den einzigen in der Stadt. Es soll dort ein Business-Center gebaut werden. Die Leute regen sich auf und wollen von mir, dass ich dagegen kämpfe. Doch was soll ich, ich habe doch ein Verfahren am Hals!«

»Aber im Ernst«, unterbrach ihn Katuschkin, »eigentlich müsste die Ljamzina die Strafe für Sie bezahlen. Eine halbe Million Kröten! Für solche Geldsäcke ja eine Kleinigkeit.«

»Das ist auch schon egal«, winkte Sopachin ab. »Das Wichtigste wäre, dass ich meine Arbeit wieder bekomme. Meine Frau droht schon damit, wegzugehen und die Tochter mitzunehmen.«

»Wegen der Hausdurchsuchung?«

»Ja. Die sind ja in der Nacht hereingestürmt, haben die Tür aufgebrochen. Die Tochter kann seither nicht mehr normal einschlafen. Die Frau wohnt nun bei ihrer Mutter. Und ich steh' als Verbrecher da, als Arbeitsloser, noch dazu mit Schulden.«

Sopachin krächzte und jammerte. Die Brust sank ihm ein, die Rauten auf dem Pullover überlagerten sich und wurden zu gleichschenkeligen Dreiecken.

Katuschkin blickte sich um zu den schmatzenden und schlürfenden Kantinenbesuchern, zu einem Kind, das sich hysterisch auf dem kalten, eben erst geschrubbten Fliesenboden wand. Und zur niedlichen jungen Asiatin mit der Chiffon-Schürze, die von den Tischen die stehen gelassenen Tabletts einsammelte. In seinen Mundwinkeln zuckte ein Lächeln. Er war ein energiegeladener Mensch, der Katuschkin. Seit jeher nistete in ihm ein surrendes, umtriebiges Perpetuum mobile, ein Feuerzeug, ein Schwungrädchen, ein Nano-Motörchen. »So ein Zappelphilipp«, spottete man über ihn, »hat wohl eine Nadel im Hintern.«

»Aber was eigentlich«, er ging wieder zur Attacke über, »was konkret hat die Strafverfolgungsbehörde so aufgebracht?«

»Ich …«, Sopachin stockte, »ich möchte nicht die Kinder beschuldigen. Die haben mich unterstützt. Ich bin ja jetzt entlassen, aber die Schüler sind zu mir gekommen, auch während der U-Haft. Sie wollen, dass ich sie für das Staatsexamen vorbereite, zahlen auch dafür. Nehmen bei mir Nachhilfestunden …«

»Aber was hat man Ihnen denn vorgeworfen?«

»Eine Schülerin aus der zehnten Klasse hat ein Stück aus dem Unterricht aufgezeichnet, gerade als es um den Großen Vaterländischen ging. Und da hätte ich unsere Geschichte schlechtgemacht. Und vor allem – es ist ja die Dekade der Geschichte. Das heißt, es würde sich da schon um eine öffentliche Verzerrung der Vergangenheit handeln.«

»Wie das, Verzerrung?«, bohrte Katuschkin weiter.

»Also …«, Sopachin setzte kleinlaut an und schnäuzte sich in eine karierte Papierserviette. »Ich habe über den Molotow-Ribbentrop-Pakt erzählt. Über die gemeinsame Besetzung Polens durch sowjetische Truppen und Hitler-Truppen. Und darüber, wie wir die Baltischen Republiken uns einverleibt, sie annektiert haben. Zuerst Estland, Litauen und Lettland, und dann auch noch Finnland … Das haben sie auch inkriminiert.«

»Als Geschichtsfälschung?«

»Ja. Da ist so ein schnauzbärtiger Ermittlungsbeamter. Der war ja recht gutmütig. Aber die beiden anderen waren so richtige Finsterlinge, die haben mir ein paar Mal sogar eine drübergezogen. Wenn ich auf etwas bestanden habe.«

Sopachin langte zum Glas mit dem Kompottsaft. Eine Fliege schwamm darin. Er ging daran, sie mit dem Griff des Suppenlöffels herauszufischen. Der Saft geriet in Bewegung und wollte sein Opfer, das sich an den Griff klammerte, nicht freigeben. Die Fliege landete in der Ecke des Tisches. Behäbig zuckte ihr Flügelchen.

»Und was haben die denn eingewandt? Was kann man gegen die Fakten einwenden?« Katuschkin konnte sich nicht beruhigen.

»Was sie eingewandt haben? Das Übliche. Dass ich den Sowjetstaat verleumde. Dass der Nichtangriffspakt ein Sieg unserer Diplomatie war, dass damit der Krieg zumindest etwas hinausgeschoben wurde. Dass wir, ganz im Gegenteil, Polen und die übrigen Länder gerettet haben. Die Armee der Befreier. Dass Stalin, bei all seinen Unzulänglichkeiten im Zusammenhang mit den Repressionen, ein effizienter Manager war.«

»Sind die etwa Anhänger des Generalissimus?«, ereiferte sich Katuschkin.

»Das nicht ...«, antwortet Sopachin säuerlich. »Man
dürfe einfach, so sagen sie, keinesfalls Stalin mit Hitler
gleichsetzen. Sonst würde das eine Rehabilitierung Hitlers bedeuten. Und das ist ein Verbrechen. Und genau das
hätte ich getan.«

Sopachin führte das Glas mit dem eingedickten Saft zu
seinen schmalen Lippen und trank bedächtig die gelierte
Flüssigkeit, bis der geriffelte Boden des Glases zum Vorschein kam.

»Und was werden Sie jetzt machen?«, fragte Katuschkin.

»Was schon. Geld auftreiben. Mir haben sie noch
dazu die Tür verschmiert. Mit Farbe ›Faschist‹ drauf-
geschrieben. Offenbar die Nachbarn.«

»Warum Faschist?«

»Na warum. Aus meinem Paragraphen ergibt sich das
so.«

Sopachin wurde es müde zu antworten. Er zupfte nervös die Flusen von seinem Ärmel, sein Blick ging hin und
her. Er schaute zu einem alten Weiblein, das an einem
Milchbrötchen mümmelte. Unter ihrem schütteren grauen
Haar leuchtete die Kopfhaut hervor, Stirn und Schläfen
waren voll von braunen Pigmentflecken. Die Alte hatte
sich eben mit einer Handvoll Münzen dieses Brötchen
gekauft und die Köchinnen um ein Glas heißes Wasser
gebeten. Darin schwamm jetzt rostbraun ein gebrauchtes
Teesäckchen, das sie von einem fremden Tablett genommen hatte. Die Alte musste betteln, ihre Rente reichte
nicht aus. In ihrem Blick lag Entschlossenheit, Entbeh-
rung, Verbitterung, Güte, Stolz, Verletzung, Erniedri-

gung, Streitlust, Demut. Die Hälfte des Brötchens wird gegessen, die andere bekommen die Tauben. Die Taube ist der Heilige Geist, ein göttlicher Vogel.

»Verstehen Sie mich doch«, bat Katuschkin, sich zu Sopachin neigend. »Ich möchte mich einfach auskennen. Da stirbt der Minister Ljamzin. Aus Angst vor dem anonymen Denunzianten, nicht?«

»Nehmen wir es einmal an«, gab Sopachin ohne große Überzeugung zurück. Er spürte mit der großen Zehe des rechten Fußes, wie sein Schuh löchrig wurde. Zwischen Schuhspitze und Sohle wurde es an einer kleinen Stelle luftig.

»Nun«, krächzte Katuschkin, »der Minister wurde erpresst. Doch womit? Mit seiner Beziehung zu Marina Semjonowa, diesem Flittchen? Aber das wussten ohnehin alle und schauten darüber hinweg. Oder vielleicht hat die anonyme Person zu veröffentlichen gedroht, wie Ljamzin mit Hilfe seiner Geliebten aus öffentlichen Mitteln ein ordentliches Kapital abgesaugt hat?«

»Er hat ihr bei Ausschreibungen geholfen und Aufträge zugeschanzt? Ja, von so etwas habe ich gehört. Eben bei euch in der ›Sirene‹ hab ich das gelesen«, bestätigte Sopachin.

»Das heißt, den Minister hat der Schlag getroffen, und die Ermittler haben wahrscheinlich alle seine Daten und Safes unter die Lupe genommen. Und da auch alles über die Semjonowa erfahren, oder?«

»Aber die ist ja nach wie vor die unangreifbare Königin. Sie besitzt nach wie vor die Baufirma und all die Konten und Immobilien. Dafür schwemmt es Kompromat gegen Ljamzins Stellvertreterin hoch. So eine gottgefällige Frau, eine Freundin der Klöster – und auf einmal …«

»BDSM«, warf Sopachin kurz ein.

»Genau, das Foto mit der Peitsche. Und in der Folge verkommt die Stellvertreterin, welcher eigentlich der Platz des verstorbenen Chefs winkte, vor Scham und verschwindet von der Bildfläche. Löst sich in Luft auf.«

»Kuriert ihre Nerven aus«, bemerkte Sopachin.

»Gehen wir weiter. Als Nächstes kommen Sie von der Schule ins Visier. Oder genauer, Ella Sergejewna. Die hätte man ja für alles Mögliche einsperren können, allein schon wegen der unzähligen Tricksereien und Affären als Schuldirektorin hätte es für ein Weilchen gereicht. Dazu noch die Immobilien im Ausland auf den Namen irgendwelcher Briefkastenfirmen. Aber das hat niemanden gejuckt. Einvernommen wurde sie wegen dem 354er. Und dann werden Sie mit hineingezogen.«

»Sie glauben, dass das zusammenhängt?«, fragte Sopachin zweifelnd.

»Und ob! Schauen Sie, die Ljamzina wird entlassen. Dazu noch geht sie auf die Mätresse ihres Mannes los, und beschuldigt sie der Denunziation. Auf dem Video mit den Handgreiflichkeiten ist das zu hören.«

»Ja«, nickte Sopachin. »Irgendwer hat verbreitet, dass sie angeblich gedroht hat, diese Gespielin umzubringen.«

»Irgendwer hat verbreitet ... Irgendwer verbreitet und verbreitet, verstehen Sie?«

Sopachin blickte zu Katuschkin. Der war verschwitzt und zappelig. Seine Augengläser rutschten den feuchten Nasenrücken hinab wie Kinder vom Rodelhügel. Unter den Achseln breiteten sich dunkle Flecken aus. Die Schultern zuckten ungeduldig.

»Und wer mag dieser unbekannte Verschwörer sein?«

Bei diesen Worten sprang Katuschkin sogar von seinem Stuhl hoch und trommelte mit der Faust auf den Tisch.

»Eben! Eben! Das ist die Frage – wer? Aber vielleicht sind es mehrere? Denunziert wird jetzt quer durch die Stadt, wie im Taumel! Ein Sturzbach! Im letzten Monat sind im Justizministerium fünfzehn anonyme Anzeigen gegen ausländische Agenten eingegangen. Fünfzehn!«

»Gegen diverse Vereinigungen?«

»Ja, gegen den Ökologenverband, das Zentrum für Arbeitersolidarität, das Gulag-Museum, die unabhängige Gesellschaft für Rechtshilfe, und so weiter, und so weiter, ich zähle nicht alle auf. Sie hätten angeblich dem Ministerium nicht gemeldet, dass sie Geld aus dem Ausland erhalten. Nun, bei einigen wird die Meldung wohl unterblieben sein, bei anderen wird man vergessen haben, die Internetseite entsprechend zu kennzeichnen.«

»Eine Gesetzesverletzung also«, stellte Sopachin verdrossen fest.

»Ja, genau, ich sehe deren Logik. Das Volk solle nur sehen, dass diese Gauner nicht das Edle und Gute im Sinn haben, sondern nur, wie sie ihre Eurodollar einstreifen können!«, setzte Katuschkin mit einem verächtlichen Lächeln an. »Aber nicht nur das, sie haben es auch auf mich abgesehen.«

»Auf Sie? Weshalb? Sind Sie auch ein Auslandsagent?«, fragte Sopachin finster.

»Ja, sie wollen mir anhängen, dass ich ein Medien-Auslandsagent sei. Für das Sportfest haben sie mir die Akkreditierung verweigert ... Das ist ja, ist ja ...«

Plötzlich verfiel Katuschkin in ein hysterisches Gelächter, verbog sich in alle Seiten wie eine Gummiwurst, prustete los, schlotterte mit den Knien und zog so die allgemeine Aufmerksamkeit auf sich. Viele blickten von ihren Tellern auf und schauten misstrauisch zu dem verdächtig fröhlichen Gast. Eine Frau mit Damenbart und füllig wie ein Wasserturm wogte an ihm vorbei und rempelte ihn mit strenger Ermahnung an: »Mein Herr, benehmen Sie sich, wie es sich gehört!«

Katuschkin legte augenblicklich den Finger auf den Mund, wie um zu demonstrieren, dass er es einsieht und sofort zu verstummen bereit ist. Sein Lachkrampf legte sich, nur aus dem linken Auge kullerte unter dem Glas der Brille eine einzelne Träne. Dann zog Katuschkin aus der Hosentasche ein überdimensioniertes und nicht mehr sehr sauberes, kariertes Taschentuch hervor, nahm die Brille ab und wischte sich über das noch wie nach einem Sonnenbrand glührote Gesicht.

Sopachin fragte: »Sie bekommen also Geld von dort?«

»Darum geht es ja«, antwortete Katuschkin mit nach dem Anfall noch immer verzerrter Stimme, »ich arbeite allein, ein paar helfen noch mit, wir haben eine kleine Internetseite. Das Geld dafür besorgen wir über Crowdfunding, via Open Wallet.«

»Ja und?«

»Und die sind draufgekommen, dass unter den Spendern auch Ausländer sind. Konkret irgendeine wohlmeinende Frau aus Odessa. Da sind sie in Aufruhr geraten und haben alles umzudrehen begonnen. Aber was gibt es da umzudrehen bei einem einzigen Tausender! Ein lächerlicher Betrag.«

Katuschkin legte Daumen und Zeigefinger übereinander und kniff die Augen zusammen, um zu zeigen, wie klein der Betrag war. Seine Hand nahm die Form eines Kakadus im Profil an, verwundert leuchtete das Oval des Auges, das Schöpfchen zitterte.

»Aber es geht ja gar nicht so um mich«, fuhr Katuschkin fort, »ich möchte einfach gerne wissen, warum jetzt so eine Umtriebigkeit ausgebrochen ist. Die von der Sonderabteilung ›E‹ schwärmen überall hin aus.«

»Die sind doch seit jeher zu meinen Schülern gekommen, um sie zu ermahnen«, murrte Sopachin, »dass sie sich ja nicht auf diesen schändlichen Internetseiten herumtreiben, wo auf die Amtsträger geschimpft wird.«

»Ja, ja, ich weiß«, nickte Katuschkin, »das gab es immer wieder. Stimmt, sie haben Listen von Bürgeraktivisten erstellt. Und haben dann die Adressen abgeklappert, zur Warnung. Wenn ihr zu sehr auf eure Rechte pocht, dann schicken wir euch ins Lager, als Knastbubis. Nichtsnutzige Maulhelden. Schakale, Armleuchter …«

Er kicherte erneut los, und wie um sich selbst zu stoppen, schnäuzte er sich laut trompetend ins Taschentuch. Sopachin schaute in Richtung der Alten. Sie war verschwunden. Die Asiatin in der Schürze machte sich mit einem Schwammtuch zu schaffen und wischte den Tisch ab. Brösel, Teereste, zerdrückte Nudeln – alles landete im Abfalleimer.

»Die Tabletts nehmen, nicht stehen bleiben!«, kommandierte in der Ferne die Essensausgeberin.

Die Besteckzangen klapperten wie Kastagnetten. Die mit diesen Zangen bewehrte Hand der Essensausgeberin erinnerte an eine Krabbenschere. Einer Fruchtbarkeitsgöttin gleich, warf sie mit gnädiger Geste die Buletten auf die bereitgestellten Teller, ihr Antlitz flößte Furcht ein, ihre Hände boten Gaben dar. Seligen und konzentrierten Blickes gingen die Leute von ihr weg.

Katuschkin setzte fort: »Mir geht es darum, dass nach Andrej Ljamzins Tod kein Tag ohne irgendeine Verdächtigung oder Hausdurchsuchung vergangen ist. Bei wem? Bei allen, nach der Reihe, ohne Unterschied.«

»Sie wollen damit sagen, dass diese Abfolge von einer einzelnen Person ausgeht?«, warf der nach wie vor verdrossene Sopachin ein.

»Nein, nicht unbedingt ...«, Katuschkin biss sich leicht auf die Lippen. »Dieser Anonymling hat quasi den Ton vorgegeben, verstehen Sie? Und die ganze Stadt hat ihn übernommen. Sie wissen ja, wie so etwas funktioniert. Wie bei der Mode! Die Mode ist eine steuerbare Epidemie, wie jemand einmal treffend gesagt hat.«

Beim letzten Satz des Journalisten wuchs bei ihrem Tisch eine Familie aus dem Boden, fast wie Pilze. Der Mann eine Morchel, die Frau ein Dickröhrling, die Kinder Pfifferlinge.

»Haben Sie sich für lange hier niedergelassen, Genossen?«, kläffte die Frau. »Die Leute finden nirgends einen Platz, und, schaut, die da haben gefressen und sich dann am ganzen Tisch breitgemacht.«

Die Esser wandten sich erneut und gespannt zu Katuschkin und Sopachin, in ihren Blicken lag Missbilligung. Ts, ts, ts, was für eine Disziplinlosigkeit. Wie kann man so frech öffentlichen Raum für sich in Anspruch nehmen.

Sopachin rutschte nervös hin und her, doch Katuschkin rief der Matrone zu: »Nur mit der Ruhe, Gnädigste!«

Die setzte schon zur Erwiderung an, und es wäre wohl zu einer unangenehmen Auseinandersetzung gekommen, wäre nicht weiter weg wo ein Tisch frei geworden. Der Mann zog seine Frau zur Seite, die Familie verschwand.

»Was sind das für Leute ...«, Katuschkin klopfte sich auf den Schenkel. »Worauf wollte ich hinaus? Ach ja. Staatsanwalt Kapustin. Ich sage Ihnen ganz im Vertrauen – zu dem bereite ich eine Bomben-Enthüllung vor. Ich habe eine Absprache zwischen dem Staatsanwalt und dieser

Marina Semjonowa in Verdacht. Gegen Schmiergeld wird sie in Ruhe und in Frieden gelassen.«

»Ein Verdacht wird da wohl nicht reichen«, bemerkte der Lehrer.

»Na klaro, aber ich hab' ja ein paar Papierchen. Ich habe da mit meinen Kollegen ein wenig nachgeforscht. Es gibt auch schon eine kleine Vorankündigung auf unsere Web-Seite. Es geht um die Aktien der Sprudelfabrik. Sie waren in Semjonowas Besitz – jetzt gehören sie Kapustin. Hokuspokus! Weiters: zehn Hektar Bauland in der Umgebung der Stadt. Gehörten der Semjonowa, jetzt ist es im Eigentum von Kapustins Schwiegermutter. Die Stadt wird das für ihre Erweiterung brauchen, das heißt, da gibt es ordentlich was zu handeln. Und schließlich die neue Erwerbung der Gattin des Staatsanwalts – eine mit Brillanten besetzte Uhr. Zu sehen auf ihrem Instagram-Account. Wir haben nachgefragt, was so eine Uhr kostet, Sie werden in Ohnmacht fallen! Hundert Jahresgehälter eines Staatsanwalts.«

Katuschkin keuchte und schnaufte, er wollte Sopachin unbedingt alles haarklein auftischen, der aber blieb eigenartig teilnahmslos und abwesend. In seinem Gesicht lag Gleichgültigkeit.

»Zu mir kommt gleich ein Schüler«, unterbrach er den redseligen Journalisten. »Ich muss gehen, Sie verstehen, Nachhilfestunden.«

Der Lehrer rückte geräuschvoll den Stuhl zur Seite und warf sich seinen Mantel über.

»Ja, ja, ist schon recht, bitte um Entschuldigung für die Zeit, die ich Sie in Anspruch genommen habe«, sagte Katuschkin fahrig und machte sich ebenfalls fertig zum Gehen. »Auch ich muss weg. Gleich in der Nähe wird ein Denkmal eingeweiht. Ich möchte das aufnehmen.«

Sie traten aus der durch und durch nach Borschtsch riechenden Kantine auf die belebte Straße. Der Sauerstoff fuhr ihnen augenblicklich in den Kopf. Es wimmelte von Tafeln und Schildern, als ob Händler zu beiden Straßenseiten ihr Geschäft betrieben. Ein Bäumchen hatte seine Wurzeln unter den Asphalt geschoben, sodass er aufgeplatzt war und kleine Buckel bildete. Sopachin schritt darüber hinweg wie ein abergläubisches Kind. Wenn du draufsteigst, stirbt deine Mama.

»Was für ein Denkmal?«, fragte er Katuschkin. »Mir ist da jetzt alles entgangen.«

»Haben Sie etwa nichts von jenen Streitereien gehört? Wegen des Denkmals für Peter und Fewronija. Ursprünglich wollte man eines für einen aus der Gegend stammenden Heerführer errichten, ich kann mich nicht an dessen Namen erinnern. Aber Sie als Historiker kennen ihn sicher. Dann hieß es, dass man eine Büste des letzten Zaren aufstellen sollte. In anderen Gebieten machte man das, warum nicht auch bei uns. Und schließlich einigte man sich auf die Heiligen Peter und Fewronija. Auch der Bischof gab dazu seinen Segen.«

»Ja, ja, die Werte der Familie«, nickte Sopachin. »Aber warum im Herbst? Deren Gedenktag ist doch im Juli?«

»Es war ja für Juli geplant, aber sie haben es verbockt ...«, erklärte Katuschkin. »Wohin müssen Sie? Bis zur Kreuzung? Ich komme mit Ihnen. Zu Peter und Fewronija habe ich ein sehr schwieriges Verhältnis, äußerst schwierig.«

Zum ersten Mal während des ganzen Treffens zeigte Sopachin ein Lächeln im Gesicht. Wie um es zu erwidern, knatterte ein Bus mit Gehupe vorbei, von dessen Seite Kinder mit Eishockeyschlägern winkten – eine Reklame für das kommende Sportfest.

»Welches Verhältnis kann man schon haben zu Heiligen?«, grinste er.

»Ich bin Orthodoxer. Doch dieses Pärchen ist nicht mein Fall«, antwortete Katuschkin ernst. »Nehmen wir den Peter. Erstens ist sein Bruder, der Fürst von Murom, kein richtiger Mann, sondern ein Waschlappen. Zu seinem Weib kommt jede Nacht ein feuriger Drache angeflogen und verlustiert sich sozusagen auf alle mögliche Weise. Ihm ist das ganz egal, ja er gibt ihr sogar Ratschläge, so nach der Art, wenn zu dir der Drache kommt zum lieb tun, streichle ihn und frag, woher er seinen Tod erwartet.«

»Das ist doch eine List. Wie hätte es sonst gehen sollen?« Sopachin verstand nicht. »So haben sie herausgefunden, wie man den Drachen töten kann. Und die Fürstin war keine liederliche Frau, der Drache hat sie vergewaltigt. Vor den Augen des Mannes.«

»Erstens hat das gar nicht nach Vergewaltigung ausgesehen. Sie ist derart auf Zärtlichkeiten aus mit dem Drachen. Und zweitens hat sie ihn ja in natura gesehen. Stellen Sie sich vor, mit so einem Reptil zu schlafen! Was für eine widerliche Abartigkeit!«

»Nun gut. Und was passt Ihnen an Peter selbst nicht?«

»Dass er für mich ganz und gar kein Heiliger ist. Wie war das noch mal … er hieb den Drachen in der Mitte entzwei, oder? Er befleckte sich mit Drachenblut, worauf sich übelriechender Schorf auf seiner Haut bildete. Wie Aussatz. Und dann kommt so ein Bauernmädchen, das sich als Quacksalberin oder Wunderheilerin erbötig macht, ihn zu heilen. Zum Preis, dass er sie heiratet. Denken Sie nur, was für eine eigennützige Hexe! Wäre sie eine Heilige, hätte sie auf Geschenke, auf jede Gegenleistung verzichtet, hätte um des Heilens willen geheilt. Aber nein,

Fürstenfrau wollte sie unbedingt werden. Doch Peter war auch nicht blöd und hatte es nicht eilig mit dem Heiraten. Über ihre Schönheit steht in den Quellen übrigens nichts geschrieben. Das heißt, diese Fewronija muss eine Schreckschachtel gewesen sein.«

»Was Sie nicht sagen!«, lachte Sopachin hell auf, der jetzt im Freien ganz seine gedrückte Stimmung abgelegt hat. Es war ein kalter, aber trockener und sonniger Tag, der Schmutz an den Straßenrändern zerfloss nicht zu dünnem Schlick, sondern gefror zu trockenen, sandartigen Flecken. Darauf waren die Abdrücke von Reifen und Schuhsohlen zu sehen. Der Wind wirbelte Katuschkins Haare zu einer beeindruckenden Frisur, blies ihm in den Mund, sodass seine Mandeln froren. Voll in Fahrt geraten, schrie er, um den Straßenlärm zu übertönen:

»Ich sag's wie's ist. Eine hässliche Zauberin! Jung war sie höchstens! Und so berechnend und hinterhältig muss man erst einmal sein, dass man den ganzen Körper heilt, aber eine schorfige Stelle zurücklässt. Damit die Schwären wiederkommen.«

»Verstehen Sie doch«, Sopachin hielt inmitten des Gehsteigs inne, »sie tat dies, um ihn zu Ehrlichkeit zu erziehen. Sonst hätte sich der Schlaumeier selbst geheilt und das Versprechen nicht gehalten.«

»Er hätte jedes Recht dazu gehabt, nach ihrer Erpressung.« Katuschkin zupfte ihn am Ärmel. »Sie hat ihn ja vor die Wahl gestellt: Entweder du heiratest mich, oder du wirst bei lebendigem Leib verfaulen. Der arme Kerl wurde in eine Falle gelockt. Und auch dann noch hätte er sich gern ihrer entledigt. Erinnern Sie sich, wie sein Bruder gestorben und Peter Fürst geworden ist? Die Bojaren lehnten sich auf, weil die Fürstin eine aus dem einfachen Volk war.«

»Ja, und man schlug ihm vor, sie mit allen erdenklichen Schätzen aus der Stadt fortzuschicken und eine Ebenbürtige zu heiraten.«

»Genau. Und er sagt dazu nicht Ja und nicht Nein. Er wäre das Weib ja nur zu gerne losgeworden, aber wer weiß, was sie ihm dafür antun würde. Vielleicht verzaubert sie ihn in irgendwen. Eine schreckliche Geschichte, schrecklich. Und das soll leuchtendes Beispiel einer idealen Familie sein!«[14]

Sie blieben an einer Kreuzung stehen. Ihre Wege trennten sich.

»So, ich muss nach links«, sagte Sopachin.

»Hat mich sehr gefreut, bleiben wir in Kontakt.«

Der Lehrer und der Journalist verabschiedeten sich voneinander, gaben sich die Hand, und bewegten sich in entgegengesetzte Richtungen. Nach ein paar Schritten bog Katuschkin zu einem Durchgangshof ein, um den Weg zum Platz abzukürzen. Der Hof lebte sein typisches buntes Leben. Beim Zaun eines Gärtchens döste ein Alkoholiker vor sich hin. Eine Frau hängte Wäsche am Fenster auf. Kinder wälzten sich beim Geripp eines Karussells im Schmutz.

Katuschkin ging an einer Garage vorbei, aus der eine mechanische Stimme drang – jemand reparierte sein Auto und hatte dabei den Fernseher laufen. Seine Beine umkurvten akkurat die Ränder der hier nie verschwindenden Pfützen. In einer schimmerten, unter den Wasserbläschen, dunkel am Boden Gegenstände, die niemand mehr brauchte: eine zerlumpte Galosche, ein paar schwarz geworde-

---

[14] Es gibt in Russland in einer Reihe von Städten Denkmäler dieser »Familienheiligen«.

nen 50-Kopeken-Münzen, Bierkapseln, Griffe von Plastik-tragtaschen, eine sich in Auflösung befindliche Schnur. Über die Pfütze war ein Brett gelegt. Weiter schlängelte sich ein Pfad zur benachbarten Straße.

Als er über alle Hindernisse hinweg war, hörte er hinter sich das Knarren und Knirschen von entschlossenen Schritten. Ein jäher Schlag in die Kniekehle, und er lag am Boden. Jemandes fester Schuh trat ihm aufs Ohr. Ein zweiter Angreifer versetzte ihm einen Tritt mit seinem Stiefel. Katuschkin wurde in den feuchten Sand gedrückt. Seine Augengläser zersplitterten.

»Wer? Was? Hilfe!«, schrie der Unglückliche, aber wieder wurde er mit Tritten so traktiert, dass er sich zappelnd und zuckend wand und drehte.

Im Versuch, sich den Tritten zu entziehen, verdrehte er seinen Körper zu den abenteuerlichsten Knoten und exzentrischsten Haltungen. Die Knie drückten sich an die Stirn, die Ellbogen in die Nabelgegend. Der Geprügelte wehrte sich. Wie ein auf dem Rücken liegender Käfer zappelte er auf dem eingetrockneten Schlamm. Sein Geschimpfe ging über in ein Stöhnen. Die Zunge, in die er sich gebissen hatte, schmerzte höllisch, die Hüften taten von den Schlägen weh. Von den zerbissenen Lippen liefen rosa Bläschen.

»Wenn du Aas deine Nase in die Sachen des Ober-staatsanwalts steckst, wirst du schnell verschwinden. Ist dir das klar? Kapiert?«, setzte einer nach.

»Wir verscharren dich, verstanden? Schreihals, du stinkiger!«, bekräftigte ein anderer. In seinem Mund sammelte sich ein ganzes Arsenal von Schimpfwörtern.

Jemand ging vorbei – Katuschkin merkte es am Rascheln der Stauden und an einem unterdrückten Rufen.

»Hilfe!«, ächzte er, doch der unsichtbare Passant eilte erschrocken weiter. Den stiernackigen Schlägern war das egal. Sie traktierten seine Rippen, um ein Geständnis herauszuprügeln:

»Wirst du weiter Schmierereien verbreiten? Ja oder nein?«

»Nein«, röchelte Katuschkin. Seine taub werdende Zunge spürte einen Splitter im Mund. »Etwa ein Zahn?«, ging es ihm wirr durch den Kopf. »Wird das Geld für den Zahnarzt reichen?« Die Banditen traten weiter auf ihn ein. Die Wirklichkeit verschwamm zu einem stummen Kaleidoskop. Die Bilder rissen immer wieder ab. Katuschkin war wie weggetreten.

»Du unterschreibst einen Widerruf! Hast du verstanden, du Dreckshund! Eine Entschuldigung auf Video! Und kei-ne Ar-ti-kel mehr!«, hämmerten die Finsterlinge.

Eine Frau schrie auf – man hatte sie bemerkt und Alarm geschlagen. Es wurde ein letztes Mal auf Katuschkins Rücken eingedroschen, bis ihm endgültig die Sinne schwanden. Die Muskelprotze hauten ab und ließen den zerprügelten, sich in seinen Schmerzen windenden Reporter zurück.

Sie begaben sich auf eine belebte Straße und eilten dann zu dem Platz weiter, auf dem sich bereits die Leute tummelten. Dort erspähten sie über die Köpfe der Menschen hinweg das verhüllte Denkmal. Beim Postament klickten schon die Kameras. Der Bürgermeister hielt eine Rede. Es ertönten Worte wie »Treue« und »Keuschheit«. Frauen in den ersten Reihen hielten kleine Kinder in die Höhe. Neben dem Bürgermeister stand der Bischof. An der linken Hüfte des Bischofs glänzte eine Streitkeule.

Und gerade als der Schlägertrupp wieder zu Atem kam, vollzog sich vor ihm der feierliche Akt. Das Tuch fiel und gab die Figuren von Peter und Fewronija frei. Zu Peters Füßen hauchte der Drache sein Leben aus. Die versammelte Gemeinde klatschte.

## 12

Lenotschka trat mit zwei Freundinnen aus dem Kinosaal, sie hielten Popcorntüten in Händen, in denen noch ein paar Reste raschelten. Das Personal öffnete dienstbeflissen die Abfalleimer, mit dumpfem Geräusch landeten die Tüten darin.

»So ein Horror. Ich hätte mich fast angemacht!«, plapperte die eine, kleingewachsene Freundin. Auf ihren Nasenflügeln schimmerten die mit Abdeck-Crème zugespachtelten Sommersprossen durch. Laut klapperten die dünnen Stöckel.

»Aber geh', ich hab' mich kein bisschen gefürchtet, wir hätten uns besser eine Komödie anschauen sollen«, wandte die andere, eine Schwarzhaarige, ein, während sie eine störende Strähne zur Seite blies. »Da hätten wir uns wenigstens abkugeln können.«

»Na ja, da waren schon einige Szenen …«, sagte Lenotschka. »Zum Beispiel die, als sich der Bub in einen Zombie verwandelte und auf die Mutter losging. Habt ihr bemerkt, wie da den Burschen in der Reihe hinter uns die Hosen geflattert haben?«

»Als sie begannen, gegen unsere Rückenlehnen zu drücken?«, prustete die Schwarzhaarige. »Die wollten doch nur anbandeln mit uns.«

»Hätten sie es wirklich wollen, hätten sie es auch getan«, bemerkte die Kleingewachsene enttäuscht.

Im Einkaufszentrum ging es noch sehr geschäftig zu. In den Schaufenstern schwammen Verkäuferinnen wie in Aquarien, die Puppen glotzten starr und unbeweglich auf die Kunden. Einige dieser Puppen standen ohne Kopf da. Das Leben hatte sie zu ewiger Schaustellerei verdammt.

Sie verkörpern stets den letzten Schrei. Sie überreden die Leute dazu, sich herauszuputzen. Sie schwindeln.

»Oh, wie träume ich von so einem Haarstyler«, seufzte Lenotschka und hielt plötzlich inne.

»Warum kaufst du ihn dir nicht?«, raunzte die Schwarzhaarige zurück.

»Ich habe ja einen, wäre schade, ihn wegzuwerfen ...«

Sie näherten sich einer Brüstung, unter der sich wie Ziehharmonikas die Rolltreppen bewegten. Man konnte ein wenig sehen, wie es in den unteren Etagen zuging. Diese schienen exakte Kopien ihrer Etage zu sein. Als ob sich Spiegelbilder vervielfacht hätten.

»Wollt ihr eine Gruselgeschichte von einem Einkaufszentrum hören?«, fragte auf einmal die Kleingewachsene.

»Welche? Auch was mit einem Zombie?«, erkundigte sich die Schwarzhaarige ironisch.

»Nicht ganz. Ein Bekannter hat sie mir erzählt. Eine wirkliche Geschichte. Eines Nachts wollte er ein Bier, aber in seinem Kühlschrank war keines mehr. Da fiel ihm der Supermarkt hier ein, der vierundzwanzig Stunden geöffnet hat.«

»Der hier?«

»Ja, genau der. Ganz unten, im Untergeschoss. Also er kommt hierher. Aber es kommt ihm vor, als ob alles irgendwie ein bisschen anders als sonst ist. Die Security beim Eingang wirkt sonderbar, das Kassenpersonal auch. Er ging durch die Reihen, aber nirgends ein Bier. Er schaute und schaute, doch in den Regalen war überhaupt nur seltsames Zeug. Leere Verpackungen. Keine Waren. Er irrte herum, suchte nach einem Verkäufer, dann nach dem Ausgang. Alles umsonst!«

»Wo ist der Ausgang hingekommen«, fragte Lenotschka erschrocken.

»Er ist verschwunden, weg. Mein Bekannter begann, an der Wand entlang zu gehen. Um fünf Ecken, fünf Abbiegungen – alles umsonst. Plötzlich hört er eine Frauenstimme hinter dem Regal: ›Hilfe! Ich habe mich verirrt!‹ Er antwortet ihr: ›Gehen wir zusammen entlang des Regals, bis zum Ende.‹ Aber nichts zu machen. Das Regal nimmt kein Ende. Und die Frauenstimme erwidert: ›Ich bin schon einen ganzen Monat hier und finde nicht hinaus. Und das Telefon hat keinen Empfang …‹«

»So ein Unsinn!«, platzte die Schwarzhaarige heraus. »Wie sind sie dann rausgekommen?«

»Er hat einen von der Security gesehen, lief zu ihm, und der hatte gerade den Kopf so gebeugt, dass zu sehen war: Der ist doch gar kein Mensch, sondern ein Hologramm. Eine Computer-Animation. Am Scheitel hat er ein Loch. Da spuckt der Bekannte auf ihn, so einen richtigen Auswurf von ganz tief. Das Hologramm zerfällt, die Wand öffnet sich, und er springt hinaus. Bis jetzt bringst du ihn nicht wieder hier herein.«

Lenotschka musste herzlich lachen: »Das ist doch keine Gruselgeschichte. Eine Gruselgeschichte ist, wenn du wirklich nicht mehr weißt, ob wahr oder erfunden. Zum Beispiel dort, seht ihr dort hinten die Kinderspielecke?«

»Ja, und was ist damit?«

»Einmal hat eine Frau ihren vierjährigen Sohn hierher gebracht, hat ihn zum Spielen da gelassen und ist in die zweite Etage gegangen, um sich dort eine Winterjacke zu kaufen. Nach einer halben Stunde kommt sie zurück, aber der Bub ist nirgends. Und die Angestellten tun aufrichtig verwundert, man sehe sie hier zum ersten Mal. Und da sei nie ein Bub dagewesen. Sie ruft bei der Polizei an, aber die glauben nicht ihr, sondern den Angestellten in der Kinderecke. ›Sie selbst‹, so sagt man ihr, ›haben das Kind verschwinden lassen und schieben jetzt die Schuld auf andere.‹«

»Und, weiter?«

»Es vergingen zwei Wochen, die Frau setzt alle Hebel in Bewegung, da wird sie von einer unbekannten Nummer angerufen: ›Sie haben bekanntgegeben, dass Sie Ihren Sohn verloren haben. Wir haben ihn gefunden, an einer Umfahrungsstraße. Er stand da am Rand und weinte.‹ Sie haben ihn von den Bildern erkannt.«

»Und woher hatten die ihre Nummer?«, fragte die Schwarzhaarige. »Hat sie etwa der Bub ihnen diktiert?«

»Vielleicht haben sie es nach Stichwörtern herausgegoogelt – Kind verschwunden, Einkaufszentrum – wer weiß«, murrte Lenotschka. »Also sie bringen den Sohn nach Hause, und da entdeckt man unter seinem Hemd eine Narbe über die ganze Hüftseite. Es wird ein Ultraschall gemacht – und es stellt sich heraus, dass eine Niere fehlt ...«

Die Kleingewachsene grunzte in ihr Fäustchen: »Wenn das Organjäger waren, dann waren die ohnehin sehr gutmütig! Haben nur eine Niere herausgenommen und dann wieder ordentlich zugenäht. Da bleibt ja noch die zweite. Und die Milz. Und noch vieles mehr!«

»Vielleicht sind das eben keine Mörder«, wandte Lenotschka ein. »Vielleicht sind das keine Organdealer, vielleicht handelt es sich um eine Familie, deren Kind im Sterben liegt und das eine Niere benötigt. Und dieser Bub war den Analysen nach der Richtige.«

»Auch ein Unsinn«, bemerkte die Schwarzhaarige. »Gehen wir lieber einen Cocktail trinken.«

Sie gingen in die Bar, die sich im selben Stockwerk befand, und setzten sich in eine Ecke. Außer ihnen befanden sich, schon angeheitert, einige Liebespärchen an den Tischen, in Gesellschaft von ein paar wenig attraktiven Männern.

»Da kannst du auf keinen ein Auge werfen«, bemerkte die Schwarzhaarige. »Da musst du nach Moskau. Alle Junggesellen über zwanzig sind dort.«

»Ja, bei uns haben die gegen dreißig schon alle einen Bauch und einen Bankert«, kläffte Lenotschka.

Die Kleingewachsene seufzte: »Was, magst du keine Kinder?«

»Ja, doch, ich bin bloß schlecht aufgelegt jetzt«, klagte Lenotschka. »Man hat mich erniedrigt. In die Abteilung für Materialbeschaffung gesteckt. Das ist das Letzte vom Letzten.«

»Was heißt das! Die halbe Stadt würde sich die Finger abschlecken für einen solchen Job«, bemerkte die Schwarzhaarige und blies wieder ihre widerspenstige Strähne weg.

Ihre Finger fuhren blind über die Karte mit den alkoholischen Getränken.

»Was also, Bloody Mary, oder Sex on the Beach … Habt ihr euch entschieden?«

»Ich hatte einmal Sex am Strand«, gestand die Kleingewachsene ungefragt. »In der Türkei, während des Urlaubs. Wenn ihr den Türken sehen würdet, Mädels! Riesengroße Augen. Jeden Tag hat er mich mit Komplimenten überhäuft. ›Mein Herz‹, sagte er, ›macht ohne dich nicht bum-bum.‹ Könnt ihr euch das vorstellen?«

»Ja, die Geschichte haben wir schon gehört«, winkte Lenotschka ab. »Ich werde eine Piña Colada nehmen. Obwohl, eigentlich ist mir eher nach einem ordinären Wodka zumute …«

»Oj, Oj«, wurde die Schwarzhaarige auf einmal quirlig, »mir hat man von einem Cocktail erzählt, ihr werdet umfallen. Die Chefin hat ihn in Kambodscha probiert. Reislikör aus Tarantel, stellt euch das vor!«

»Aus einer Spinne?«

»Ja! Und sie wird ganz frisch erschlagen. Eine zweite bekommt man zum Dazubeißen. Drei Dollar kostet das Ganze.«

»Nein, mir lieber einen guten alten Mojito bitte«, schüttelte sich die Kleingewachsene vor Ekel.

Nach ein paar Minuten brachte ein pockennarbiger Kellner die Bestellung. Am Rand von Lenotschkas Glas steckte eine halbe Ananas-Scheibe. Ihre Lippen saugten am Strohhalm.

»Ich habe meinen Viktor schon seit ein paar Tagen nicht gesehen«, erklärte sie.

»Wohin ist er denn verschwunden?«, interessierte sich die Schwarzhaarige.

»Viel zu tun, sagt er, sehr viel. Er antwortet nur alle halbe Zeit auf meine SMS. Gestern hab' ich ihm geschrieben ›Träume süß‹, und er antwortet: ›Du auch.‹ Mit einem Punkt am Ende.«

»Und Smileys?«, fragte die Kleine.

»Kein Smiley und kein Herzchen. Gar nichts. Sehr nüchtern.«

Lenotschka versagte die Stimme.

»Und davor«, setzte sie fort, »haben wir einmal vereinbart, uns nach der Arbeit zu treffen. Um sechs schreibt er mir kurz, dass er sich verspätet und sich in einer Dreiviertelstunde wieder meldet. Und dann kam nichts mehr. Ich habe ihm nach einer Stunde geschrieben, wie es denn aussehe. Er hat es nicht sofort gelesen. Dann, als er es gelesen hat, keine Antwort.«

»Na so einer ...«, warf die Kleine mit kaum verhüllter Schadenfreude ein.

»Nach weiteren zwanzig Minuten schreibt er: ›Schatzi, ich weiß nicht, wann ich loskomme, ich schreib' dir.‹ Sagt mir, was hätte ich da machen sollen. Ich war herausgeputzt, hatte ein Kleid angezogen, und hing nun in der Luft. Weder Fisch noch Fleisch. So hing ich bis um ungefähr zehn in einem Café herum, noch immer in der Hoffnung, er würde auftauchen. Einen ganzen Liter Tee habe ich in mich hineingeschüttet.«

»Und, was war?«

»Es war schon gegen zehn, ich sitze da und heule, als ich eine Nachricht bekomme: ›Na, was machst du, wie geht's?‹ Er ist also aufgewacht. Ich schreibe zurück: ›Ich bin mit Bekannten unterwegs.‹ Damit er nicht denkt, ich würde da allein vor mich hin leiden.«

»Und er?«

»Er schreibt: ›Das heißt, die bringen dich nach Hause. Ich bin hundemüde. Geschwind eine Dusche und dann leg ich mich ins Bett.‹«

Die Schwarzhaarige verzog entrüstet ihr Gesicht: »Er ist nicht einmal gekommen, um dich nach Hause zu führen?«

»Nein, ich musste mir ein Taxi leisten, ihr wisst ja selbst, gegen Mitternacht in unserem Viertel zu Fuß ... Besser nichts riskieren. Nur schade, dass der Fahrer so ein belämmerter Kaukasier war. Er ist lange herumgekurvt, hat unbedingt meine Telefonnummer haben wollen ...«

Lenotschkas Telefon blinkte, sie fuhr hoch, hielt sich das Display vor die Augen, ihre verschwommene Iris wurde vom LED-Licht angestrahlt.

»Nein, das ist nicht er«, tat sie enttäuscht kund. »Es ist die Mama.«

»Soll er sich doch verziehen, dein Viktor«, sagte die Kleine und verzog ihr Gesicht. »Er ist, scheint es, einer von der Sorte ›rein, raus, und nach Haus‹.«

»Nein, nein«, protestierte Lenotschka, »er ist bloß sehr beschäftigt. Sie haben jetzt sehr viel zu tun in ihrer Einheit. Und schließlich hat er mir doch ›Schatzi‹ geschrieben. Das ist doch zärtlich, oder?«

»Schatzi ... Scheißerl ...«, murmelte die Schwarzhaarige. »Jag' ihn zum Teufel. Er spielt doch nur mit dir, macht sich begehrt. Er ist einfach ein Esel.«

In der eigenartigen Runde nebenan erhob sich in voller Länge ein Bursche, der bislang mit dem Rücken zu ihnen gesessen war. Hochgeschossen wie er war, erinnerte er an einen Jahrmarktsschreier auf Stelzen.

»Tolja!«, rief Lenotschka. »Ich hab' dich gar nicht bemerkt.«

Tolja trat verlegen von einem Bein auf das andere, nickte. Von seiner früheren Lebhaftigkeit war nichts zu merken. Es blieben nur unruhige Bewegungen. Seine fahrigen Hände verrieten Nervosität.

»Willst du dich nicht zu uns setzen?«, fragte Lenotschka.

Tolja nahm Platz. Seine Kumpel in der Ecke schauten auf ihn und lachten spöttisch.

»Grüß' dich«, sagte er dumpf. »Sind das deine Freundinnen? Ich bin Tolja.«

Man machte einander bekannt. Die Schwarzhaarige sog die letzten Tropfen aus ihrem Cocktailglas, während sie sich vorstellte. Sie winkte dem Kellner und bedeutete ihm mit dem Teufelszeichen, ein zweites Glas zu bringen.

»Mich hat man fürs Erste auf freien Fuß gesetzt, mit Meldepflicht«, teilte Tolja unvermittelt mit.

»Für wie lange?«

»Bis zum Gerichtsverfahren. Und da werde ich hoffentlich freigesprochen.«

»Was haben Sie denn konkret gemacht?«, fragte die Kleine.

»Ich hab' auf meiner Seite ein Bild hochgeladen. Ein Foto von der Chefin«, murmelte Tolja.

»Ah, das! Das war doch überall im Netz zu sehen«, bemerkte die Schwarzhaarige kühl, »wer nicht aller hat dieses Foto geteilt.«

Lenotschka erläuterte: »Tolja hat das mit Photoshop gemacht. Im Original ist die Chefin mit einer Peitsche im Mund zu sehen, auf seinem Bild – mit einem Kreuz. Das wurde als Gotteslästerung gewertet.«

»Das stimmt nicht, Lena, Photoshop hab' nicht ich gemacht! Ich weiß nicht wer. Ich habe es bei einem Bekannten gesehen und dann Reposts geschickt, nicht mehr.«

»›Zuerst das Kreuz im Mund, dann was anderes im Schlund‹, das kommt doch von dir, oder nicht?«, hakte Lena ein.

»Wieso jetzt von mir? Nein, ich sag' doch, ich war's nicht.«

Tolja blickte finster drein. Bis vor kurzem noch war er ein Bonvivant. Sein Onkel war mit den Potentaten des Gebiets auf du und du: Von Kindheit an war er mit einer sehr wichtigen Person aus der Umgebung des Gouverneurs befreundet. Diese sehr wichtige Person schenkte dem Onkel ein Anwesen in einem als Reservat ausgewiesenen Wald. Der Onkel machte sich zum Jäger und empfing dort ständig hohe Gäste – ehemalige Sportler, Bodyguards, Banditen, Halsabschneider, Geschäftsleute, Schutzgelderpresser und Geldsäcke, die durch einen Wink Fortunas als Generäle oder Minister an die Schalthebel der

Macht gelangt waren. Sogar der Gouverneur, sogar die Kontrolleure aus Moskau kamen mit größtem Vergnügen zu ihm auf Erholung. Sich an den heimatlichen Naturschätzen weiden.

Die Gäste fischten, sie jagten gekonnt Federwild, Elche, Feldhasen, Wildschweine. Die ausgeweideten Tiere schleifte man durch den Schnee, durch den sich schmutzig-rote Spuren zogen, und die Hunde sprangen mit gefletschten Zähnen wie toll auf und nieder. Während die Feuer entzündet wurden und die Köche das Wild abbalgten, zerhackten und zerteilten, heizte Toljas Onkel persönlich die Banja ein und bat die müden Jäger auf die heißen Liegen aus Lindenholz. Er breitete unter die erlauchten Köpfe ein Bündel heilkräftiges Wacholderreisig und schlug mit seiner Birkenblätterrute eifrig auf die glattrasierten Schenkel und Rücken. Tolja, der Lieblingsneffe, machte die Aufgüsse, das Wasser zischte nur so auf den glühenden Kohlen. Die Gäste stöhnten behaglich und baten um noch einen Aufguss. Einer stürzte sich mit einem urtümlichen Schrei in das eisige Becken; das klirrend kalte Wasser stach wie Nadeln, brannte und spannte. Und während das fürstliche Essen bereitet wurde, gluckste im Vorraum der Banja neben gesottenen Krebsen der Wodka in die Gläser, und Mädchen scherzten und lachten. Unter den nassen Handtüchern zeichneten sich sichelförmig ihre nackten Brüste ab.

Es war damals, dass Andrej Iwanowitsch Ljamzin, die Hände klebrig von den Chitinpanzern, mit Filzkappe und vom Banja-Schweiß feuchter Brust, den umtriebigen Tolja bemerkte und ihn für sich Parasitenwurm nannte. Und damals überredete der Onkel den Andrej Iwanowitsch, Tolja eine Rutsche in dessen Ministerium zu legen.

So wurde Tolja untergebracht. Er begann, sich auf Jugendtreffen und -kongressen umzutun. In Moskau bekam Tolja berühmte Sänger und die höchsten Vertreter des Staates zu Gesicht. Diese sprachen von der Bühne, und er stand in der Menge, inmitten der anderen von überall her angekarrten Schafsköpfe und schrie aus Leibeskräften: »Ja! Ja! Ja!«

Tolja kam zu einem Mercedes. Und der Onkel sprach schon davon, dass er eine Braut für ihn parat hätte, die Tochter eben jener sehr wichtigen Person, Absolventin einer ausländischen Universität und Gebieterin auf Instagram. Tolja sonnte sich in der Gunst des Schicksals und malte sich bereits den weiteren Aufstieg aus, doch kurz vor Andrej Iwanowitschs Tod hatte man die sehr wichtige Person unerwartet bei der Verschwendung einer Budget-Milliarde erwischt. Toljas Onkel stand plötzlich ohne Protektion da und verschwand in der Versenkung. Die Hochzeit wurde aufgeschoben. Das Damoklesschwert schwebte über ihm. Die Jägerei des Onkels geriet ins Wanken. Tolja legte seine Hochnäsigkeit ab.

»Ich habe lange über die Situation nachgedacht, alles hin und her gewendet«, sagte Tolja auf einmal, »und bin draufgekommen. Marina Semjonowa hat mich denunziert.«

»Wie denn das!«, ereiferte sich Lenotschka.

»Semjonowa? Die Besagte?«, fragte die Schwarzhaarige nach und machte sich an ihr zweites Glas Margarita.

»Wer denn sonst? Erstens weiß ich von jemandem, dass sie mich einmal mit Andrej Iwanowitsch gesehen und mich danach als einen unbrauchbaren Jammerlappen verspottet hat. Irgendetwas hat ihr nicht gepasst an mir.«

»Wer passt den der überhaupt jemals?«, warf Lenotschka ein.

»Offensichtlich nur sie selbst. Sonst niemand. Und da war noch etwas. Ich sitze, schon lange her, in einem feinen Restaurant und sehe an einem Tisch ganz hinten Andrej Iwanowitsch mit dieser Semjonowa. Sie sitzen da und sitzen da, es wissen alle um ihr Verhältnis, das ist ja kein Geheimnis. Aber da beginnt eine Szene. Sie nimmt eine Serviette und schleudert sie ihm mitten ins Gesicht!«

»Oho!«

»Ja, ja! Sie rückt polternd den Stuhl weg, steht auf, schreit und kreischt. Ein Hysterischer halt. Ich denk mir, nimm das sofort auf mit dem Telefon!«

»Zeig her!«, rief Lenotschka heraus.

»Würde ich ja gerne. Aber diese Furie hat mich bemerkt. In der Ecke saß fuchsteufelswild Ljamzin bei seinem Tee. Sie hat ihn gegen mich aufgehetzt. Damit ich die Aufnahme lösche. Und da hab' ich sie gelöscht.«

»Und sie?«

»Sie lief weg. Ljamzin blieb. Mir war es unangenehm, ich versuchte, nicht zu ihm hinzuschauen. Immerhin der Chef, noch dazu in einer unangenehmen Lage. So erniedrigt. Was ich damit sagen will? Sie hat einen Pick auf mich.«

»Sie will sich mit allen anlegen …«, murmelte die Schwarzhaarige.

»Aber das Wichtigste«, fügte Tolja geschwind hinzu, »das Wichtigste ist, dass das einen Tag vor Andrej Iwanowitschs Tod passiert ist.«

Lenotschka durchfuhr es. Elektrische Ladungen zuckten durch ihre dünnen, hellbraunen Haare. Der Stromschlag schlug Funken in ihr. Über beide Schultern spannte sich ein Bogen von hundert Ampère. Das Gift, welches sich in einem Grübchen unter Lenotschkas rosa Zunge angesammelt hatte, spritzte hervor:

»Ich bin auch überzeugt, dass sie es war! Überleg' einmal: Sie denunziert alle, erpresst alle und sitzt selber auf dem hohen Ross. Dabei hat sie jede Menge Dreck am Stecken. Hat nicht die Frau von Andrej Iwanowitsch ins Gras gebissen, sich vor lauter Depressionen die Adern in der Badewanne aufgeschnitten? Und was macht dieses Luder? Treibt sich im Theater herum, schmeißt Partys! Sie hat Ljamzin nicht geliebt, nein, nein!«

In Lenotschkas Hals drückte ein schwarzer Klumpen auf und ab, der Cocktailhalm drehte sich im Glas und stupste an ihr Kinn. Der Barmann schaute sich nach dem Lärm um, seinen Blick kurz von den Zapfhähnen, die er wie Welpen betrachtete, abgewandt.

»Ich hasse sie«, sagte Lenotschka mit heiserer Stimme.

»Sie hat ja schon einen neuen Liebhaber«, merkte Tolja an.

Er blickte sich nach seinen Spezis um, die aber hatten ihn schon vergessen und klopften sich mit Blick auf den tonlosen Bildschirm die Schenkel vor Lachen. Auf dem Schirm liefen auf schütterem, dunkelgrünem Gras Beine in Fußballschuhen. Ein gutes Dutzend Schuhe und Beine waren ineinander verkeilt und zappelten wie ein Tausendfüßler auf dem Boden. Der Schiedsrichter blies in seine Pfeife, die Gesichter der Fußballspieler waren verzerrt vor Verzweiflung. Stumm schrie es von der Tribüne. Der Ball flog ins Out.

»Und wer ist es? Wer?«, erkundigte sich die Kleine in unverfrorenem Entzücken. »Mit wem geht sie jetzt? Mit dem Gouverneur?«

»Ich hab' gehört, mit Kapustin«, zwinkerte Lenotschka.

»Nein, nein, der nicht! Ich habe die beiden selbst gesehen. Im Lift eben dieses Restaurants.«

»Wieder in dem Restaurant? Sie sind ein verwöhntes Kerlchen«, lächelte die Schwarzhaarige.

»Der Onkel hat mich eingeladen. Wir haben uns zu dritt getroffen, um meine Sache zu besprechen. Da musste ich, Pardon, auf die kleine Seite. Wasser ablassen. Das WC befindet sich dort ganz hinten, man muss an den VIP-Séparées vorbei. Im Gang gibt es einen eigenen Lift für jene, die so was reserviert haben. Ich trete also in diesen Gang, da geht der Lift auf, und die Semjonowa steht drinnen. Nicht allein. Beim Schmusen.«

»Beim Schmusen!«, quietschte die kleine Dicke.

»Mit wem?«, schmachtete die Schwarzhaarige.

»Mit Kapustin?«, lachte Lenotschka.

»Was heißt da mit Kapustin! Mit einem jungen Burschen! Und sie stehen einfach da, knutschen sich ab, denken gar nicht ans Aussteigen. Da hatte ich es nicht mehr eilig, machte mich sofort ans Aufnehmen. Mit dem Handy! Waren zwar nur drei Sekunden, am Anfang verschwommen, aber dann scharf im Fokus. Haha!«

Tolja jubilierte. Er klopfte mit den Handwurzelknochen ein unbekanntes Liedchen, ein triumphales Getrommel.

»Was soll das? Sind Sie etwa ein Paparazzo? Was beschäftigt die Sie so sehr?«, kam die Schwarzhaarige wieder und wieder auf ihre Frage zurück. Ihre Strähne fiel ihr in den Cocktail und verwandelte sich in eine klebrige Spindel.

»Warum sie mich beschäftigt?«, wurde Tolja lauter. »Ich bin völlig unschuldig, doch gegen mich wird ermittelt. Und sie, dieses gierige Diebsweib, sie lässt sich verdammt noch Mal mit allen möglichen Wüstlingen ein und führt ein ungestörtes Leben, diese blöde Kuh.«

»Zeigst du uns das Video?«, kam Lenotschka in Fahrt.

Tolja holte das Telefon aus der Hosentasche und fingerte daran herum. Zeichen leuchteten auf, ein File ging auf und über das ganze Display flimmerte ein kurzes Video. Die Freundinnen steckten die Köpfe zusammen und begannen zu flüstern. Zu dritt glotzten sie auf das sich umarmende Paar. In einem Mantel aus Jaguarfell und mit turmhoher Lockenfrisur gab sich die Semjonowa dem Drängen des Liebsten hin. Das Bild war für eine Sekunde verschwommen, wurde aber auf einmal scharf: Der Liebhaber hob Semjonowas Kopf zu sich und saugte sich an den Lippen der Schönen fest. Sein strohblondes, gelocktes Haar baumelte von der hohen Stirn, ein attraktives Profil war zu sehen, und Lenotschka erkannte in dem unbekannten Küsserkönig schreckgebeutelt ihren unauffindbaren Viktor …

Sie erinnerte sich an ihre Kindertage. Der Sommer war heiß, der Löwenzahn war im Verblühen. Vom Löwenzahn und den Pappeln flog luftiger Flaum. Er verstopfte die Nase und bedeckte den Boden wie Baumwollsamen oder Kokongespinste, in denen Schmetterlinge heranreifen. Lenotschka nahm von zu Hause Zündhölzer, ging hinab in den Hof zu den anderen Kindern und zündete den Flaumteppich an. Die dahinhuschenden blauen Flämmchen hinterließen Punkte schwarzen Mulms.

Einmal fand sich unter den Kindern auch das kleine Mädchen der Nachbarn. Sie war gerade vom Land, von der Großmutter, zurückgekehrt, und sie trug ein auffallend hübsches, wolkengleiches Kleidchen. Das Mädchen plapperte ununterbrochen und hüpfte herum wie ein Zicklein. Ein Staubkorn flog ihr ins Auge, das zu tränen begann, aber ihre Hand gelangte nicht hin, um es wegzuwischen. Statt der Hand hatte sie nur einen Stummel, der verbunden war. Die Mutter erklärte Lenotschka später, dass der Revierinspektor ihr die Hand abgehauen habe, weil sie wo Bonbons gestibitzt hatte. Lenotschka trug danach lange einen zehrenden Schrecken in sich.

Ein andermal holte sie ihr schon leicht angetrunkener Vater vom Park ab, wo sie schaukelte. Er ging nicht mehr ganz gerade. Er war gut aufgelegt und in Feiertagslaune. Bei einem Straßenverkäufer erstand er einen riesigen Bausch giftig-roter Zuckerwatte. Ihr Weg führte am Bahnhof vorbei, da juckte es ihren Vater, in der schäbigen Bierstube einzukehren, auf deren kleiner Veranda seine alten Saufkumpane sich laut und fröhlich unterhielten. Sie fuhren Lenotschka mit ihren Händen, deren Fingernägel ganz schwarz waren, durch die Haare. Ein Trunkenbold zog aus seiner Hosentasche ein Stück Würfelzucker hervor und überreichte es ihr mit einer manierlichen Verbeugung. Sie, die ehemaligen Erbauer des Sozialismus, scharten sich um die Stehtische, vor ihnen die schweren, gelben Krüge mit dem Hopfengetränk, aus denen der weiße Schaum quoll.

Lenotschka drängte nach Hause, doch der Vater, mehr und mehr angetrunken, schimpfte bloß. Rundum wurde gelacht und gestänkert. Lenotschka spürte Angst und Beklemmung aufsteigen und ging hinaus auf die Straße. Dort, vor der Bierstube, trieb sich eine Schar halbverwahrloster Buben herum. Sie rauchten und blickten spöttisch-herausfordernd zu Lenotschka. Der Frechste von ihnen, mit lässig in den Nacken geschobener Kappe, schnüffelte unentwegt an einem Säckchen mit Klebstoff. Das Säckchen atmete, blähte sich auf wie ein Frosch in Angriffshaltung.

»Na, du, hat dich dein Papsch fallen gelassen?«, kläffte er Lenotschka zu. »Wirst jetzt halt mit uns leben und im Kanal übernachten.«

Lenotschka klapperte vor Angst mit den Zähnen.

Wieder ein andermal fuhr Lenotschka mit ihrer Mutter im Autobus. Er war brechend voll, in ihrem Gesicht spürte sie fremde Hintern und scharfkantige Taschen. Aus den Taschen ragten Hühnerhaxen und Konservendosen mit Erbsen. Es wurde allenthalben geflucht. Über die Köpfe hinweg gab man sich die Fahrkarten weiter. Da drückte jemand, sie sah nicht, wer es war, fest ihre Hand. Das Herz klopfte ihr bis in den Hals. Die in der fremden Hand gefangenen Finger zuckten panisch, aber sie vermochte nicht zu schreien und nach der Mama zu rufen. Sie wurde gezwungen, den Reißverschluss eines Hosenschlitzes zu berühren und in etwas Weiches, Ekliges, Behaartes zu greifen.

»Lena!«, fuhr die Mutter sie an und riss sie an der Schulter. »Unsere Haltestelle.«

Ringsum drängten Körper und rempelten Ellbogen, Lenotschkas Hand war noch eine Weile in den grausli-chen Fängen zu verweilen gezwungen und kam dann end-lich frei. Ihre Finger entrissen sich der fremden, abartigen Wirtschaft, und der Strom der Passagiere drückte sie hin-aus. Die vergewaltigte Hand schien ihr eklig und absto-ßend. Lenotschka wollte so sehr losweinen, aber sie hatte heillose Angst vor der Mutter. Hätte sie von dieser schänd-lichen Sache erfahren, würde sie Lenotschka mit dem Pantoffel schlagen.

Jetzt, beim Anblick Viktors, wie er Marina Semjonowa küsst, überkam sie ein ähnliches Gefühl – Übelkeit und Gänsehaut.

»Das ist Viktor«, sagte sie.

»Welcher Viktor?«, fragte Tolja verdutzt.

»Viktor, Viktor, Viktor!«, kreischte Lenotschka, dräng-te Tolja zur Seite und lief aus der Bar. Ihr Cocktailglas fiel zu Boden und zerbarst in unzählige Splitter.

»He!«, schrie der Barmann ihr nach. »Spinnst du? Das gibt eine Strafe!«

Alle in der Bar drehten sich neugierig nach ihr um. Die Kleine trottete Lenotschka hinterher und ließ den verdat-terten Tolja allein mit der Schwarzhaarigen zurück.

»Bleib stehen!«, rief sie. »Bleib stehen, Lena!«

Aber Lenotschka eilte schon rempelnd und stoßend die Rolltreppe hinunter. Sie wurde angezischt. Der über-geworfene Mantel flatterte in alle Richtungen. Die Hand-tasche schlug an die Knie. Sie stürzte sich in die Drehtür und fand sich in einer im Dunkel der anbrechenden Nacht rätselhaft fremden Straße wieder. Ein paar Fassaden waren beleuchtet. Es war die Hauptstraße. Leute, Familien gingen auf den Gehsteigen, Musik war zu hören. Lenotschka war es grässlich zumute.

## 13

Der durchtriebene kaufmännische Leiter des Gebiets-
museums der schönen Künste erhielt bereits zum dritten
Mal Geld für die Reparatur des Fußbodens und schwor,
dass er in Ordnung gebracht worden sei. Doch die Dielen-
bretter knarzten dennoch gotterbärmlich. Besonders jene
beim Eingang zum Festsaal, in dem Wechselausstellungen
gezeigt wurden. Unter jedem Schuhabsatz ertönte ein jau-
lendes Quietschen, als würden junge Hunde geschlagen.
Und Absätze gab es an jenem Tag jede Menge. Es wurde
die Ausstellung des Porträtkünstlers Ernest Pogodin eröffnet. In einer hinteren Ecke zauberten ein Cellist und
zwei Geigerinnen auf ihren Instrumenten. Auf deren lackier-
tem Holz hoben sich schwarz die F-Löcher ab, und die
Bögen strichen verträumt über die Saiten.

»Darf ich bitten, bitte!«, rief die Museumsdirektorin
geschäftig, eine Dame mit Schäfchenlocken in der Blüte
ihres reifen Alters. Vor Aufregung hatte sich auf ihrem
Philtrum – dort wo der Kuss des Engels seine Spur hinterlässt – eine Schweißperle gebildet.

In der Mitte des Saales standen auf langen Tischen
Kristallgläser wie kleine Soldaten in Reih und Glied. In
ihren durchscheinenden schlanken Bauchungen perlten
Kohlesäurebläschen. Es wurde Champagner eingeschenkt.

Die Bilder hingen in leichter Neigung an Schnüren
herab und blickten finster drein. Gleich einem Geschwa-
der von Kriegsschiffen hoben sie sich vom Meer der
Stuckatur ab, die Barockrahmen glänzten wie Kanonen-
rohre. Von einem der Porträts blickte im Halbprofil mit
zusammengekniffen Augen der örtliche Innenminister,
angetan als Generalfeldmarschall Kutusow. Auf seiner

Brust lagen kreuzweise Ordensschärpen, von der Seite baumelte das Gefäß des Säbels. Auf einem anderen Bild war die Frau des Gouverneurs in der wie von Serow gemalten Pose der Fürstin Jussupowa zu sehen, mit schwarzem Samtband und dem lustigen Spitz zu ihrer Linken.

Von jeder Leinwand blickten Amtsträger, Sänger und Sportler, desgleichen ihre Frauen und Kinder, alle in Uniformen, Matrosenanzügen, Tournüren und Ballkleidern aus vorrevolutionärer Zeit. Und in der Mitte des Saales prangte triumphierend ein riesiges, wie ein Sagenungeheuer furchterregend dreinblickendes Gemälde – der Präsident Russlands, dargestellt als Zar Alexander III., der Friedensstifter, auf weißem Pferd mit Gefolge. Darunter war der Gebietsgouverneur auf einem Apfelschimmel auszumachen. Seine Generalsepauletten glänzten in der Sonne, die weiße Kokarde sprang ins Auge, unter den Hufen wirbelte der Staub.

Ernest Pogodin erschien zur Ausstellung, diesmal ohne Stock, dafür in einem gemusterten Brokatmantel, unter dem er ein russisches Hemd und türkische Pluderhosen trug. Als Begleitung hatte er eine junge Dame dabei, groß wie eine Bohnenstange, mit gut eineinhalb Meter langen Beinen. Bei jedem Schritt kamen diese erstaunlichen Beine im Schlitz ihres tiefroten Kleides zum Vorschein.

»Angelina«, stellte Pogodin sie vor, »eine angehende Schauspielerin.«

Es war allgemein bekannt, dass Pogodin so an die fünf Mal verheiratet war und in verschiedenen Städten für ein gutes Dutzend von Kindern mit Zufallsbekanntschaften aufzukommen hatte. Seine letzte Frau ist ihm davongelaufen, weil sie seine künstlerischen Anwandlungen nicht mehr ausgehalten hatte. Angeblich musste sie auf Geheiß

Pogodins das Ehebett mit Leintüchern, Polsterbezügen und Deckenüberzügen beziehen, auf denen sie selbst abgebildet war – Porträts von Pogodins Hand wurden per Sonderanfertigung auf Bettwäsche gedruckt. Die Ehefrau schüttelte die Pölster auf und wurde dann auf die Straße gejagt. Auf dem Bett tummelte sich hernach eine Schar blutjunger, heißer Nixen. Und während sich Pogodin auf den Abbildern seiner Frau den dionysischen Genüssen hingab, ging diese draußen vor dem Haus auf und ab und hatte ergeben abzuwarten, bis die Orgie vorbei war.

Im Saal krächzte und gellte es, das Mikrofon spielte verrückt. Die Gäste hielten sich die Ohren zu, bis das widerspenstige Ding in Ordnung gebracht war. Ihm näherte sich jetzt tänzelnden Schrittes der Kulturminister. Seine energiegeladenen Waden zuckten leicht. Seine gut trainierten Schultern strotzen vor Kraft. Mit jugendlichem Stolz ließ er seine Blicke durch den Saal schweifen: hier die verliebten Blickes nach vorne gerückte Museumsdirektorin, dort die handzahmen Reporter der örtlichen Zeitungen in ihren speckigen Hemden und aufgezäumt mit allerhand Gerät, dann die Bulldoggen-Physiognomien der Staatsangestellten, die sich vor den Porträts verbeugten, und endlich die allgegenwärtigen Damen der feinen Gesellschaft, seit einer Ewigkeit verblühte Kunstliebhaberinnen.

»Ernest Pogodin, das ist unser Dalí«, hob der Minister an, »er ist unser Spiegel und unser Chronist.« Die Rede des Ministers wurde blumiger und blumiger, sie atmete Pegasus' Eingaben: »Ein Triumph der Originalität …«, sagte er. »Geheimnisvolle und präzise Malerei … markanteste Persönlichkeit … das Metropolitan und der Louvre werden jetzt wohl unser Museum beneiden …«

»Ich schätze mich glücklich, ein Zeitgenosse Pogodins zu sein«, schloss der Minister.

Er sah sein Originalporträt an der Seitenwand – der Minister mit Lomonossow'scher Perücke und im roten Kamisol. In seiner Hand ein Gänsekiel, daneben schimmert dunkel ein Globus. Er schreibt jemand Zukünftigem, durch Unbill und schwere Wolken hindurch den neuen Aufstieg Russlands ahnend.

Man applaudierte dem Minister. Als Nächste schwebte die Museumsdirektorin heran. Ihre Schäfchenlocken fielen in Spiralen herab, in jeder lag des Lebens Rätsel verborgen – das Weltall, die Milchstraße, die dunkle Energie, das Licht am Ende des Tunnels, die Mondphasen, die Papillarleisten, aufsteigende und absteigende Tornados … Die Rede der Direktorin ging über von Worten der Dankbarkeit. Die Dank- und Anerkennungsbekundungen an die Adresse des Ministers quollen aus ihr wie Hefeteig aus dem Weitling. Sie waren mit Zucker, Karamell, Muskatnuss, Kardamom, Zimt und Sirup verfeinert. Sie rochen nach Backstube, in der Baklava zubereitet wurde. Sie trieften von zerlassener Butter und dickflüssigem Honig.

»Und natürlich ist es für uns«, blökte sie weiter fort, »eine riesige Ehre, dass der große Ernest Pogodin uns diese Bilder überlässt.«

Mit allem Nachdruck erklang der Name des Künstlers. Wieder stotterte und streikte das Mikrofon. Es wurde geklatscht, doch von hinten übertönte auf einmal alles jemandes erzürnte Stimme.

»Betrug! Prellerei!«, war dort, hinter den Rücken der Gäste, zu hören.

Man trat auseinander, und im Zentrum der Aufmerksamkeit fand sich ein altes, krakeelendes Männlein mit schütterem grauem Bart.

»Was passt Ihnen nicht?«, erkundigte sich der Minister mit einem Lächeln.

»Das ist eine Verhöhnung des Volkes! Wissen Sie, was die Eintrittskarten für diese Ausstellung kosten? Ein Vermögen!«

»Wie ist der hereingekommen? Wer hat diesen Clochard zur Eröffnung kommen lassen?«, schnaubte Pogodin.

Die Direktorin stellte sich breitbeinig hin, wie ein Tormann in Erwartung eines Schusses, und rief die Security. Der Minister aber wollte noch seinen Spaß haben und stichelte weiter:

»Und wenn es auch teuer ist – tut es Ihnen um das Geld leid für gute Kunst?«

»Ich bin doch selber Künstler!«, brauste der Alte auf. »Das hier sind ja keine Bilder! Das ist nicht nur Dreck, das sind noch dazu alles bloß Fotokopien.«

Im Saal erhob sich Geraune.

»Die Originale befinden sich bei den Eigentümern, das hier ist weiß der Teufel was«, schrie der Skandalbruder. »Auf dem Papier da kann man zeichnen. Gleich werde ich ein X auf so ein angebliches Bild schreiben!«

Und der angehende Vandale stürmte kampfentschlossen zum zentralen Bild. Pogodin schoss dazwischen, es drängten die ältlichen Damen heran, die Security kam angaloppiert, und der Möchtegern-Künstler wurde mit Schimpf und Schande aus dem Saal hinauskomplimentiert.

»Gauner!«, platzte es aus ihm noch einmal hervor, dann verschwand er.

»Neider, ringsum Neider«, entfuhr es Pogodin betrübt. Auf seinem Brokatmantel funkelten die Saphire.

Das Publikum war ungehalten. Die Reporter rieben sich die Hände. Die junge Bohnenstange glotzte mit halbgeöffnetem, vollkommen rundem Mund in alle Richtungen. »O«, schienen ihre vollen Lippen zu sagen. »Ko-ko-ko. Ro-ko-ko. No-no-no.«

Erneut ertönten das Cello und die Geigen. Die reihum gereichten Champagnergläser schwebten an den Bildern vorbei wie Fackeln bei der Abendprozession. Der Kulturminister drückte dem Helden des Abends herzlich die Hand und verabschiedete sich; mit ihm entfernten sich seine Dienstknappen aus dem Saal. Die Journalisten umringten den Helden. Pogodin prahlte. Die Fäuste hatte er wie ein Lackaffe in seine feurigen Seiten gestemmt.

»Ich lasse die geschmähte Größe der versunkenen Epoche wieder erstehen«, kommentierte er. »Von den Jahrhunderten blase ich den Staub. Unter meinen Pinselstrichen erwacht erneut das wahre Russland. Aber mit neuen Gesichtern, lebendigen Gesichtern von heute! Das sind nicht einfach Porträts, das ist eine Partitur, nach der künftige Historiker die Symphonie unserer Zeit werden spielen können und erzählen, wer ruhmreich war in unserer Stadt, in unserem Gebiet, in unserem Land, wer sich für dessen Erblühen eingesetzt hat.«

»Sagen Sie, warum ist hier kein Porträt von Andrej Iwanowitsch Ljamzin zu sehen?«, fragte ein Zeitungsfritze neugierig.

Pogodin hüstelte nervös. »Aber ich bitte Sie«, antworte er mit schwacher Stimme. »Ich werde doch nicht alle meine Arbeiten ausstellen, alle dreitausend. Und schließlich befindet sich dieses Bild in einem verwaisten Haus, dem beide Besitzer abhandengekommen sind.«

»Das heißt, hier hängen keine Fotokopien?«, fragte der Journalist schüchtern weiter.

»Fotokopien! Haben Sie noch alle?«, brauste der Künstler auf. »Auf wen hören Sie? Auf Lumpenpack? Versager? Auf widerwärtige Radaubrüder? Haben Sie etwa nicht gesehen, dieser Bandit wollte auf mein Bild losgehen! Und wissen Sie, wer auf dem Bild ist? Stellen Sie sich vor! Das ist ein versuchter Anschlag auf … auf …«

Er stockte, die Kräfte verließen ihn. Seine Nasenlöcher bebten. Die Journalisten verstummten, es ergab sich eine ungute Pause.

»Wo nehmen Sie eigentlich die Inspiration für Ihre wunderbaren Arbeiten her?«, lenkte eine junge Pressedame die Dinge wieder in die richtige Bahn und hielt Pogodin das Diktafon vors Gesicht.

Pogodin wurde es wieder wärmer ums Herz.

»Kleine«, er winkte seiner großgewachsenen Begleiterin, die weiter weg mit einem Glas herumstand, »komm her. Mich inspiriert hier diese Frau. Angelina. Angehende Schauspielerin.«

Angelina stellte ihr gigantisches Bein zur Schau und gab allen Kameras die Gelegenheit, genüsslich auf- und abzufahren, von der Spitze des Louboutins über den Knöchel, das sanfte Knie hinauf bis zum aufreizenden Oberschenkel, der in der Öffnung des Kleides wie eine Bohnenranke in den Purpurhimmel verschwand.

Nachdem die Kameras sich an diesem Schauspiel gütlich getan hatten, drehten sie sich den Wänden zu, um die Gäste der Vernissage in den allergebanntesten, allerintimsten Momenten einzufangen – beim Betrachten der abgebildeten Honoratioren.

»Große Ähnlichkeit«, meinten die einen

»Keine Ähnlichkeit«, behaupteten die anderen.

Jemand tätschelte Pogodin freundschaftlich auf die Schulter. Es war sein Bekannter, ebenjener Wicht mit Igelfrisur und dem GTO-Abzeichen, der bei Marina Semjonowas Geburtstagsfest zugegen war. Er trank hastig seinen Schaumwein.

»Gratuliere!«, begrüßte er Ernest Pogodin. »Sie sind ein Genie!«

»Ich bin ein Genie, und das ist meine Muse«, pflichtete der Künstler bei und präsentierte ihm Angelina. Nach dem Klimpern von Angelinas dichten, aus der Schönheitsklinik »Basilisk« stammenden Zobelwimpern zu schließen, begann die Muse sich zu langweilen. Sie wartete schon auf das Ende, auf das Bankett, die Abgeschiedenheit, die goldenen Präsente, die Bekanntschaften mit den Luftikussen und Stars der Stadt. Sie konnte es nicht mehr erwarten, aus dem Museum hinauszukommen.

»Göttlich, göttlich ...« Anerkennend musterte der Wicht das Mädchen und zwinkerte Pogodin zu. Dies konnte indes nicht seine ganze Zappeligkeit verbergen. Er war wie elektrisiert, aus seiner Sakkotasche schaute beiläufig eine Zeitung hervor.

»Was steht da drin?«, deutete Pogodin mit dem Kopf Richtung Zeitung. »Etwas über mich? Über die Porträts?«

»Aber nein«, gestikulierte der Wicht, »was ganz anderes, eine Bombe!«

In seiner Aufregung verschüttete er Champagner auf die Zeitung, auf dem Papier zeichneten sich aufgeweichte dunkle Flecken ab. Pogodin huschte ein Lächeln über das Gesicht:

»Wussten Sie, dass die Franzosen sich einmal eine Zeitung aus feuchtebeständigem Papier ausgedacht haben?

Damit man sie beim Mittagessen oder Frühstück lesen konnte. Fiel Eierspeise drauf – macht nichts. Wurde Kaffee verschüttet – eine Kleinigkeit. So ein Papier hält alles aus. Aber die«, und er stupste Angelina auf ihren nackten Hals, »die wissen ja gar nicht mehr, was eine Zeitung ist. Stimmt's, Kleine?«

Er neigte sich zur Freundin und kitzelte ihre roten Wangen mit seinem flauschigen Backenbart. Angelinas perfekte Zähne kamen zum Vorschein. Das Mädchen zeigte Emotionen.

»Mein Tigerchen, geh ein wenig umher«, ordnete Pogodin ihr auf einmal an, und nach einem Klatsch auf ihren Hintern wandte er sich dem Wicht mit der Igelfrisur zu. Wie ein Segel entfernte sich das tiefrote Kleid in Richtung Musiker.

»Eine fesche Lulatschin, gell?«, fragte er prahlerisch.

»Magnifique!«, bestätigte der Wicht in Manier der Franzosen und zog nach einigem Zögern die Zeitung hervor. Er entrollte sie zu einem grauen A2-Format, das vom feuchten Zwischenfall ein wenig verschwommen war.

»Eine überregionale Zeitung!«, rief der Wicht. »Über den Mord an Ljamzin!«

Der Künstler zog eine Grimasse und blickte sich um. Im Saal herrschte reges Treiben. Vor den Bildern tummelten sich weiterhin begeisterte Dilettanten. Beim Unterbauch des zentralen Bildes stand hingeduckt die Ausstellungsführerin. In ihren dicken Brillengläsern brachen sich Farbkreise. Die Pirouetten und Kapriolen der einzelnen Pinselstriche vereinigten sich zu einem ganzen Corps de Ballet. Die Frau legte ihre Nasenwurzel in Falten.

»Was heißt da Mord? Und warum hier bei meiner Vernissage? Komm, später!«

Bei diesen Worten Pogodins tauchte die Museumsdirektorin auf. Ihr Schafsblick war erfüllt von Begeisterung.

»Was für ein grandioser Erfolg!«, platzte sie vor Stolz.
»Alle Eintrittskarten verkauft! Morgen wird kein Durch-
kommen sein!«

»Schön, freut mich!«, gratulierte Pogodin. »Den Menschen bei uns ist eben echte Kultur nicht fremd.«

»Und ob, nicht fremd! Für Selfies vor den Bildern
werden wir eine eigene Gebühr verlangen, nicht?«

»Ganz richtig!«, stimmte Pogodin zu.

Noch ein Reporter kam angesprungen, er drängte sich
mit seinen Allerweltsfragen zur Direktorin, die sich mit
bereitwillig gefletschten Zähnen und öligem Lächeln dem
Interview stellte. Ihr Lockenungetüm hüpfte bei den
kleinsten Schritten auf und ab, als wollte es endlich da-
vonfliegen. Der Wicht mit der Igelfrisur schlürfte verloren
sein Glas leer.

»Was haben sie denn geschrieben?«, fragte der Künstler,
der seine Neugier nicht mehr bezähmen konnte. »Komm,
gehen wir ins Foyer.«

Sie gingen hinaus und stellten sich zu einem Fenster,
von dem aus sich ein episches Panorama auftat. Die Gasse,
auf welche die hofseitige Fassade des Museums zeigte,
quoll über von brauner Jauche. Seit letztem Abend ergos-
sen sich dort Sturzbäche aus den geplatzten Kanalrohren.
Eine Frau in Strickjacke und Gummistiefeln versuchte
eine große Pfütze da, wo es gerade noch ging, zu durch-
queren und hielt sich die Nase zu. Nachdem die beiden
eine Weile die Verrenkungen der Frau beobachtet hatten,
wandten sie sich der Zeitung zu. Diese lag ausgebreitet da
mit ihrer verstörenden Überschrift: »Hat die Geliebte den
Minister ermordet?«

»Wart… warten Sie. Wie-wie-wie?«, stammelte Pogodin. »Was heißt ermordet? Ljamzin ist doch an einem Herzproblem eingegangen, oder nicht?«

»Na lesen Sie da«, setzte der Wicht mit zusammengekniffenen Augen an, »hier steht: ›An unsere Redaktion gelangten Fotos von einem anonymen Absender‹ … taram, taram … Und weiter: ›Dort nimmt man an, dass der Regionalminister an einem plötzlichen Aortariss verstorben sei, die zutage getretenen Aufnahmen zeigen jedoch, wo der Hund tiefer begraben liegt …‹ Schon dieser Ausdruck – ›tiefer begraben‹. Die Schmierfinken haben das Schreiben völlig verlernt.«

»Lesen Sie weiter«, knurrte Pogodin.

»Also … ›Auf den mit einem Mobiltelefon gemachten Aufnahmen ist deutlich zu sehen, dass sich der verstorbene Minister für wirtschaftliche Entwicklung, Andrej Iwanowitsch Ljamzin, am Abend seines Verschwindens und Todes nicht weit entfernt vom Haus seiner Geliebten, Marina Anatoljewna Semjonowa, der Besitzerin vieler Aktiva im Gebiet, befand.‹ Und so weiter.«

»Wir wissen auch ohne die Drecksschreiberlinge, wo das arme Schwein an jenem Abend zu Gast war«, bemerkte Pogodin. »Die glauben wohl, Amerika entdeckt zu haben.«

»Marina behauptet aber steif und fest, dass der Minister gar nicht zu ihr gekommen ist!«, sagte der Wicht händefuchtelnd. »Aber schauen wir weiter … Da! ›Auf den uns vorliegenden Fotos ist trotz des spärlichen Abendlichts und des zyklopischen Sturzregens …‹ Was soll das wieder! Zyklopischer Sturzregen! Was soll das denn sein, ein zyklopischer Sturzregen? Gibt es etwa einen einäugigen Regen?«

»Bitte, mein Lieber, lenken Sie nicht ab!«

Pogodin überzeugte sich, dass niemand in der Nähe war, und holte aus der Tasche seines Brokatmantels Augengläser hervor, die er sich aufsetzte.

»Verfluchte Weitsichtigkeit«, flüsterte er verlegen.

Der Wicht fuhr fort: »Also: ›Trotz des Sturzregens kann man auf den Aufnahmen eine im Fußgängerbereich vor etwas davonlaufende Gestalt erkennen. In der Folge hält die Gestalt vor einem PKW der Marke Toyota, Modell Camry. Auf dem vierten Bild ist zu sehen, dass das niemand anderer als Minister Ljamzin ist. Ljamzin setzt sich in das Auto. Danach hat ihn niemand mehr lebendig gesehen.‹«

»Wer, wer hat denn fotografiert?«, murmelte Pogodin.

»Hm, das kann jeder beliebige Passant gewesen sein. Hören Sie lieber zu«, fuhr der Wicht fort, »was da noch Schönes kommt! ›Auf den Aufnahmen ist die Nummerntafel des geheimnisvollen Automobils zu erkennen. Zur Überprüfung der uns in dem anonymen Schreiben zugespielten Information haben wir die Nummer mit dem Datenregister abgeglichen. Das Ergebnis ist schockierend und besorgniserregend. Als Inhaber des Toyotas stellte sich Nikolaj N. heraus, einer von Marina Semjonowas Leuten. Wir erinnern daran, dass Letztere die langjährige Geliebte des Ministers war und die beiden auch bei verschiedenen Finanzmachinationen unter einer Decke steckten. Das Regionalbüro von ›Sirene‹ hat dazu vor kurzem enthüllendes Material publiziert.‹ Und so weiter … Dann folgt noch etwas aus Katuschkins Artikel. Ah, hier. ›Nikolaj N. arbeitete in der Beschaffungsabteilung der Baufirma von Marina Semjonowa. Der anonyme Absender der Fotos merkte noch an, dass es in letzter Zeit zwischen Semjonowa und Ljamzin zu Krachern gekommen ist …‹ Du meine Güte, schon wieder! Warum Kracher und nicht Krach? Egal, was soll's. Weiter steht noch: ›Ist es nicht eigenartig, dass sich am Steuer des Autos, in dem Andrej Ljamzin seinem sicheren Tod entgegenfuhr, ein Untergebener seiner Geliebten befand? War der sogenannte Todesfall ein Auftragsmord? Verheimlichen die örtlichen Ermittlungsorgane etwas? Hat Semjonowa diese möglicherweise gekauft …?‹«

Der Wicht blickte von der Zeitung auf und schaute wieder zum Fenster hinaus. In die Gasse hinter dem Museum ergoss sich weiter das Fäkalwasser. Und wieder watete diese Frau mit den Gummistiefeln durch die Gasse, nun in entgegengesetzter Richtung und mit einem unruhigen Kind auf dem Rücken. Der Wicht folgte der Frau so lange mit seinen Augen, bis diese mit ihrer zappeligen Last wankend, doch ohne zu stürzen, ans Ufer gelangt war. Dann drehte er sich Pogodin zu, der für sich den Artikel durchlas und dabei die Lippen bewegte, als ob er nach Fliegen schnappen würde.

»Hören Sie zu, was die noch schreiben!«, rief er. »›Der Fahrer des Toyotas hatte am Tag nach dem Tod Ljamzins einen tödlichen Unfall. Er kollidierte auf einer Kreuzung der Stadt mit einem LKW. Nach den Angaben des anonymen Absenders hat Marina Semjonowa vermutlich ihrem Mitarbeiter Nikolaj N., dem Inhaber des fatalen Fahrzeuges, den Auftrag zum Mord erteilt. Aber etwas ist schiefgegangen. Nikolaj N. plagte möglicherweise das Gewissen und er wollte alles der Polizei erzählen. Daraufhin beschloss Semjonowa, auch ihn aus dem Weg zu räumen. Welcher Verbrecher möchte sich denn nicht des unnötigen Zeugen, des Werkzeugs seines Verbrechens entledigen?

Am Tag des Todes von Nikolaj N. kam Marina Semjonowa unerwartet in ihre Baufirma, in der sie sonst kaum erscheint. Nehmen wir an, dass es zwischen dem mutmaßlichen Killer und der Auftraggeberin zu einem Gespräch gekommen ist. Könnte es sein, dass sie Nikolaj N. heimlich ein Schlafmittel oder sonst eine Tablette verabreicht hat, das den Unglücklichen in den schrecklichen Tod beförderte?‹«

Pogodin hatte zu Ende gelesen und nestelte an seiner Brille herum. Der Wicht schaute erwartungsvoll zu ihm. An ihnen vorbei Richtung Ausgang gingen einige Vernissage-Gäste, die sich lebhaft gestikulierend voneinander verabschiedeten. Die Museumsdirektorin steckte den Kopf aus der Tür:

»Jetzt gehen wir in mein Arbeitszimmer, dort erwartet uns ein kleines Buffet.«

»Ja, ja«, machte Pogodin.

»Und?«, fragte ihn, nachdem es wieder ruhig wurde, schließlich der Wicht. »Was halten Sie davon? Das hat immerhin eine überregionale Zeitung gebracht, eine Moskauer Zeitung! Sie hetzen die Hunde auf die Ermittlung. Weil die angeblich etwas verheimlicht. Ich spüre es, dem Oberstaatsanwalt Kapustin geht es an den Kragen. Das kommt nicht von ungefähr, das ist ein Signal! Man wird Kapustin also absetzen!«

Ernest Pogodin hörte seinem Mitredner unwillig zu, er streckte sich und gähnte, wie um zu zeigen, dass das alles unbedeutender Kram einer Zeitungsenthüllung sei.

»Das ist doch Unsinn! Geschwätz! Alles an den Haaren herbeigezogen! Denken Sie einmal nach, wenn dieser Nikolaj der Killer sein soll, warum läuft das Opfer zum Jäger? Ich meine, wieso hätte sich Ljamzin, der Chauffeure und Leibwächter hat, von sich aus zu ihm ins Auto setzen sollen?«

»Er hat ihnen frei gegeben ...«, entgegnete der Wicht unsicher.

»Ich glaub' das alles nicht. Da passt nichts zusammen. Das ist doch Schund und keine Zeitung. Boulevardpresse! Und warum haben Sie die überhaupt gekauft, das ist doch alles gratis im Internet!«

»Ich bin ein altmodischer Mensch«, erklärte der Wicht beleidigt, »ich will etwas in Händen halten. Und schließlich sind das nicht nur meine Rückschlüsse. Über Kapustin brauen sich schon lange düstere Wolken zusammen. Er hat einfach zu viel eingesteckt. Und es heißt nicht umsonst, dass man mit anderen teilen muss.«

»Man hat sein Porträt bei mir bestellt«, teilte Pogodin mit, »es bleiben noch drei Sitzungen. Kennen Sie das Omen etwa nicht? Wenn der Künstler Ernest Pogodin jemandes Porträt malt, heißt das, dass die betreffende Person nicht so bald den Olymp verlässt. Mindestens fünf Jahre.«

»Das ist wirklich so ein Omen?«, wunderte sich der Wicht.

Aus dem Saal tauchte auf einmal ein junges Dickerchen auf und näherte sich ihnen. Es war ein niedriger Beamter aus dem Apparat des Kulturministers, der in der Hoffnung auf etwas zu essen und zu trinken geblieben war und nun seinen Blick sehnsüchtig nach oben richtete, dort wo sich das Arbeitszimmer der Museumsdirektorin mit dem Buffet nur für geladene Gäste befand. Als er die Zeitung sah, die nun verkehrt und sonderbar gefaltet auf dem Fensterbrett lag, brach er aus irgendeinem Grund in riesige Freude aus: »Ah! Sie haben den Artikel gelesen! Dass Marina Semjonowa den Mord bestellt hat!«

»Sie sind auch im Bilde?«, fragte Pogodin von oben herab.

»Wer ist das nicht. Ich hab schon in der Früh einen link über Messenger bekommen. So ein Blödsinn. Semjonowa kann die auf eine hohe Summe klagen! Das ist doch Verleumdung!«

»Und wenn sie wirklich die Mörderin ist?«, bemerkte der Wicht. »Einfach einmal angenommen. Selbst dann wäre das recht sonderbar und dumm. Wozu das an die Öffentlichkeit bringen? Sie liest das, und lässt daraufhin belastendes Material verschwinden oder haut nach Thailand ab. Nein, nein, nicht um Marina geht es, sondern um Kapustin. Das ist ein Signal an die Oberbehörde in Moskau. Es lautet: weg mit Kapustin. Nein, auch das ist es nicht! Es ist ein Signal der Moskauer Oberbehörde hierher, an uns, im Wege dieses Artikels.«

»Ein Signal? In dem Schmierblatt? So ein Quatsch.« Pogodin zuckte mit den Schultern. »Wissen Sie, was über mich alles verzapft wird? Dass angeblich vor meinem Fenster Jungfrauen Schlange stehen. Dass sie angeblich aus den Dörfern herbeiströmen, um mir ihre Jungfräulichkeit hinzugeben.« Pogodin setzte ein schwelgendes Lächeln auf. »Das ist doch … fast die Unwahrheit, meine Freunde. Übrigens, wo ist meine Riesin geblieben? Meine Muse! Dass man sie mir ja nicht entführt hat.«

Wie auf Geheiß erschien die Muse plötzlich an seiner Seite. Das Kleid saß etwas eng. Der Stoff zitterte von der Spannung des muskulösen Körpers. Den Körper verlangte es nach Luft.

»Mein Kater, gehen wir bald?«, schnurrte sie ihm ins Ohr.

»Gleich, Liebling, nur kurz noch nach oben zum Buffet, dann gehen wir. Pudere dir inzwischen das Näschen.«

Die junge Bohnenstange nickte und verzog sich; ihr schweres Parfum hinterließ einen Aldehyd-Schwall.

»Ich beneide Sie, die Großen und Wichtigen«, gestand das Dickerchen lechzend und schickte der Dame einen lüsternen Blick nach.

»Was denken Sie also von Kapustin?«, beharrte der Wicht auf seiner These. »Sie glauben, ihm droht nichts?«

»Nicht ihm droht man, er droht!«, lachte das Dickerchen auf. »Haben Sie die Entschuldigung von dem Journalisten gesehen, von Katuschkin? Ja? Das ist doch zum Totlachen!«

Er holte sein Smartphone hervor, tastete darauf mit dem Zeigefinger herum und hielt seinen Mitrednern das helle Display hin. Darauf war vor dem Hintergrund einer abgebröckelten Mauer der Kopf des Journalisten Katuschkin zu sehen. Er trug, als wollte er etwas verbergen, eine tief in die Stirn gedrückte, doofe Kappe mit dem Logo der Olympischen Spiele 1980. Unter den geröteten Augen lagen tiefe schwarze Schatten. Er blinzelte kurzsichtig. Er lispelte:

»Ich möchte den Oberstaatsanwalt unseres Gebiets um Verzeihung bitten … Ich tat Unrecht … Ich erhielt Geld von Ausländern und wollte ihnen einfach zu Diensten sein. Unseren heimatlichen Winkel hier, unser ganzes Russland in den Schmutz ziehen … Ich habe verleumdet, gelogen, verraten. Aber ich bereue. Vergeben Sie mir, dass ich Ihren guten Ruf beschädigen wollte … Sie setzen sich unermüdlich für Recht und Ordnung bei uns ein …«

Katuschkin konnte nur mit Mühe seine geschwollenen Lippen bewegen. Unter den Bartstoppeln auf der Wange war ein violetter Bluterguss zu sehen.

»Es reicht«, winkte Pogodin ab, »wozu uns diese Missgeburt ansehen?«

»Und was für eine!«, stimmte das Dickerchen erfreut ein. »Das Arschloch haben sie fertiggemacht. Jetzt wird ›Sirene‹ wohl zugesperrt. Ich hoffe sehr auf Roskomnadzor, unsere Telekom- und Medienaufsicht.«

»Und was ist mit Marina Semjonowa?«, fuhr der Wicht aufgeregt fort. »Hat sie mit Ljamzins Unglück zu tun oder nicht? Was soll man von dem Ganzen halten?«

Ins Foyer traten jetzt die verbliebenen Gäste. Alle umringten Ernest Pogodin. Das Buffet wartete. Man freute sich auf die gefüllten Tartelettes und den Kognak. Ruhmesworte wurden ausgebracht.

Und als sich die ganze Gesellschaft unter Lobeshymnen auf Ernest Pogodin zur Paradetreppe begab, erspähte der Künstler, wie Marina Semjonowa ihm entgegeneilte. Der Tüllsaum ihres Kleides raschelte, und hinter ihr her stolperte, den Jaguarmantel über dem Arm, Iljuschenko.

»Ernest! Ernest!«, rief sie ihm zu. »Verzeih, dass ich es nicht früher geschafft habe. Aber ich konnte deine Ausstellung doch nicht ganz verpassen!«

In der vollen Pracht und Schönheit ihres Gewands, ihres Gesichts und ihrer Figur strahlte sie Zufriedenheit und Feststimmung aus. Das Dickerchen zwinkerte begeistert, der Wicht strich sich über seine Igelfrisur, und Ernest Pogodin verneigte sich und küsste ihre weiche Hand.

## 14

Das Sportfest wurde eröffnet. Auf dem Hauptplatz der Stadt herrschte ausgelassene Stimmung, man sang und tanzte. An den Verkaufsbuden wurden gebratene Oladji[15] und gedünsteter Kukuruz, zum Trinken Sbiten[16] und Medowucha[17] feilgeboten. Direkt auf dem Platz hatte man kleine Felder eingezäunt, auf denen Spaß und Spiel getrieben wurde. Hockeyschläger verhakten und trennten sich wie Florette beim Fechten. Jugendliche spielten unter dem Gekreische der Menge Ball-Hockey. Verkleidete Gestalten munterten die Leute zu Lapta-Spiel[18], Huckepack-Rennen und Völkerball auf. Pausbäckige Kinder saßen in ihren Kinderwägen wie Dogen, die ihre Untergebenen betrachten, aus ihren Händchen fielen dreifärbige Fähnlein auf den unebenen Asphalt. Von der mit riesigen Lautsprechern bestückten Hauptbühne erschallten in schneller Folge Tschastuschki[19].

Endlich dröhnte eine Stimme über den Platz. Der Gouverneur begrüßte die Stadt. Zu seinen beiden Seiten waren Untergebene aufgefädelt.

»Wenn man gegen uns zu Felde zieht«, schrie der Gouverneur, »wenn man uns Jahr für Jahr schmutzige Doping-Geschichten anhängen und unseren Sport des Betrugs beschuldigen will, wenn man uns von internationalen Wettbewerben ausschließen möchte, so ziehen wir uns nicht wie geschlagene Hunde gesenkten Blicks in eine

---

[15] Kleine, dicke Pfannkuchen.
[16] Heißes Honiggetränk, mit oder ohne Alkohol.
[17] Russischer Met.
[18] Art von Schlagball.
[19] Humorvolles Lied, ähnlich einem Gstanzl.

Ecke zurück. Wir sind uns selbst genug! Wir haben unsere eigenen, angestammten, urwüchsigen Spiele. Wir haben den Faustkampf, wir haben die Stenka[20]. Und auch in allem anderen sind wir vortrefflich! Wir haben die beweglichsten Turnerinnen und die kräftigsten Athleten. Wir lassen uns nicht verleumden! Sie hacken auf uns ein, weil sie uns fürchten, nicht wahr?«

Der Platz brüllte und toste vor Begeisterung. Lenotschka, die sich unter die Menge gemischt hatte, schwenkte einen lila Luftballon. Ihr ganzes Ministerium war anwesend. Am Vortag war die Personalchefin durch alle Stockwerke gegangen, um jeden Einzelnen ohne Ausnahme zum Erscheinen zu vergattern. Lenotschka musste man nicht überreden. In der Menge ging es munter und fröhlich zu. Ein Muskelprotz zeigte mit Gewichten seine Kraft. Ein weiblicher Clown verteilte Reifen und hielt die fülligen Muttis an, allen zu zeigen, wer sie denn am geschicktesten, wer am längsten am Bauch kreisen könne. Ein Teil der Straßen war abgesperrt und für Fußgänger freigegeben, dort wurden Piroggen und Flaggen verkauft.

Man hatte Ethno-Zelte hergerichtet. Autochthone Völker zeigten ihre Trachten und Gebräuche. Tataren verkauften ihr süßes Tschäk-Tschäk[21], Usbeken kochten ihre Shurpa[22], Baschkiren schenkten ihren Kumys[23] aus, Tadschiken servierten ihren Plow[24] und Tschetschenen boten ihre Chingalshi feil, Teigfladen mit Kürbis. Es

[20] Alte russische Kampfkunst.
[21] Tatarische Süßspeise.
[22] Suppe, meist auf Basis von Hammelfleisch, mit verschiedenen Einlagen.
[23] Vergorene Stutenmilch.
[24] Eine Art Reisfleisch, zubereitet in großen Kesseln.

dampfte appetitanregend aus den riesigen Kochkesseln, von den Scheitern züngelte das Feuer empor. Da und dort lockten Leute in ausgefallenen Kostümen mit Bällen, Federballschlägern und Frisbee-Scheiben Kinder zum Spiel.

Ein Gerücht verbreitete sich über den Platz. Lenotschka hörte, wie die Kollegen einer dem anderen die Neuigkeit weitersagten. Per stiller Post bekam man das Unerhörte zu hören: Marina Semjonowa wurde unter Arrest gestellt. Das Hörensagen über die Festnahme der Geliebten von Andrej Iwanowitsch Ljamzin erfuhr die verschiedensten Metamorphosen. Die einen behaupteten, dass man das leichtsinnige Geschöpf beim Ausgang aus dem Kunstmuseum verhaftet habe. Sie sei die Treppen herunterstolziert, und als sie zu ihrem eleganten Wagen ging, sei von allen Seiten ein Kommando auf sie zugestürmt und die Handschellen hätten über ihren zarten Gelenken geklickt.

Andere schworen, die Semjonowa sei gefasst worden, während sie ein Entspannungs-Aromabad nahm. Schwarz vermummte Gestalten seien in die Schönheitsklinik »Basilisk« eingedrungen. Das Biest sei nackt und aufgeweicht im warmen, mit Milch, Honig und Patschuli-Öl versetzten Wasser gelegen. Man habe sie aus dem Wasser gezerrt und ihr dabei den Arm ausgerenkt.

Wieder andere meinten zu wissen, dass Semjonowa sich selbst gestellt habe, nachdem sie beim Geistlichen des verstorbenen Ljamzin die Beichte abgelegt habe. Der hätte die Sünderin dazu überredet, vor dem irdischen Gericht Buße zu tun. Sie wäre angeblich zu Fuß gegangen, durch die ganze Stadt, durch Dreck und Unrat, in einfachen Jeans und Jacke, um das Geständnis abzulegen: »Ich bitte um Vergebung, um Vergebung, um Vergebung ... «

Lenotschka wurde es ganz schwummelig ob der Gerüchte, ihre Ohren brannten, in ihrer Vorstellung tauchten verschiedenste Szenen mit einer unvorteilhaften Marina Semjonowa auf. Sie erinnerte sich, wie sie einmal die Fuffi im Profil gesehen hat, ein wenig von unten nach oben. Wie bei einem Leguan hingen ihr die Wülste unter dem Kinn. Die rundum bewunderte Schönheit hatte einen Makel. Wie konnte Andrej Iwanowitsch das nicht bemerken?

Marina Semjonowa, diese halbgebildete Neureiche, wollte immer als besonders klug erscheinen. Einmal, als Lenotschka mit einer Mitteilung von Ljamzin zu ihr nach Hause kam, schaute sie einen Videofilm. Sie drückte auf »Stopp«, und die Aufnahme erstarrte zu einem rätselhaften schwarz-grauen Bild.

»Weißt, du, was der Kuleschow-Effekt ist? Nein? Hast aber auch gar keine Ahnung. Das ist, weißt du, wenn beim Filmschnitt zwei Bilder so kombiniert werden, dass ein neuer Sinn entsteht.«

Es gefiel ihr, Lenotschka als Ignorantin zu ertappen. Sie liebte es, neue Wörter aufzuschnappen und diese dann vor Publikum unentwegt zu wiederholen.

»Mit dir, Lenotschka, habe ich jedes Mal ein Jamais-vu. Was schaust du so? Jamais-vu, habe ich gesagt. Das Gleiche wie Déjà-vu, nur umgekehrt. Wir sind zwar seit langem bekannt, aber deine Dummheit verwundert immer wieder aufs Neue.«

»Hylozoismus«, sagte sie. »Anthropisches Prinzip«. »Wilhelm Reich«. »Theorie der feinen Leute«. »Globales Dorf«. »Apatheismus.«. »Stochastisch«. Ohne selber immer zu verstehen, was es bedeutet, kostete sie jede kleine Phrase, jedes Wörtchen mit der Zunge, als handle es sich um eine Delikatesse. Iljuschenko war ihr persönlicher Lieferant für diesen geistigen Müßiggang. Die beiden disputierten oft darüber, mit welchen Manövern und Manipulationen man fremde Herzen erobern könne. Einmal hat Lenotschka ein solches Gespräch mit einem Ohr mitgehört.

»Marischa, du bist auch eine Menschenfängerin«, sagte Iljuschenko, wobei er wie üblich an einem Naschwerk kaute, »du beherrschst die Methode von Benjamin Franklin.«

»Was ist das?«, fragte Semjonowa.

»Das heißt, dass du nicht befiehlst, sondern bittest. Und derjenige, den du um einen Gefallen bittest, wird ihn dir gern wieder und wieder erfüllen.«

»Und, was habe ich noch so an mir?«, freute sich Semjonowa.

»Was noch? Faszination.«

»Und was ist das?«

»Du bezauberst. Und dein Opfer hört keine anderen Signale mehr – nicht das der Moral noch das der Vernunft. Das Opfer ist in deinem Netz. Und fühlt sich dort behaglich.«

Manchmal kam Marina Semjonowa zu Ljamzin ins Ministerium. Der wurde dann immer ein wenig nervös. Er bevorzugte neutrales Territorium.

»Andrej Iwanytsch hat Besuch«, erklärte Lenotschka.

Semjonowa warf ihre Luxushandtasche aus Straußenleder aufs Sofa und machte sich mit einem Kamm vor dem Spiegel zu schaffen. Sie sprühte sich zur Stärkung der Haarwurzeln ein ausgefallenes Mousse unter ihre kastanienfarbenen Locken. Das Vorzimmer war erfüllt von Moschusduft.

»Was für eine Drecksbande sitzt da bei ihm herum?«, erkundigte sie sich herrisch. Lenotschka konnte ihre Verärgerung nur mit Mühe verbergen und nuschelte zurück: »Es geht um Raumordnungsangelegenheiten.«

Manchmal war Semjonowa gnädig. Einmal schenkte sie Lenotschka Kosmetiksachen. Die hat Lenotschka gleich auf den Müll geschmissen. Wie auch Semjonowas Belehrungen. Ein Rat jedoch setzte sich in Lenotschkas Kopf wie eines der Mantras fest, welche sie beim Persönlichkeitsentwicklungstraining herleiern musste: »Wenn der Mann bockig wird, dann gibt's getrennte Betten. Und gleich wird er wieder streichweich.«

Semjonowa wandte diese Methode der getrennten Betten beim verstorbenen Ljamzin an. Einmal entzog sie sich dem Liebhaber gleich für ein paar Wochen. Er trommelte an ihre Tür, läutete, brüllte, flehte, doch sie blieb hart und unerbittlich. Sie verschwieg sich, öffnete nicht. Dabei ging es bloß um eine Kleinigkeit. Sie wollte mit dem Liebsten eine Europareise machen – ganz offen, wie Mann und Frau. Und erwartete viele Geschenke, viele Opern- und Restaurantbesuche. Ljamzin hatte Bedenken. Er fürchtete, dass eine derartige Unverfrorenheit allzu hohe Wellen schlagen würde. Er zog vor der Frau und dem Gouverneur den Schwanz ein. Die Gebietsführung forcierte gerade die Stärkung der familiären Werte. Für so ein europäisches Abenteuer könnte er leicht eines über die Rübe bekommen.

Doch nun war der Minister tot, und in der Stadt ging der Festtag weiter. Auf die Bühne trat der Bürgermeister, von den riesigen Leinwänden leuchteten in x-facher Vergrößerung seine lefzenartigen Backen.

»In unserer Stadt wurden allein im letzten Jahr Dutzende von neuen Klettergestellen in Wohnanlagen aufgestellt. Die sportliche und gesundheitliche Entwicklung der heranwachsenden Generation ist uns ein großes Anliegen ...«

Der Platz summte und surrte. Niemand hörte dem Bürgermeister zu. Seine Worte dienten als Geräuschkulisse für das allgemeine Geplapper. Die Stadtbürger füllten die Fläche vor ihm wie Kies, dessen Steinchen wie in einem Kaleidoskop von unsichtbarer Hand verschoben werden. Das rosa Steinchen verschwand an die Seite, das blaue trieb schräg nach oben, das braune drehte sich im Kreis.

Plötzlich jedoch erhob sich aus diesem Liliputanerreich, das sich zu Füßen der Bühne erstreckte, eine häretische Stimme: »Was ist Ihnen ein Anliegen? Sie lassen den Park schlägern!«

Die Stimme drang aus einem Megaphon. Wie war das möglich, wie konnte jemand mit einem Megaphon an den Metalldetektoren vorbei? Wer war der Verräter?

»Wer sind Sie denn? Warum stören Sie das Fest?«, fauchte der Bürgermeister. Tumult entstand.

Die Stimme aus dem Megaphon begann zu skandieren, und ein Teil der Menge, ein aufrührerischer Pestfleck, umgab den Anstifter und unterstützte ihn: »Der Park gehört uns! Der Park gehört uns! Der Park gehört uns!«

Auf der Bühne wurde es hektisch. Um die hohen Herren herum baute sich für alle Fälle eine Wand von Leibwächtern auf, und von verschiedenen Seiten des Platzes eilten, die Leute auseinanderdrängend, wie Kosmonauten adjustierte Polizisten zu den Aufrührern.

»Wir verlangen, die Vernichtung des historischen Stadtparks sofort einzustellen! Das ist unsere Kultur, das sind unsere Lungen. Was hinterlassen wir unseren Kindern? ... Auf, fordern wir jetzt alle zusammen, auf der Stelle, Antwort von denen, die es sich auf unsere Kosten gut gehen lassen! Anstatt die geplatzten Kanalleitungen dort beim Museum zu reparieren, beschäftigen sie sich mit weiß der Teufel was!«

Es wurde gesungen, applaudiert, gejohlt, doch plötzlich verstummte die Stimme des Aufwieglers, die »Kosmonauten« umzingelten wie eine Schar schwarzer Raben die zwanzig, dreißig Radaumacher. Das Megaphon wurde entrissen, Frauengekreische und Geschimpfe war zu hören.

Lenotschka bemühte sich zu erspähen, wer den Unfug angerichtet hat, doch die Leute um sie herum drängten und schubsten und verstellten die Sicht. Nur das obere Ende der runden Polizeihelme war zu sehen, und aufgeregtes Hälserecken. Die unvermittelt aufgetretenen Verteidiger des Parks wurden vom Platz entfernt. Offenbar gelangten auch einige zufällige Gäste in die zernierte Gruppe. Man konnte ein altes Weib fluchen hören.

»Liebe Landsleute!«, wandte sich der Gouverneur an die Menge. »Fallen Sie nicht auf solche Provokationen herein. Sie wollen uns das langersehnte Sportfest vermiesen! Aber die Freude werden wir diesen Hooligans nicht machen. Wir werden den heutigen Tag weiter ungetrübt genießen!«

Seinen Worten folgte Blasmusik. Es ertönte die Aufnahme des alten sowjetischen Liedes »Helden des Sports«.

»Was ist dort los? Was ist dort los?«, erkundigte sich Lenotschka mehrmals.

»Na, die Park-Verteidiger halt, wer sonst. Sie sind schon abgeführt worden. Wahrscheinlich wird jeder vierzehn Tage ausfassen. Die Leute haben eben nichts Besseres zu tun!«, antwortete ihr eine Kollegin aus der Abteilung für Materialbeschaffung. »Komm, Lenka, lass uns besser Krapfen kaufen.«

Sie zwängten sich durch die Menge der am Platz umhergehenden Menschen.

»Wer war denn das mit dem Megaphon?«, hörte man von mehreren Seiten.

»Der Park wird geschlägert, was soll man machen?«

»Deswegen wird man ja keinen Krieg anfangen.«

»Hooligans!«

»Der Bürgermeister hat zum Park nichts gesagt! So ein Schlappschwanz!«

Dem Samen des Aufruhrs, mit dem die Menge gefüttert wurde, entsprossen feine Triebe und Knospen. Vielfach strömte es aus aufgestachelten Mündern in weit geöffnete Ohren. Lenotschka hörte:

»Der Kerl hat ja die Wahrheit gesagt ...«

»Erinnert ihr euch an den vom Bürgermeister ausgerufenen Flashmob? Für die besten Fotos beim Peter-und-Fewronija-Denkmal würde es eine Urlaubsreise ans Meer und andere wertvolle Preise geben. Die Preise gingen alle an Mitglieder der Stadtverwaltung. Das Volk wurde wie ein Tölpel an der Nase herumgeführt.«

»Im Haus der Kriegsveteranen hat man ein Bordell eröffnet. Und einen Pelzladen gibt es dort.«

»Der Park verschwindet, damit Büros gebaut werden können, und die Leute hausen in Baracken.«

»Wir wohnen in einem baufälligen Haus, das Dach bricht schon ein.«

»Hooligans! Aufwiegler! Woher haben die das Megaphon?«

Bekannte kamen Lenotschka entgegen. Sie nickten ihr zu. Lenotschka winkte jemandem. In ihrem Kopf aber hämmerte es weiter. Stimmt das, was da über die Semjonowa gesagt wird? Wie nur über Viktors Verrat hinwegkommen? Muss sie tatsächlich in dieser Abteilung verkommen?

Jemand in braunem Bärenkostüm versperrte ihnen den Weg. Der Bär wollte sie umarmen. Lenotschka wandte sich ab, doch die Kollegin drückte sich bereitwillig an seine Seite und strahlte mit einem breiten Lächeln. Feine Fältchen zogen sich von ihren Augenwinkeln zu den Schläfen. Das von der Bühne schallende Lied endete mit einem schmissigen Refrain. Der Aufruhr am Platz ließ nach und legte sich. Das Biest hatte abgelassen, der Löwe die Krallen eingezogen.

Oder schien es bloß so? Von verschiedenen Enden des Platzes waren bald da, bald dort, einzelne Schreihälse zu vernehmen:

»Der Park gehört uns!«

»Hände weg vom Park!«

Der ans Mikrofon getretene Sportminister, seltsamerweise in einem Aufzug aus Zeiten der Krimeroberung im 18. Jahrhundert, gemischt mit Emblemen der Olympiade in Sotschi, war völlig verdattert und verloren. Er las mechanisch von seiner Unterlage ab und ignorierte die frechen Zwischenrufe:

»Das erste Fußballmatch in unserem Land fand 1897 in St. Petersburg statt. Die erste Fußballmeisterschaft in Russland wurde 1912 ausgetragen. Damals gewann Moskau gegen Charkow mit einem Kantersieg 6:1. Der erste in Russland eigens angelegte Eislaufplatz wurde 1838 in St. Petersburg eröffnet. Die erste Meisterschaft im Paarlauf überhaupt fand in unserem Land statt, im Jahr 1908. Was den Skilauf betrifft, so findet sich in unseren Chroniken schon im XV. Jahrhundert ein Hinweis auf Krieger auf Skiern. Und ab 1704 gab es sogar einen eigenen Postdienst auf Skiern. Die erste Skimeisterschaft

Russlands wurde 1910 in Moskau durchgeführt. Im Skisport zeigten auch unsere Frauen Spitzenleistungen. 1935 bewältigten fünf Frauen der Roten Kommandanten die Strecke Moskau–Tjumen, das sind 2132 Kilometer, in 95 Tagesetappen. 1936 absolvierten zehn Arbeiterinnen eines Elektrokombinats die Strecke Moskau–Tobolsk, 2400 Kilometer, in vierzig Tagesetappen. Und 1937 liefen fünf Komsomol-Sportlerinnen von Ulan-Ude nach Moskau auf Skiern. 6065 Kilometer.«

»Rührt den Park nicht an!«, hörte man immer mehr aus der Menge rufen.

Doch der Sportminister leierte weiter herunter:

»Das erst Hockeymatch in unserem Land fand 1899 in St. Petersburg zwischen Russen und Engländern statt, auf dem Eislaufplatz bei der Tutschkow-Brücke. Das Ergebnis war unentschieden, 4:4. Und später wurden wir bekanntlich Weltspitze und übertrafen sogar die Kanadier. Im Radsport …«

»Der Park gehört uns! Der Park gehört uns!«, skandierte die Menge schon ziemlich laut. Erneut blitzten Polizeihelme auf.

»Ja was ist denn los?«, rief der Sportminister schon ganz verloren. »Seid ihr etwa von Sinnen? Die Allerlautesten wird man jetzt wegen Terrorismus festnehmen! Ihr stört die Ordnung, ihr behindert das Fest! Es reicht mit dem Maidanisieren, Genossen!«

Der Sportminister blickte hilflos zu seinen Kollegen. Der Gouverneur war von der Bühne verschwunden, zu Hilfe eilte der Kulturminister. Er trug eine weiße, gestrickte Ski-Kappe.

»Liebe Mitbürger, ich bitte um Ruhe!«, rief er, nachdem er den völlig entnervten Sportminister abgelöst hatte, energisch ins Volk. »Ich bin wie ihr in dieser Stadt auf-gewachsen. Ich bin in diesem Park spazieren gegangen. Ich als Kulturminister fühle mich der Bewahrung des Andenkens an das Vergangene verpflichtet. Und der Gesundheit unserer Kinder natürlich. Glaubt bitte nicht diesen gedungenen Lügnern! Niemand will den Park ver-nichten! Man will ihn nur verschönern, versteht ihr? Ge-schäfte sollen kommen, Cafés, ein Business-Center. Im Park wird das kulturelle Leben erblühen. Ihr solltet dem Bürgermeister danken!«

»Für nichts haben wir Danke zu sagen!«, schrie mit Fistelstimme ein nicht mehr junger Mann mit Kappe, aber da hatten ihn schon die in der Menge herumstreifenden »Erzengel« gepackt und vom Platz gezerrt.

»Schande! Schande!«, stimmten ein Dutzend Leute ein.

»Hört auf, die Ordnung zu stören, und niemand rührt euch an!«, fuhr der Kulturminister fort. »Lasst euch nicht einspannen! Begreift ihr etwa nicht, dass ihr manipuliert werdet? Man macht euch ganz bewusst den Kopf wirr. Bläst die Sache auf. Überlegt doch, wem das nützt. Was habt ihr euch da wegen des Parks zusammengefunden? Wer hat damit begonnen? Ein, zwei sogenannte Aktivisten. Und wenn man ein wenig an der Oberfläche kratzt ...«

»Du kratz dich selber!«, ertönte es von irgendwo in Lenotschkas Nähe. Sich blickte sich um, konnte aber nicht ausmachen, wer sich da danebenbenahm.

Viele witterten Unheil und begannen, die Kinder vom Platz zu führen, mit den Kinderwägen wegzufahren. Die Festmusik nahm ein anderes Tempo an. Ins Allegro mischten sich Fortissimo- und Agitato-Noten. Der Kul-turminister schwang weiter seine schwülstigen Worte. Er geriet in Fahrt. Seine Gesten wurden abgehackt und scharfkantig.

»Alles Unglück beginnt mit der mangelnden Achtung vor der Geschichte!«

»Gehört etwa der Park nicht auch zur Geschichte?«, meckerten links von Lenotschka einige Damen mit Baretts. Ihre Kollegin hatte schon ganz auf die Krapfen vergessen. Sie ärgerte sich.

»Was für Idioten!«, schimpfte sie über die Verteidiger des Parks. »Wozu versauen sie alles? Das Fest hat so schön begonnen!«

Doch die Sache war schon ins Rollen gekommen. Je mehr Leute abgeführt wurden, desto lauter protestierten die Unzufriedenen.

»Lasst den Lehrer Sopachin frei, und es wird wieder Achtung vor der Geschichte geben!«, schrie ein Bursche mit finsterem Blick nicht weit von Lenotschka.

»Hat man Sopachin etwa schon wieder festgenommen?«, fragte sie verwundert.

»Ja, mir hat das jemand so unter der Hand weitergesagt!«, antwortete die Kollegin.

Auf der Suche nach den Schreihälsen drängten sich an ihnen die Ordnungshüter vorbei, schwarze Ritter mit glänzenden Helmen und von der Seite baumelnden Gummiknüppeln. Lenotschkas Kollegin wurde von deren gepanzerten Rücken zur Seite gedrängt. Die Minister waren von der Bühne verschwunden. Beim Mikrofon stand nun ein Mann in Uniform und redete wie ein Hypnotiseur oder ein Reklame-Ausrufer für Abverkaufs-Daunenjacken auf die aufgebrachten Menschen vor ihm ein:

»Was Sie machen, ist ungesetzlich. Beenden Sie die Aggression. Stören Sie nicht die Freizeit der friedlichen Stadtbewohner. Was Sie machen, ist ungesetzlich. Beenden Sie die Aggression. Stören Sie nicht die Freizeit der friedlichen Stadtbewohner.«

Lenotschka eilte fort. Der lila Luftballon entflog ihrer Hand und entschwand, bald als Kreis, bald als Ellipse, bald als Tintenfleck, in den Himmel. Sie fand sich in der Straße wieder, in der das Fest ungeachtet des Anflugs von Beunruhigung noch weiterging. In einem Tandur wurden Samsas[25] gebacken. Die heißen Dreiecke wurden mit einem speziellen Kescher aus dem Ofen gefischt und frisch aus der Glut den hungrigen Passanten verkauft.

»Was möchtest du?«, vernahm Lenotschka. Jemand berührte ihre Schulter. Sie drehte sich um. Hinter ihr zwinkerte verschmitzt, beleidigt und gleichzeitig schuldbewusst Viktor. Lenotschka wollte eiligst davonlaufen, doch Viktor fasste sie an der Schulter und schaute ihr mit treuem Hundeblick in die Augen.

»Kleine, wart'! Lauf' nicht davon, hör' mir zu!«

Lenotschka machte noch, um sich zu entziehen, einige zuckende Bewegungen, doch Viktor hielt sie entschlossen fest, und sie fügte sich und gab nach.

»Was führst du eigentlich auf? Warum hebst du das Telefon nicht ab? Warum das ganze Drama?«

»Ich habe dir geschrieben, warum! Du weißt es genau!«, zischte Lenotschka. Rundherum ging es laut zu. Unablässig wurden die fettig glänzenden, mit Sesam bestreuten Samsas aus dem Ofen geholt und serviert.

»Ist es wegen der Semjonowa?« Viktor schüttelte sie. »Ich hab's dir doch erklärt! Ich hatte sie in Bearbeitung, verstehst du? Ich hatte eine Rolle zu spielen, ich hatte sie im Visier! Kapiert?«

»Ist sie in Haft?«, stammelte Lenotschka.

[25] Besonders in Zentralasien beliebte Art von Piroggen.

»Ja, ich persönlich habe die Festnahme vorbereitet«, verriet er ihr, leise, damit es niemand sonst hören konnte. »Ich habe sie bemerkt, als sie im Auto vor dem Haus der Ljamzins auf Lauer gesessen ist und Ella Sergejwna observiert hat.«

»Beim Haus von Ella Sergejwna?«

»Ja, genau! Ich hatte den Auftrag, ihr Vertrauen zu erschleichen. Puppe, überzuckerst du das? Und du machst mir so ein Theater! Kleine, hörst du mir zu?«

»Marina Semjonowa hat Ella Sergejwna umgebracht?«, murmelte Lenotschka abwesend.

»Nein, nein, darum geht es nicht. Aber der Artikel … Hast du den Artikel in dieser Moskauer Zeitung gesehen?«

»Das Auto … Nikolaj N.«

»Ja, genau. Wir haben auch alles abgeklopft, er ist ganz offiziell ein Untergebener der Semjonowa. Und er war es, der den Minister Ljamzin auf die Umfahrungsstraße geführt hat …«

Sie verkrallten sich ineinander, klebten zusammen wie zwei untrennbare siamesische Zwillinge. Sie tuschelten und versengten einander mit heißem Geflüster. Der Koch hieß sie zu bestellen, und im Nu lagen auf den Pappkartons zwei Teigkuverts gefüllt mit Faschiertem und Linsen. Viktor zählte das Geld ab, Lenotschka nahm Servietten vom Tablett. Sie stellten sich an einen der Plastiktische, an dem bereits eine junge Familie mit einem ungezogenen Sprössling Beljaschi[26] verdrückte. Das Kind, ein richtige Nervensäge, zappelte und quengelte unaufhörlich.

[26] Gefüllte Teigtaschen.

Lenotschka fasste die Samsa mit einer Serviette umständlich an den knusprigen Enden und probierte, wie am besten abzubeißen wäre. Vom Platz war keine monotone Ermahnung, Ruhe zu bewahren, mehr zu hören. Wieder ertönte Musik. An der Kreuzung, hinter den Schießbuden, standen die Arrestantenwagen. Die Schreihälse und Radaubrüder wurden in die Eisenpanzer bugsiert.

»Du hast mit ihr geschmust. Im Lift«, sagte Lenotschka, während sie einen großen, köstlichen Happen verschlang.

»Ich brauchte doch ihr Vertrauen, das war Arbeit!«

Viktor beharrte auf seiner Version. Auch jetzt ließ er Lenotschka nicht los. Er hielt sie mit einer Hand an ihrer Schulter, mit der anderen langte er nach der Samsa.

»Ja, freilich, eine sehr angenehme Arbeit. Du hast mit ihr wohl auch geschlafen?«

»Mir war nicht nach Vergnügen!«, fauchte Viktor. »Du verstehst nichts!«

»Und, arbeitest du oft so? Im Bett von Verdächtigen?«

Sie zankten weiter, aber nicht mehr ganz so ernst, eher wie zwei Spatzen, die sich um ein Brotstückchen streiten. Das unerträgliche Kind wurde am Schlafittchen davongetragen. Es strampelte mit den Beinen in der Luft. Den Platz der Familie nahmen zwei griesgrämige Frauen ein, deren säuerlicher Gesichtsausdruck Ärmlichkeit verriet. Sie lehnten sich an den Tisch und begannen zu schimpfen und einander ebenso wie alle Umstehenden anzujammern:

»Dass die uns so das Fest verderben!«

»Wie die Schafe sind sie alle hinterher. Hast du gehört, wie denen der Hals geschwollen ist?«

»Die wären ja fast wieder auf unsere Kinder losgegangen, die Idioten! Denen gehört eine Ordentliche aufs Maul. So richtig verprügeln müsste man die!«

»Morgen gibt es eine ›Klassenstunde‹.«[27]

»Ja! Als hätte nicht schon der suspekte Sopachin gereicht! Jetzt kann man die Kinder ruhigen Gewissens nicht einmal mehr zu einer Festveranstaltung mit dem Gouverneur schicken!«

Lenotschka spitzte die Ohren. Es schien ihr, dass sie in den beiden Damen Lehrerinnen der Schule erkannte, an der Ella Sergejewna Direktorin gewesen war.

»Sie kennen Sopachin?«, fragte sie. Die griesgrämigen Frauen schienen auf diese Frage nur gewartet zu haben.

»Ja, wir haben mit ihm gearbeitet! Und haben das bis jetzt auszulöffeln!«, antwortete die eine angewidert.

»Ich habe Ella Sergejewna ja gesagt, dass er die Schüler heillos verwirrt!«, ereiferte sich die andere. »Eine ganze Schulstunde lang den Kindern Unsinn erzählen! Ich habe einmal bei ihm während des Unterrichts vorbeigeschaut – und wissen Sie, was ich hören musste?«

»Was denn?«

»Holodomor! Stellen Sie sich das vor! Er hat den Kindern irgendwelche Schauermärchen von einer angeblich in den dreißiger Jahren künstlich herbeigeführten Hungersnot erzählt. Dass man den Bauern das Getreide abgenommen hätte. Vom Gesetz über die drei Ährchen[28]. Warum das alles, warum?«

Der Lehrerin sträubte sich alles. Zwischen ihren Brauen zeigte sich eine tiefe Furche.

---

[27] Im russischen Unterrichtssystem eine meist einmal wöchentlich abgehaltene Zusatzstunde, in der gewisse Themen vertieft und in offenerer Diskussionsform behandelt werden.

[28] Im Volksmund so genannte Verordnung des ZK der KPdSU aus den dreißiger Jahren, mit welcher drakonische Strafen bei Diebstahl von Volkseigentum (insbesondere auch landwirtschaftlicher Güter) eingeführt wurden.

»Ist es etwa schlecht, über die Hungersnot zu erzählen?«, fragte Lenotschka für alle Fälle nach.

»Zu lügen ist schlecht, junge Dame! Das ist doch ein unverfrorenes Geschwätz! Desinformation! Spintisiereien!«, sprang die andere bei.

»Bei uns wurde schon im Jahr 1929 zum ersten Mal überhaupt in der Geschichte der Menschheit die Arbeitslosigkeit beseitigt, dank der Umsicht der Staatsführung, verstehen Sie? Mit Hilfe der Planwirtschaft, der Industrialisierung ... Beseitigt! Stalin baute in der Ukraine die Dnjepr-Kraftwerke, gab ihnen Elektrizität, und die machen alles nur schlecht, anstatt Danke zu sagen. Verbreiten die Märchen der Faschisten über den Holodomor. Und unser Sopachin macht da als eifriger Nestbeschmutzer mit!«

»Unter den, wie die es nennen, sowjetischen Okkupanten ist die Bevölkerung in der Ukraine um das Doppelte gewachsen«, fügte die eine giftig hinzu. »Und als die UdSSR zusammengebrochen ist, war die Demografie mit einem Schlag am Boden. Aber wenn sie nur in ausländischen Botschaften über uns herziehen und uns verteufeln können. Und der Sopachin schlägt munter in dieselbe Kerbe, noch dazu vor den Kindern! Soll er es jetzt absitzen. Er hat nichts anderes verdient.«

»Ja, der ist wohl bezahlt worden, Sicher von den Amerikanern. Er hätte sich besser dafür interessieren sollen, was in seinem geliebten Amerika so passiert ist. Dort sind in ebenjenen dreißiger Jahren sieben Millionen Menschen verhungert. War das auch ein Holodomor, oder wie?«

Die Stimme der Lehrerin bebte, der Tee dampfte aus dem Pappkarton in ihrer Hand.

»Wir bestreiten das gar nicht«, bemerkte Viktor, »Sie haben ja recht.«

Er aß zu Ende, und seine Hand fasste nun Lenotschka an, so wie es sich gehört. Lenotschka widersetzte sich nicht. Sie wollte jetzt ihm gehören. Sie lauschte der Festmusik, die immer stärker nach Affettuoso klang – »schmachtend, leidenschaftlich, stürmisch, sehr zärtlich«. Lenotschka schmiegte sich an Viktors Schulter. Wonnegefühl rieselte ihr durch Bauch und Brust.

## 15

Nach dem Tod ihres versoffenen Vaters änderte sich für eine kurze Weile Lenotschkas Leben. Die Mutter hatte irgendwo einen vermögenden, einflussreichen Mann aufgegabelt. Die Herkunft des Vermögens war schleierhaft und suspekt, aber in die schäbige Wohnung, die nach Salatmarinade und Schnapsrülpsern roch, kam damit ein wenig Licht und Sattheit. Der Mann war ebenso mächtig wie unbekümmert. Auf seinem groben, fettwülstigen Rücken prangten lilafärbig Tätowierungen – Drachenschuppen, Kreuze, Frauenbrüste. Er verschwand für einen Monat und kehrte dann feuerwerksartig zurück. Ganze Fuhren von Essen und korbweise Geschenke wurden angekarrt. Die Mutter bekam einen Nerz, Lenotschka einen Computer, dank dessen ihr Ansehen in der Klasse augenblicklich stieg. In der Küche tauchte ein großer Kühlschrank auf, der die Menge von frischem Fleisch, Fisch und rotem Kaviar nicht fassen konnte.

In jenem Sommer wurde Lenotschka mit ihrer Tante und ihrer Oma auf Kosten des unerwarteten Spendierers auf eine Datscha geschickt. In einer Datschensiedlung wurde ein prächtiges Haus am See gemietet. Für die Vorbereitung der Jahresabschlussprüfungen wurde ein Nachhilfelehrer aufgenommen. Auch jetzt erinnerte sich Lenotschka mit wohlig-warmem Gefühl an jene verregneten Augusttage. Es schien, als ob die Ferien erst begonnen hätten, und schon nahten der Herbst, wieder die Stadt und die Schule. In der Luft hing bereits ein leichter Geruch von Fäulnis. Die vom Regen und kalten Tau feuchten Johannisbeeren hatten einen eigenartig traurigen, säuerlichen Geschmack. Die Birkenblätter setzten da und dort gelbe Ränder an. Meliert – würde man beim Friseur sagen. Färben mittels Balayage. Lenotschka schnappte damals allerhand modische Ausdrücke auf. Endlich ließ sie sich, trotz der abergläubischen Einwände der Groß-mutter, die Ohren stechen. Die Oma behauptete, dass man mit durchgestochenen Ohrläppchen an Sehvermö-gen einbüße. So ein Blödsinn. Lenotschka sah weiterhin ausgezeichnet. Sie konnte sogar die schwarzen Pünktchen auf Sopachins Hemdkragen einzeln abzählen.

Sopachin war ihr Nachhilfelehrer. Lenotschka stand ein schwieriges Jahr bevor, Tests mussten vorbereitet werden. Und da kam Sopachin. Rötliches Haar, feinglied-rige Hände. Vegetarier. Sehr geschwätzig. Die Großmut-ter war gleich von ihm angetan, Lenotschkas ungeliebte Tante jedoch, unverheiratet und der jugendlichen Frische längst verlustig, lehnte ihn sofort ab.

»Ich kann Vegetarier nicht ausstehen«, knurrte sie ein-mal, nachdem er fortgegangen war. »Bei denen stimmt immer irgendetwas nicht. Die Frau meines Instituts-kollegen hat zum Beispiel zunächst kein Fleisch mehr ge-gessen, dann keinen Fisch mehr und dann überhaupt nur mehr so blödes rohes Zeug. Geendet hat es damit, dass sie in ein Krishna-Kloster gegangen ist.«

»Sopachin isst Eier«, verteidigte Lenotschka ihn, aber die Tante machte nur eine abwehrende Bewegung.

Gewiss, es hatte fast etwas Krankhaftes, wie er sich darauf versteifte, dass etwas auf seine, und nur auf seine Art zuzubereiten sei. Aber Lenotschka fühlte sich ge-schmeichelt, dass er mit ihr wie mit einer Erwachsenen sprach.

Einmal, als sie die Antike durchnahmen und sie einen Fehler gemacht hatte, ging es eben ums Essen.

»*Ab ovo usque ad mala*«, sagte Sopachin langsam und etwas unwirsch, »das heißt ›vom Anfang bis zum Ende‹. Und wörtlich aus dem Lateinischen – ›von den Eiern bis zu den Äpfeln‹. Die Römer begannen ihr Mahl üblicherweise mit gekochten Eiern.«

»Ich kann nicht mehr als eines essen«, warf Lenotschka ein, erfreut über jede Ablenkung.

»Haben Sie schon gefüllte Eier probiert? Eier hart kochen, den Dotter herausnehmen und mit Spinat, Pilzen oder Leberpastete vermischen ...«

Die Tür quietschte, und die Tante steckte ihren Kopf herein. »Sie werden nicht für Kochstunden bezahlt!«, sagte sie vorwurfsvoll zum Lehrer.

Sopachin begann rot zu werden, nervös nahm er die Test-Sammlung zur Hand und verstummte. Für den Rest der Stunde wurden die Kaiser bis hinauf zum Fall von Konstantinopel durchgenommen.

Fand Lenotschka an Sopachin als Mann Gefallen? Eher nicht. Er war zu blass und zu alt. Sein Alter konnte sie im Übrigen nur aus seinen Erzählungen erahnen, denn sein Gesicht ließ kaum Rückschlüsse zu. Ein beiges Muttermal am Hals, eine Falte an der Nasenwurzel, eine feine Nase. Als sie einmal ein römisches Dekret über die Bestrafung von Frauen besprachen, die ihre betrunkenen Männer aus den staatlichen Spelunken holen, lehnte er sich plötzlich zurück und bekannte mit besonderer Bitterkeit:

»Meine Frau war Alkoholikerin. Ihnen kann ich es ja sagen, da Sie eine sehr verständige Person sind. Aus Ihnen kann noch etwas werden. Sie haben irgendwie etwas Besonderes ...«

Lenotschka spürte, wie sie errötete, aber sie nahm sich zusammen und versuchte, ein ernstes und mitfühlendes

Gesicht zu machen. Sie trug ein orangefarbenes Hauskleid, das ihr gut stand, und sie stellte sich selbst als heiratsfähiges Mädchen vor. Dass Sopachin ihr Kavalier sei, der viel gesehen und viel mitgemacht hat mit seiner diesem Laster verfallenen Frau, und der zu Lenotschka wie zu einem Rettungsanker kommt.

Je öfter sie daran dachte, desto mehr Bestätigung fand sie dafür. Besonders wenn die Großmutter nicht da war, benahm sich die Tante ausnehmend giftig gegenüber Sopachin. Es konnte ihr nicht verborgen bleiben, dass er ein wenig verliebt in Lenotschka war, was sie mit Neid und Schrecken erfüllte.

»Haben Sie vor, lange als Nachhilfelehrer zu leben?«, fragte sie einmal ganz unverfroren beim Tee auf der Terrasse.

»Sie wissen ja, dass ich nur komme, weil ich hier in der Nähe wohne. Eigentlich habe ich Ferien. Mit dem Lehrergehalt ergibt das ein passables Auskommen, das für zwei reichen würde.«

»Würde man bei dem Hemd, das Sie tragen, nicht annehmen«, flegelte die Tante zurück. »Und was heißt, ›nur weil ich in der Nähe wohne‹? So sehr verachten Sie uns?«

»Habe ich etwa irgendetwas Verächtliches gesagt?«, sagte er mit einem Lachen. »Sie drehen mir wie immer die Worte im Mund um. Ich muss Ihre Nichte um Beistand bitten.«

»Das Kind?«, rief die Tante theatralisch aus und sprang in die Höhe.

Lenotschka fühlte sich gekränkt und beleidigt. Der Blaustrumpf, die alte Schachtel sieht, wie sie im Aufblühen ist und vergeht vor Neid. Als sie in der Datschensiedlung zum Einkaufen gingen, fragte die Tante sie:

»Warum hast du solche Stöckelschuhe an, Lena? Wir sind am Land, und nicht auf einem Empfang. Wo bleibt dein guter Geschmack?«

»Mir war eben danach«, murmelte Lenotschka kleinlaut.

»Oder hoffst du, dass dich dein Nachhilfelehrer so sieht? So ein seltsamer, unbrauchbarer Mensch ist der. In seinem Alter Geschichtestunden geben! Mit einem Lehrergehalt das Auslangen finden müssen ...Und er hätte sich schon längst das eine Haar auf der Nase auszupfen können, dieses Haar stört mich fürchterlich. Ich kann ihm gar nicht ins Gesicht schauen.«

Einmal sind Freundinnen zu Lenotschka zu Besuch gekommen, man ging gemeinsam zum See. Die Regenfälle hatten aufgehört, die Sonne stand wieder heiß und lang am Himmel, und wieder schien es, dass die Schule noch weit weg sei und die Ferien ewig dauern würden. Die Mädchen sprangen von einem Holzsteg ins kalte Nass. Lenotschka kam sich in ihrem Bikini und mit ihren kecken, violett glitzernden Ohrsteckern sehr weiblich vor. Burschen winkten ihnen aus einem vorbeifahrenden Boot zu, worauf sie wie verrückt zu kichern begannen.

Als Lenotschka ihre Freundinnen zur Bushaltestelle begleitete, kam ihnen Sopachin entgegen. Er war riesig erfreut und sagte plötzlich mit lauter, glücklicher Stimme: »Oh, was sind Sie für eine Hübsche! Das Baden bekommt Ihnen sehr gut, Lenotschka!«

Und er trat zu ihr, fasste sie um die Taille, hob sie hoch, ließ sie wieder herab, winkte allen zu und verschwand. Das geschah alles so unerwartet, dass es Lenotschka den Atem verschlug. Die Freundinnen waren natürlich sehr beeindruckt.

»Was, das war dein Nachhilfelehrer? Alle Achtung!«
Lenotschka kehrte stolz nach Hause zurück. Mit dem Vorgefühl von irgendetwas Wichtigem. Es war, als ob man im Hause ahnte, was geschehen war. Die Großmutter gab eigenartige Antworten, die Tante benahm sich beim Abendessen so sonderbar und ging, nachdem sie die Küche aufgeräumt hatte, schnell in ihr Zimmer.

Als Sopachin am nächsten Tag zur Nachhilfestunde kam, war er ganz ernst, ja bekümmert. Von der gestrigen Ausgelassenheit keine Spur. Sie waren bei der Russischen Revolution angekommen. Mitten im Unterricht blickte er unversehens zu ihr und sagte mit besonderer Betonung: »Sie wissen, Ihre Tante hält Sie für ein Kind, ich rede mit Ihnen aber wie unter seinesgleichen. Sie spüren mich. So etwas gibt es nur selten ...«

Lenotschka erstarrte. Die Szene hatte etwas Bühnenreifes. Das Herz schlug ihr bis zum Hals, doch dabei betrachtete sie sich selbst wie aus einem gewissen Abstand.

»Ich muss Ihnen gestehen, dass ich verliebt bin. Ich dachte, nach der ersten Ehe würde ich niemals auch nur im Entferntesten ... Und jetzt bin ich erneut in der Falle. Und glücklich darüber.«

Lenotschka starrte Sopachin ungläubigen Blickes an.

»Ich möchte heiraten«, lächelte Sopachin ...

Die ganze Nacht lag Lenotschka wach, sie war aufgeregt, kaute an ihren Nägeln. Es war ihr schrecklich und widerwärtig zumute, und doch auch angenehm. Sie las Teile aus »Krieg und Frieden«, nur jene Teile, wo es um Natascha Rostowa geht, auch Natascha war fünfzehn, als man ihr zum ersten Mal ... Sie lief damals zur Mutter und rief: »Mama, Mama, man hat um meine Hand angehalten!« Lenotschka fühlte sich peinlich berührt, als sie diese

Szene las. Nun ist sie an Nataschas Stelle. Ein erwachsener Mann mit einer Ehe hinter sich hat sich in sie, ein Schulmädchen, verliebt! Das war widerlich und schmeichelhaft zugleich. Und wenn sie einwilligte? Sie müsste warten, bis sie sechzehn ist, das ehefähige Alter erreicht hat. Allein schon bei diesem Gedanken schwindelte es sie vor den Augen.

Am Morgen war Lenotschka, bleischwer und müde, gerade dabei, das Frühstück zu richten. Die Großmutter und die Tante waren in der Küche. Die Großmutter hatte einen lebhaften, freudigen und perplexen Blick. Die Tante wandte sich, während sie die Eier über dem Becken wusch, an Lenotschka und sagte: »Meine Liebe, ich heirate. Gestern hat mir Sopachin einen Antrag gemacht.«

Lenotschka konnte sich lange nicht von diesem Schlag erholen. Das heißt, alles schien nur so? Das heißt, der Gegenstand seiner Liebe war nicht sie, das junge Mädchen, sondern die alte Schachtel! Die Tante und Sopachin haben tatsächlich geheiratet, und es ist sogar noch ein Kind gekommen. Jetzt bereute die Tante das bitterlich! Der Mann ein Geschichtsfälscher, ein Verbrecher, ein Lästerer, ein Profanierer, ein Vaterlandsverräter, ein Häfenbruder.

Lenotschka hatte kein Glück in der Liebe. Auch mit der allerersten nicht. In den Büchern für die Schullektüre war die erste Liebe ganz anders beschrieben. Verliebte, edle Burschen. Mädchen mit zarten Händen, feinen Gesichtern und heroischem Gehabe. Leichter Atem, das Trällern der Nachtigall. Frühlingsmärchenwesen und Wildhunde.

Im echten Leben sah dies anders aus. Eine rostige Badewanne mit tropfendem Hahn. Ständige Unordnung im dunklen Zimmerchen, eine hässliche Anrichte. Altes Kristallgeschirr und allgegenwärtiger Kleinkram – verbogene Haarnadeln, gebrauchte Ohrstöpsel, Stücke von kaputten Möbeln, leere Batterien. Ihre Mutter – das war noch vor der kurzen Romanze mit dem reichen Typen – in ständig schlechter Laune, ausgelaugt und reizbar nach ihrem Dienst im Kindergarten, immer auf der Suche nach Tabletten.

Das war ein paar Jahre vor Sopachin. Lenotschka war noch ungelenk, rundlich, steckte in komischen, billig im Großhandel gekauften Kleidern. Auf ihrer grauen Haut sprossen die Pickel. Ihre kranke Pupille bezeichnete die Biologielehrerin als Mutation, oder so ähnlich. Die Kinder spotteten daraufhin ihr immer nach: »Mutation! Mutation! Radiation!«

Die unreife, pickelgesichtige, unförmige Lenotschka hatte das Pech, sich in den von allen bewunderten Siga zu verlieben. In diesen langen Lulatsch mit den schlacksigen Armen, einem ausgemachten Rädelsführer mit klugem Köpfchen. »Liebenswürdiger Schlingel« – so bezeichnete ihn die Klassenvorständin.

Lenotschka schien es, dass auch die Klassenvorständin dem Siga nicht abhold ist. So wie alle anderen Mädchen. Mit einer einfältigen Gans traf er sich sogar, und Lenotschka malte sich in quälender Selbstzerfleischung aus, wie die beiden als süßes Paar romantische Spaziergänge unternahmen.

Aber nein, Lenotschka wollte gar nicht als Sigas Freundin gelten. Ihr reichte etwas Kurzes, Geheimes. Doch etwas Echtes musste es sein. Oft träumte sie davon, wie sie zu zweit von der Schule nach Hause gehen und schwatzend lange an einer Kreuzung stehen. Sie trägt einen schönen, modischen Rock. Hat geschminkte Wimpern. Eine reine Haut. Siga berührt sie an der Schulter und sagt: »Ach, Lena, du bist so eine ...« Das ist alles, und er geht weg. Als hätte er vor lauter Emotionen nicht weiterreden können. Wenn sie sich dies in ihren Nächten vorstellte, weinte sie und flehte, selbst nicht wissend, worum und an wen gerichtet. Dann besorgte sie sich heimlich chinesische Glücksmünzen, flüsterte etwas, warf sie und konsultierte die Hexagramme, was es bedeuten könnte. »Das Buch der Wandlungen« – das uralte Vermächtnis der Schildkröte. Die Mutter mit ihrem seichten Schlaf hörte es und schimpfte: »Du Miststück, ab ins Bett! Bist morgen wieder nicht ausgeschlafen!«

Lenotschka wusste genau, wo Siga wohnte, in welchem Haus, bei welcher Tür, auf welchem Stockwerk. Nur zwei Wohnblöcke von der Schule entfernt. So manchen Abend stahl sie sich dorthin, stand lange unter den Fenstern und versuchte herauszufinden, welche wohl Sigas Wohnung, wo sein Zimmer sei. Er hat das offenbar bemerkt. Einige Male sind sie bei ihm im Hof aufeinander getroffen.

»Mutation-Radiation!«, rief er. »Was hast du da verloren?«

Ein wirres Gefühl von Schock, Glück, Bitterkeit und Schmerz erfüllte Lenotschka bis obenhin, sie stammelte etwas von Geschäft und einer Freundin, die hier wohnen würde, doch Siga hörte nicht hin und verzog sich sofort.

In seiner Gegenwart bekam Lenotschka Fieber. So schien es ihr jedenfalls. Es surrte in ihren Ohren, ihre Hände wurden leicht zittrig. Das Mädchen neben ihr in der Schulbank ätzte: »Du bist aber eigenartig.« Alle redeten natürlich über sie. Im Sportunterricht, im Umkleideraum kicherten sie, wenn Lenotschka sich abseits hielt.

Eines Samstags, Lenotschka saß gerade bei einer schwierigen Hausaufgabe, rief sie ein Unbekannter an und stellte sich als ein Freund von Siga vor.

»Du gefällst ihm sehr, aber er hat Angst, einen Korb zu bekommen. Er hat mich gebeten … Kurz, komm in einer halben Stunde auf den Hof hinter der Schule, Siga erwartet dich dort.«

Lenotschka antwortete, dass sie es nicht glaube, aber das Blut ist ihr schon in den Kopf geschossen, Schweiß auf ihren Rücken getreten. Und wenn doch? Warum nicht hingehen, aber mit Würde. So tun, als wäre ich einfach so da. Die Scherzbolde entlarven, weiter nichts. Und sollte Siga tatsächlich dort sein, dann würde das ja heißen … Sie fand eine alte Puderdose der Mutter mit Überresten von etwas Beigem an den Rändern. Sie fuhr sich mit den Fingerkuppen übers Gesicht. Zog die neue Hose mit den Pailletten an. Stürzte auf die Straße. Bei der Schule – war niemand. Es pochte in ihrer Brust. Sie ging langsam um das Gebäude herum, wollte lässig wirken, falls sie gesehen würde.

Lenotschka gelangte zum Schultor und erstarrte. Ein Pfiff war ertönt, und eine spaßige, krächzende Stimme rief ihr allerhand derbe, unanständige, schmutzige Dinge zu. Es kam von ganz in der Nähe. Andere brachen in Gelächter aus und stimmten mit ein. Ihr war, als ob sie ohnmächtig würde. Sie drehte sich krampfartig in alle Richtungen, um zu begreifen, woher die Stimmen kämen, aber da war schon Getrampel und Gegröle zu hören. Die Schreihälse liefen an ihr vorüber und hielten sich vor Lachen die Bäuche. Fünf oder sechs waren es.

Sie kannte sie alle von der Schule. Unter ihnen war, ganz rot geworden, auch Siga.

»Hej, Siga!«, riefen ihm die anderen im Vorbeilaufen scherzhaft zu. »Na, pack sie! Steck ihn ihr rein bis zu den Eiern!«

Lenotschka kniff sich in die Seite, um nicht loszuheulen und sagte vor sich hin: »Missgeburten, Missgeburten …«

Dafür war Lenotschka jetzt, nach vielen Jahren, endlich glücklich. Sie trug teure Spitzenunterwäsche, auf dem Tischchen beim Teppich lagen appetitlich Käse und Weintrauben. Und der verliebte Viktor schenkte halbsüßen Sekt in die klingenden Kristallgläser. Sie saßen schon lange da und tranken, Viktor wurde dabei immer drängender und auf tierische Art aggressiv. Das brachte Lenotschka in lodernde Erregung.

»Ich möchte dich an den Heizkörper fesseln«, flüsterte Viktor ihr zu. Lenotschkas Gewand war bereits über das Schlafzimmer, in dem sie sich schon einmal ausgezogen hatte, verteilt, und die Plastik-Wackelpuppe glotzte gleich blöd wie damals von der Kommode.

»Ja, mach mit mir, was du willst …«, antwortete sie heiß.

Er drehte sie am Nacken verkehrt zu sich, ihre zarten Arme streckten sich wie Flügelchen zurück. Handschellen klickten. Lenotschka atmete heftig, ganz in Erwartung, dass Viktor mit den am Teppich begonnenen Zärtlichkeiten fortfahren würde. Der aber schnaufte nur und fixierte wie ein Raubtier ihre Katzenpupille. Seine Hände drückten ihren dünnen Hals.

»Ich will dich«, sagte er mit rauer Stimme. Lenotschka lächelte dunkel, weich, verführerisch. Sie träumte von einer wüsten Kapitulation, von heruntergefetzter Spitzenwäsche, von einem wackelnden Plafond.

»Ich möchte dich zur Verantwortung ziehen«, fügte er mit derselben tiefen, testosterongesättigten Stimme hinzu.

»Ja, ja, ja … mach das!«

Lenotschka schloss die Augen. Ihr Körper zerfloss, war bereit, sich zu unterwerfen, zu willfahren, sich zu vergessen.

»Du warst es«, sagte er drohend, wie bei Gericht, »du warst es, die Andrej Ljamzin in den Selbstmord getrieben hat.«

Sie riss die Augen auf: »Was sagst du da?«

»Ja, du hast ihn«, setzte Viktor gemessenen und strengen Tons fort, »ein ganzes Jahr lang mit anonymen Briefen verfolgt. Aus Wut wolltest du ihn fix und fertig machen. Und alles nur deswegen, weil er nicht dich, sondern Marina Semjonowa geliebt hat.«

Lenotschka wollte sich befreien, doch die Handschellen schnitten schmerzhaft in die Gelenke.

»Las mich los! Was redest du daher!«, schrie sie angstvoll.

»Führ' dich nicht so auf, sonst bekommst du eines in die Fresse, du Schlampe!«, zischte Viktor. »Wir wissen alles. Den gesamten Ablauf. Vor einem Jahr hat dich Ljamzin, als er betrunken war, gevögelt. Und du hast dir deswegen weiß Gott was vorgestellt. Die Jagd ging los. Zärtliche Mitteilungen, Fotos aus der Badewanne. Er wusste nicht, wie er sich vor dir retten sollte, bewahrte aber die Form. Denn er wusste, dass du verrückt bist und euer Techtelmechtel in alle Welt hinausposaunen würdest!«

»Du bist verrückt! Drecksack du! Du elende Kreatur! Ich gehe zur Polizei!«

»Zur Polizei!«, grinste Viktor breit. »Die kommen schon von selber, hierher kommen sie! Die Sache ist aufgelegt, alle Beweise sind am Tisch. Als du überzuckert hast, dass du dem Ljamzin so was von egal bist, hast du begonnen, ihn von allen möglichen elektronischen Absendern aus zu erpressen. Du bist ihm auf Schritt und Tritt gefolgt. Du hast vor dem Haus der Semjonowa gelauert. Du hast es aufgenommen, wie er in den Toyota gestiegen ist, und dann das Material der Zeitung geschickt! Du hast Ella Sergejewna und den Lehrer denunziert!«

»Lüge, Lüge, alles Lüge!«, kreischte Lenotschka.

»Ja, ja, und dass auf deinem iPhone alle diese anonymen Mail-Adressen gespeichert sind, mit denen du Ljamzin verfolgt hast, das ist Zufall? Und dass unter deinen Fotos die Aufnahmen von Ljamzin im Regen sind – auch Zufall? Und dass du ihn von anonymen SIM-Karten auf Messenger mit Nachrichten bombardiert hast, ist das auch eine Lüge? Red' dich nicht raus, du hast ja selber die ganze Korrespondenz per Screenshot auf genau diesem iPhone festgehalten. Soll ich dich daran erinnern, was du ihm an jenem letzten Abend geschrieben hast? ›Ich sehe Sie. Sie tragen Ihre Lieblingsjacke, steigen aus dem Taxi aus, gehen zum Haus Ihrer Geliebten. Ihren Chauffeur haben Sie nach Hause geschickt. Ich gebe nicht auf, ich schreibe dem Gouverneur von Ihren windigen Ausschreibungen zugunsten Ihrer Nutte.‹ Und so ging es alle fünf Minuten weiter! Ljamzin wurde wahnsinnig! Er erlitt einen Herzanfall! Wegen dir!«

»Nein, nein, und nochmals nein! Du hast mein iPhone nicht entsperren können! Du hast das nicht erfahren können!«, brüllte Lenotschka.

»Doch, ich habe es entsperrt. Hier, in diesem Zimmer! In unserer ersten Nacht. Während du gepennt hast, habe ich deinen Finger auf die Entsperr-Taste gelegt. Und alles war zugänglich. Auch deine dienstlichen Mails. Das war das Postfach von Andrej Ljamzin, du hast es als seine Assistentin verwaltet. Natalja Petrowna, diese einfältige Kuh, hat ihr verrücktes Foto an diese Adresse geschickt. Als Vamp mit Peitsche und Korsett. Auch sie wollte offenbar ihren Chef bezirzen. Und da hast du es still und heimlich heruntergeladen und in Umlauf gebracht. Hast es zur allgemeinen Belustigung an alle im Ministerium verschickt.«

»Du elende Kreatur! Das durftest du nicht! Das ist gegen das Gesetz!«, protestierte Lenotschka. Sie schrie nicht, sondern lallte nur mehr. Ihre Stimme kippte wie bei einem stimmbrüchigen Knaben.

»Nikolaj! Ella Sergejewna! Natalja Petrowna! Dein Kollege Tolja! Die hast alle du auf dem Gewissen! Und wenn du es abstreitest, kriegst du eine übers Maul, du Flittchen!«

Lenotschka bebte. Sie heulte in einem fort. Sie riss und zerrte an den Fesseln und drehte sich wie ein Kreisel. Die Handschellen klirrten an den eisernen Radiator. Viktor stellte sich direkt vor sie hin und drückte ihr mit Gewalt seine Pranke auf ihre heiße Stirn.

»Na was hast du denn, Kleine …«, begann er mit einem leichten Seufzen. »Du bist wunderbar, wenn du so böse wirst. Du erregst mich ja ganz.«

»Ich, ich«, stotterte Lenotschka, und ihr Kinn zitterte, »ich habe die Ljamzins nicht umgebracht, sie haben sich selbst umgebracht, beide. Ich bin erschrocken, als Andrej Iwanowitsch … Ich habe ihn geliebt! Ich dachte, dass Nikolaj ihm den Garaus gemacht hat. Ich wollte, dass er den Mord gesteht!«

»So also?«, nahm Viktor sanft und lüstern den Faden auf, wobei er ihre Stirn streichelte. »Du hast also auch ihn von deinen anonymen Nummern aus verfolgt?«

»Nein, nein, ich fürchtete, man würde mich erwischen. Ich habe daher diesen Zettel gedruckt. Einen Zettel, wie früher. Er ist schuld, nicht ich! Er hat ihn umgebracht, nicht ich!«

»Nein, mein Kindchen, du hast ihn umgebracht, du«, brummte Viktor gefühlvoll und strich mit seinen Fingern weiter über die feuchten Leisten, den verschwitzten Bauch und die flache Brust. »Du bist in deiner Verliebtheit übergeschnappt und hast den Boss in den Abgrund gestürzt. Und alle mit dazu, die sich in seiner Nähe befanden. Die Frau, die Geliebte, die Nachfolgerin, den Lieblings-Untergebenen … Weißt du, meine Hübsche, was dir da droht?«

»Gar nichts droht! Ich bin an nichts schuldig!« Es schallte eine Ohrfeige. Lenotschka prallte mit der Schläfe an die Wand. Auf ihrem Kopf zeichnete sich blau der Abdruck von Viktors Hand ab.

»Du wirst alles erzählen, du Luder!«, herrschte Viktor sie an. »Alles über ihn, alles über seine Frau. Beide hast du ins Grab gebracht, sie und ihn.« Seine blonde Haargarbe wurde von der Nervenanspannung scheinbar dunkler. Er ging zum Tischchen und nahm einen Schluck Wein.

»Jetzt wirst du mir in allen Details schildern, wie Ljamzin dich genagelt hat«, sagte er, während er ein paar Trauben zum Wein verspeiste.

Lenotschka stotterte und verschluckte sich an ihrem Speichel. Sie erinnerte sich, wie Ljamzin nach einer Ministeriumsfeier, völlig blau und mit verschwommenem Blick, das Vorzimmer laut von innen schloss und sich ungeduldig von einer Ecke in die andere bewegte. Hin und her, auf und ab. Wie ein Pendel. Wie eine Nadel in der Nähmaschine.

»Du weißt ja, was ich will«, erklärte er ihr damals. Sie erstarrte vor Schreck und vor Glück. Sollte es wirklich wahr sein, dass man die elegante Marina Semjonowa mit ihr betrügt, mit Lenotschka? Und wer? Der Minister!

Er drückte seine Assistentin bäuchlings auf den Tisch, schob ihr den Rock hoch und zerriss die Strumpfhose. Die Minute der Intimität war schrecklich und schmerzhaft. Ohne sie zu küssen nahm er sie wie eine Prostituierte und ging dann wortlos in sein Büro. Am nächsten Tag bekam Lenotschka ein Flakon feinsten Parfums geschenkt, und für Ljamzin war die Sache damit erledigt. Semjonowa konnte weiter triumphieren, Lenotschka war wieder die Abgewiesene.

Aber hatte sie denn keine Liebe verdient? Verlangte es sie etwa nicht nach Heimzahlung?

»Marina Semjonowa hat gestohlen ...«, stammelte sie hervor, »man darf sie nicht aus dem Gefängnis entlassen!«

»Woher nimmst du Idiotin, dass Marina Anatoljewna im Gefängnis ist? Das wurde absichtlich gestreut. Das war gelogen, auch von mir. Damit du Jammergestalt dich ruhig verhältst.«

»Wie, wie?«, Lenotschka verstand die Welt nicht mehr. »Was heißt das, nicht im Gefängnis?!«

»Natürlich nicht im Gefängnis! Sie ist zu Hause und trinkt Kaffee mit Sahne!«

»Aaaa!«, schrie Lenotschka auf, die völlig die Kontrolle über sich verlor. Ihre dünnen hellbraunen Haare hingen ihr spinnwebartig vors Gesicht, gequält schüttelte es ihren an den Radiator gefesselten Körper.

»Schrei nur, schrei nur, es hört ohnehin niemand!«, sagte Viktor verächtlich.

Sie hatte schrecklichen Durst. Er schlürfte unentwegt seinen Wein aus dem Glas. Jämmerlich und widerlich war die weinende Lenotschka, wie ein noch nicht ganz zu

Tode getretenes, vergängliches Insekt, das ohne seine Flügelchen noch etwas am Boden kriecht. Von draußen waren die Sirenen von Polizeiautos zu hören. Er setzte sich aufs Bett und verdrückte dabei die Patchwork-Decke. Sein Mobiltelefon läutete. Auf Messenger leuchteten und blinkten neue Nachrichten auf.

»Wir wissen, mit wem sich der vorbildliche Ermittler Viktor trifft. Nicht mit Semjonowa, der Lustmolchin, sondern mit dem Lustmolch Iljuschenko«, stand in einer zu lesen. Viktor überkam kalter Schauer, er las weiter.

»Vitja, du Arschbackenjäger!«, hieß es in der zweiten.

»Der Priester und der Kripomann, die schieben sich von hinten an«, tönte es in der dritten. Dazu gab es zur Illustration ein Video. Ein mit einem Telefon aufgenommenes Amateurvideo. Viktor liegt völlig nackt auf Iljuschenkos Bett, dessen säuselnde Stimme zu hören ist. Schwenk zu einer Frontalaufnahme, jetzt sind beide im Bild. Ihre Gesichter sind zueinander gewandt, sie reiben Nase an Nase ...

Fassungslos schaltete er das Video ab. Seine Arme gerieten in veitstanzartige Bewegungen. Er warf einen abwesenden Blick auf Lenotschka – die stammelte weiter etwas vor sich hin, ihre Figur in der Unterwäsche wirkte rechteckig. Brust-Taille-Hüften, alles eine Linie. Auf den Schenkeln Besenreiser. Von ihren Füßen standen Hallux-Höcker ab.

Direkt unter dem Fenster heulte die Polizeisirene. Laute Schritte waren zu hören, Geschrei, und ins Schlafzimmer drang ein bewaffnetes Kommando, Bekannte Viktors, um Lenotschka festzunehmen. Lenotschka schrie hysterisch: »Ich habe Andrej Iwanowitsch geliebt! Ich wollte es nicht! Verhaftet doch Marina Semjonowa!«

Viktor nahm Reißaus und lief aus dem Haus seiner Großmutter. Kalte, fast frostige Luft schlug ihm ins Gesicht. Er wählte wieder und wieder Iljuschenkos Nummer, doch die Verbindung brach ständig ab. Er wollte schon das verfluchte Teufelsgerät auf den Boden knallen, auf einen Stein schleudern, da blinkten plötzlich Ziffern am Display auf. Jemand rief ihn von einer unbekannten Festnetz-Nummer an.

»Hallo!«, schrie Viktor mit verzweifelter, gequälter Stimme.

»Vitonja, Vitonja!«, war Iljuschenko in seinem Säuselton zu hören. »Sie haben meine iCloud deaktiviert! Ich kann das Telefon nicht mehr benutzen. Vitjusch, hörst du? Sie haben den Wolkenspeicher deaktiviert! Vitjusch!«

Viktor entkam ein unsägliches, nicht zitierfähiges Wort. Er wandte sich in Richtung des hinter der Stadt sich erstreckenden Birkenwalds und sah so nicht, wie Lenotschka als gefesselte Verbrecherin unter Lärm, Gezeter und Gepolter aus dem Haus abgeführt wurde. Sah nicht den über die teure Unterwäsche geworfenen fliederfarbenen Mantel, und nicht, wie sich ihre nackten Füße zu gehen sträubten.

In Viktors Brust pulsierte panisch die Aorta. Lenotschka war verhaftet, doch der Virus der Vernaderung und Denunziation hatte die ganze Stadt befallen. Der Nachbar spähte den Nachbarn aus, die patrouillierenden Kosaken schwangen ihre Peitschen: dass ja niemand die Nationalsymbole herabwürdigt, niemand die althergebrachte Ordnung ins Wanken bringt, niemand über Heiliges lästert. Die Menschen hier ließen immer öfter manches ungesagt, blickten sich um und waren bedacht, in den sozialen Netzwerken nichts Unnötiges herzuplappern, nicht versehentlich australisches Fleisch oder französischen Käse zu schnabulieren, nicht sich von dunklen Mächten im virtuellen Netz auf eine verbotene Internetseite locken zu lassen, nicht unbedacht zu etwas nicht Genehmem aufzurufen ... Über den Dächern erklang eine stramme Melodie. Irgendwo probte man den Marsch zum Tag der nationalen Einheit. Das Saxophon spielte falsch. Und im tief liegenden Himmel schwebte ein praller Luftballon, entflog unerreichbar weg in die Freiheit.

www.wieser-verlag.com